辛丰年文集 卷七

书信·随笔

辛丰年 著
严 锋 编

上海音乐出版社

出 版 说 明

辛丰年（1923—2013），本名严格，江苏南通人。1945年开始在新四军从事文化工作，1976年退休。20世纪80年代以来，辛丰年为《读书》《音乐爱好者》《万象》等杂志撰写音乐随笔，驰誉书林乐界。著有《乐迷闲话》《如是我闻》等书十余种。先生早年因投笔从戎，未能完成初中学业，后读书自学成癖，并迷上音乐，晚年转向文史阅读。终其一生，辛丰年是一个彻底的理想主义者，一个纯粹的人文主义者，一个真理与美的追求者。

2018年，上海音乐出版社成功出版"辛丰年音乐文集"六种。时隔五年，适逢先生百年诞辰，本社以音乐文集为基础，再收入辛丰年信札、随笔合集一种和译作一种，总计八种。

音乐美好，人生美好。纪念先生美好而正直的一生。

上海音乐出版社有限公司

2023年7月

像音乐一样美好

无论在他生前身后,我想到父亲的时候,最常有的感觉是惊奇:世上怎么会有这样的人,世上竟还有这样的人。我不是感叹他的学问有多好,文章写得有多好,而是惊讶还有这么好的人。

我当然知道,作为一个儿子,用"好人"来形容自己的父亲,这没有什么意义,在今天更是如此。在一个假道德、非道德、反道德、后道德混杂的时代,对道德的冷感和犬儒态度是可以理解的。但是,我对道德理想主义依然抱有信念,因为我身边确实有一个真实的例证。

这不仅是我个人的看法,也是接触过他的所有人的印象。中国人有替他人扬善隐恶的习惯,通常对文化老人会有溢美之词,但是我看别人写他的文章,深知对他的所有美好回忆都是真的,而且只是沧海一粟。

惊讶之余,必有疑惑。我常常想,他那样的人究竟是怎样炼成的。是父母教的吗？好像不是。他的母亲很早就去世，他的父亲是一个威严而粗暴的小军阀，民国时代做过上海警备司令兼上海警察厅长和上海卫生厅长——我小时心目中标准的"坏人"。是学校教的吗？他初二就肄业了，其后全靠自学。

那么是另一个巨大的熔炉吗？他确实像同时代的许多青年，响应了时代的强烈呼唤。对于家族，父亲有一种根深蒂固的羞耻感和赎罪心，这种原罪的意识，从20世纪40年代接触革命思想，到"文革"中的吃尽苦头，一直到发家致富光荣的改革开放的今天，他从来没有改变过。

还有家国之耻。父亲说，他当年跑到解放区，是因为家不远处和平桥就是日本宪兵队，每次经过那里都要向日本人鞠躬，感觉非常屈辱。他总是绕道跃龙桥，避开日本人。他也不喜欢蒋介石，因为常去邹韬奋的生活书店看进步书籍，特别在青年会图书馆（在大世界隔壁）看了华岗的《1925—1927中国大革命史》，痛恨蒋的屠杀，从此对国民党幻灭。

但是最直接的动因，是一本叫《罪与罚》的小说，作者陀思妥耶夫斯基。2010年的时候父亲有一天打电话说他把这本书的英文版又看了一遍。他还告诉我，当年他投身新四军，最初不是因为读了马克思的书，而是因为震撼于《罪与罚》呈现的罪孽。无论如何，推动父亲一路走来的是一种对人间的绝对正义的追求，一种刻骨铭心的悲天悯人的情怀。他是一个无可救药的人道主义者。

还有音乐，终生自学，终生挚爱。战争年代，父亲在部队所到之处，会寻访当地音乐人，向他们请教和借乐谱抄写。在他的行军背包中，还放着德沃夏克《自新大陆交响曲》的总谱。原江苏文联秘书长章品镇先生是他的革命引路人，1945年他们一同从上海坐船到苏中分区参加新四军。两人相约仿效巴托克，随军每到一处，即以纸笔记录当地民歌。我曾见他们在异地交流采风的信件。对于他们那一代的文艺青年来说，革命是最浪漫的诗篇；对父亲来说，革命是最宏伟的交响乐章。

雨果在《九三年》中说："在绝对正确的革命之上，还有一个绝对正确的人道主义。"我父亲的一生，实践的就是雨果的这句名言，并且再加一句：在这两者之上，还有一个绝对美好的音乐。

严　锋

目 录

像音乐一样美好　　　　　　　　　　　严　锋

上编　书信里的辛丰年

知　音　　　　　　　　　　　　　严　锋　3

辛丰年的信　　　　　　　　　　　李　章　13

1990 年　　　　　　　　　　　　　　　　34

　　辛丰年 6 通

1991 年　　　　　　　　　　　　　　　　40

　　辛丰年 17 通

1992 年　　　　　　　　　　　　　　　　67

　　辛丰年 2 通

1993 年　　　　　　　　　　　　　　　　70

　　辛丰年 8 通

1994 年   82
    辛丰年 6 通
1995 年   91
    辛丰年 6 通、李章 1 通
1996 年   103
    辛丰年 7 通、李章 1 通
1997 年   120
    辛丰年 10 通、李章 9 通
1998 年   164
    辛丰年 2 通
1999 年   167
    辛丰年 4 通、李章 1 通
2000 年   175
    辛丰年 2 通
2001 年   180
    辛丰年 2 通
2004 年   185
    辛丰年 2 通、李章 3 通
2005 年   206
    辛丰年 2 通
2006 年   209
    辛丰年 1 通、李章 3 通

2007年 222
　　辛丰年1通、李章2通
2010年 233
　　李章1通
2011年 238
　　李章2通
2012年 242
　　李章6通
附录：辛丰年发表在《音乐爱好者》的文章一览 270

中编　友人书信

陆　灏 275
　　20封
沈昌文 296
　　2封
扬之水 299
　　30封
徐家祯 350
　　4封
郑文川 355
　　5封

下编 和而不同

字迹虽隐，心迹昭然	367
——关于曾国藩三封家书的杂感	
了解战争 思索历史	374
想重读而不可得的书	380
虱多不痒？	383
跟踪读书的苦乐	387
假话与真情	390
——读《周佛海日记》	
髡刑古今	396
——温故知新一得	
藤花馆中一过客	400
细节传真	406
——读史笔记	
重读《卡沙诺伐》	413
——兼忆盗版西书	
六十年前的惜别	420
——忆先师王蘧常先生	
史海寻声	425
沧桑之后又相逢	433

对话无声却有情 438
　　——读《热河日记》
中国诗人心目中的光色影 448
杂食者零札 452
"书斋"垮了 455
杂食书虫的残梦 457

上编

书信里的辛丰年

知　音

严　锋

1991年3月，我从南通去复旦报考贾植芳先生的博士研究生，见到陈思和老师，他说真巧，王安忆和李章去南通看望你父亲了。王安忆当时已名满天下，我也已经做她粉丝多年，但她的先生李章还是第一次听说。几天后回到家中，听父亲讲起他们夫妇的这次来访，我问他对王安忆有什么印象，他几乎说不上来，关于李章却说了很多，看来他的注意力全放在李章身上了。这也难怪，父亲对当代文学相当隔膜，音乐才是他更熟悉的语言。他爱了音乐一辈子，却始终把自己定位为业余的门外汉，对门内的专业人士有特殊的敬佩。李章做过乐队指挥和作曲，属于父亲心目中的"专业人士"。后来又编辑大名鼎鼎的《音乐爱好者》杂志，在《读书》杂志上看到父亲的专栏，当即约他为《音乐爱好者》写稿。对于一位名不见经传、身居外省三线城市南通的民间爱乐者来说，自然有知遇提携之恩。但是父亲对李章，有着超越共同爱好和编辑作者的联系。他常对我说，李章是个好人。在父亲的语汇中，好人是他对人的最高评价，非常难得。他自己也是好人，好人对好人，老实人对老实人，认真的人对认真的人，又有共同的爱好和话题，从此开启二十多年的友谊。

对于这第一次见面，李章这样写："辛丰年焕然一身新军装，早早地等在我入住的有斐饭店门前，濠河在他身后流淌，这画面庄严郑重，令我肃然。"我是在父亲去世后看到李章的文章才知道这情景，他对物质看得极淡，收入又都投到书籍和音乐上，对衣服食品都完全不讲究。那套离休时发的新军装就是他最好的行头，极少的场合才穿上，他真的是对李章的来访看得很重了。二十二年后，李章去南通与他告别，也是一身黑色正装。李章说，这就像奏鸣曲式的两端，呈示与再现。

在整理父亲遗物的时候，我发现了不少李章的来信，都非常长，有的还精心地贴着各种照片。这些信都放在父亲写字桌的抽屉里，在他最触手可及的地方。这也令我吃惊，因为父亲这些年来经过两次令他痛苦不堪的搬家，已经把他的大多数个人物品都"处理掉"了。书和唱片都送给了我和他的朋友们，自己只留了约一百本，因为要和我弟弟弟媳一起生活，他不希望自己的东西占太多的空间。他就是这么个极端为别人考虑的人。

同样，李章也保留着父亲二十年间给他的几乎所有信件。

在这些信里,他们谈稿子,谈怎么办好杂志,谈音乐,谈淘碟,也谈自己周围的事情。这些信中能看出父亲很多文章的缘起和修订过程,看出他晚年爱乐的心路历程,也能看出世事风尚的变迁。这些年,无论音乐还是其他东西,都变得太快了,但是父亲和李章之间的相知相敬不变。

不变的还有父亲对李章的称呼:李章同志。今天的年轻人看到这称呼会觉得很奇怪,至少不相信这是老朋友间熟稔的语气。但我知道对父亲来说,"同志"就是他亲切而尊敬的用语,其意义超越世俗与时间。

不变的还有父亲这些书信的文笔,平实、简洁而有味,一如他的文章,只是更家常随意,读起来更放松。感谢李章的精心保存,我读这些信的时候,差不多能比较完整地还原父亲这几十年写读的历程。我所知的,可以参证;我不知的,可以补充。

父亲给李章的第一封信是1990年6月4日发出的。这一段时间,他们主要谈论的是《音乐爱好者》开专栏的事。据李章说,他给父亲的第一封约稿信是写给《读书》编辑部,让他们转发的,不久就收到回信。当时《读书》的君子之风,可见一斑。

有意思的是,父亲也谈了很多对杂志的设想和创意,从选题、栏目的设置,作者的推荐,到版式的改进,从一开始就提了许多建议。这种对杂志本身的关注,对上面文章的评点,一直延续了整整十年，直到李章离开《音乐爱好者》。我后来也参加办过杂志，今天重读这些信，换一个角度看，感觉他的编辑思想相当不俗。推荐的作者，比如徐迟、方平、鲲西、程博厚、何满子等等，都非常对路。而且他好事做到底，往往连人家的地址电话都附在信中。父亲外表冷峻严肃，其实骨子里极热心，尤其是对他感兴趣的人和事。另一方面，父亲当过多年福州军区军报《解放前线》的副主编，对办刊业务是熟悉的。有时候我也会想：假如"文革"前也有《音乐爱好者》，假如我父亲不是编军报，而是编音乐杂志，会更加人尽其用吧。想到这里的时候，我就忍不住又要感激李章，是他激活了父亲心中早被埋葬的许多热情和梦想，让他后来的人生得以弥补许多缺憾！

这些信就像父亲的为人，完全没有废话，毫不矫饰。一切人事，喜欢的就是喜欢，不喜欢的就是不喜欢，直抒胸臆。正在看的书，正在听的音乐，他会热情地推荐（或不推荐）：

这一期全阅过。赵晓生的文章我很欣赏。你们应该盯住他多写一些。可憾《钢琴之道》至今看不到！（1991）

《天下风云一报人》《费正清对华回忆录》都很值得一看，《红楼启示录》就绝妙！此公真是"学者化"了，了不起！（1991）

陈丹青文写得好，中国画人多能文，乐人似不如。（1993）

《燕乐探微》。才看了一部分，觉得既有见解，又有文采，很吸引人读下去。（1993）

不知注意到《布拉格》没有？我现在才发现，这是他最美妙的交响曲之一。尤其是第一章，那复调性与交响性真是太好听了！（1996）

前几天把莫扎特《布拉格》又听了一遍，享受到一种前所未有的欢悦，几乎是 ecstasy（狂喜）的感觉！我有两张，一是拿索斯的，一是 DG 中价片，是伯姆指挥维也纳，后一张更精彩。前些时函购（广州）到比切姆指挥的戴留斯选集，Decca 双片，这也是我最陶醉的音乐，前年无意中发现，中文中的"惆怅"一词，在英文中似乎找不到对应之词，为此还特意去买了一部《林语堂汉英词典》，仍无结果。现在又发现，戴留斯的音乐即是"惆怅"一词的好注解！不过真正中国味的"惆怅"还须到黄自的《玫瑰三愿》《春思》，以及陈田鹤的《江城子》中去找。（1996）

……

但父亲不仅是热心的推荐者，也是谦卑的学习者和聆听者。这些书信也可以看出父亲几十年求知的足迹。他是个特别不愿麻烦别人的人，但是一涉及想看的书和音乐，这些自律仿佛土崩瓦解。他不断请李章帮他找书，找碟。1994年，他终于咬牙买了个索尼的CD随身听，碟片也成为他俩重要的话题。父亲退休金微薄，无力负担太多昂贵的碟片，所以这方面信息的交换就格外重要。但是，若遇到真正心仪之物，他会毫不考虑价格的问题："今昂贵若此，只好等等再说，但假如有莫扎特钢琴协奏曲全集，则愿以千元购之。不知有没有？拜托留心！"

信中提到的一个人名，特别让我感慨。1991年，我父亲应我中学班主任杨老师的邀请，义务为他们中学设计音乐欣赏课程，推荐曲目。父亲并随杨老师赴上海挑选唱片。在延安中路537号中图进出口上海分公司，父亲见到一位也是义务在那里帮忙的程博厓老师，两人相谈甚欢，并留下地址通信联系。这位程老师，是上海爱乐者中鼎鼎大名的人物，对唱片熟得不得了。父亲向他请教了许多问题。我后来去中图也几次与程老师攀谈，受益匪浅。说到程老师，我就想起我最佩服的上海爱乐者兼音响制作者，一位自称"勃总"的网友。勃总身怀绝艺，睥睨天下，骂遍网络，真个是谁都不放在眼里。后来我专程去虬江路音响市场拜访勃总，他说音乐界他最佩服两个人，一位是程老师，另一位就是辛丰年。勃总的真名叫严峰。

父亲常赞李章的信内容丰富，很有看头。父亲这生最大的遗憾就是几乎没有机会听现场音乐会（当然在"文革"前很多作品他连唱片也没有条件听到，只能通过读谱来感受），"文革"后，中国开始有世界顶级的乐团来访，但一方面路途遥远，资费压力大，另一方面父亲也日渐年迈，无力远行，连吴祖强先生邀他去北京听世界四大乐团的演出也只能忍痛谢绝。而李章这方面的活动很多，每听必向父亲详细描述现场情景，使他感同身受，过过干瘾。这些年父亲对音乐界的活动的了解，很多都是从李章那里来。父亲也会把自己的理解与李章的现场报告结合起来。比如李章听了圣彼得堡国立交响乐团的音乐会后，他们对里姆斯基-科萨科夫的《西班牙随想曲》进行交流：

可能我正受到您《兼听则明，冷暖自知》文稿的影响，跟同时演出的里姆斯基-科萨科夫一比，《西班牙》就是华丽，别的就没剩下什么了。而我以前是多要听《西班牙》呀！总谱也曾背过的，当时我特别迷里面的小提琴 Solo。其实他们演奏得最"原本"，一开始全奏就出我意料，主要是齐。齐，其实很不容易。还有铜管的和弦短促有力，刀切一般，又有弹性。短，其实也不容易，尤其发音迟滞的长号、圆号等，我们的乐队就是做不好。（李章）

你说《西班牙》只有外在效果，我倒觉得它比《天方夜谭》耐听，有热力，有较真的意境，可能因为里姆斯基－科萨科夫对西班牙的乐与舞感受深于"东方"的？"伪西班牙"胜于"伪东方"。此作之配器当然是很有听头的，可惜总谱上有的东西，唱片上听不见。例如弦乐的泛音，这次你听出没有？（如总谱［人音版］P75）我笔记上有两条，可以奉告……（辛丰年）

这样隔空的音乐对话，还有不少。盛年风景，相知乐事，是任何文章中难以见到的。

信中经常可以看到父亲说自己这也不懂，那也不懂。这不是矫情，确实是他的真实想法。父亲是把自己看得很低的，有个出版社出了本集子，收录了文人谈乐的文章，中国的收了他和李皖及另外一人，其他都是萧伯纳、茨威格等外国作家，父亲就很生气，觉得不应该把他与那些文豪并列，中国部分应该选更好的代表。李皖曾经在《中国图书商报》写过一篇论父亲的文章，对他颇有批评，大意是他那种风格过时了，不太适合现在的爱乐者。当时朋友们读到这篇文章后都十分生气。但父亲却说他批评得有道理，在给李章的信中对李皖相当赞誉，并建议把李皖批评他的文章收到将要出的集子中，让读者可以更好地选择。

父亲的另一遗憾，是他觉得难以走进西方现代音乐的门槛："来信使我为之震动又茫然自失的是那句话：20世纪将逝，而我们对它的音乐知之甚少。我痛感到自己对现代音乐之无知,但要补救似已无及,很有可能我自身也将随20世纪而去。可能还等不及。即便18、19世纪的,我所知也不多。要争取补课的话,补哪一头?我真是两头不着实了!"

与遗憾相随的,是信中无所不在的紧迫感。越积越多的书,越买越多的唱片,越来越抖的手,越来越无力的双腿,越来越弱的视力,各种来不及完成的写作心愿……从第一封信到最后一封信,我看到父亲的衰老,无奈,和不甘。他不怕死,真的不怕死,但是他怕愚蠢而无知地死去。他最大的心愿,就是要尽量做一个明白人。他知道自己的限度,但一直不放弃求知的努力。

在后期给李章的一封信中,他这样写道:

李章同志:

这个夏天,我才发现自己真是已经老了,而且老得厉害,这是前所未有的。症状是:走五百米以上,两腿就疲软,买米超过十二斤,拎起来就吃力得很,看书二十分钟,不休息一下就看不清楚了。尤其可怕的是早上爬起来,白天坐久了站起,头里便一阵黑,头昏眼花,不扶什么便站不稳。平时我经常不午睡,现在是终日老想睡,昏昏然。今年病倒过几次,虽过几天又起来,始终没能完全恢复过来。

这是自然法则，无法抗拒的。经过"史无前例"能幸存至今，又看了那么多好书，听到了那么多过去做梦也想不到的音乐，这就该感谢上苍了。所以我并不颓丧，泰然处之，照旧读书不辍。只是家务多（特别是要照顾小孩），空闲太少，眼又坏了，看书很慢，买来的好书积压未看或未细看的不少，使人着急，有负债乃至负罪感。

熟悉父亲的人都知道，他这个人太好，但命运对他太不公，这辈子过得太苦，磨难冤屈之深重，没经过那个年代的人难以想象。但是父亲说得也对，上苍另一方面待他也不薄，给了他音乐和书，还有李章这样的知音挚友，其道不孤，确是苦难人生中的难得的快乐。

还给了他觉悟："早死晚死我不在乎，不死于动乱，反而苟延残喘性命至今（81岁了！）真没想到。可庆幸者，'若使当年身便死'，我就成了个糊涂鬼。如今则不必为此自惭了。"

对一个劫后余生者，还有比这更好的安慰吗？

辛丰年的信

李 章

今年春,天多冷人多病,日月苦辛。3月26日,辛丰年先生离世,接下来他留给我们的空茫,将这寒春延长,悲凉中略感欣慰的,是3月26日,贝多芬去世的日子。

我知道,辛丰年喜欢的作曲家,贝多芬是排头位的。

5月初,严晓星E我一信:"严老走后,我非常非常的孤单。没人能说话了。以前读书,首先会想到有他可以分享。熟悉他的兴趣与思维,有什么也估摸着他会不会有兴趣,就跟他说。现在好不适应……"

我们都很失落,我们这群追随辛丰年的人,心中缺了角。我跟晓星,也是跟自己说,就读先生的书,读先生的信罢。否则,又能怎样!

我因工作关系结识了辛丰年先生,受教、交往二十余年,给他写信，给他打电话。后来，工作以外的通信和通话，也加入这惯性，成了自己感情的需要。其间不仅止于跟他学了很多知识，被他吸引，更重要的是，片言只语字里行间他纯良的心、高尚的人格，力透而出，泽被后学如我辈。而感情的需要，终成依赖。以后，我怎么办呢？

3月以来，我几乎日日想着辛丰年，有时还会梦见，这在我是很少有的。我翻出先生的信，重读，浮想联翩。

李章先生：您好！今天收到来信与刊物，很感谢！

你刊一创刊我就看了，还写信提了些看法。近年的看得少，读此二期感到办得更好了。这是同科普一样有意义的"乐普"工作。

来信恳切，我感动又惭愧。自己是已退休的普通人。虽是乐迷，所知甚浅。无非听了些作品看了些文字资料而已。那些读乐文字是在《读书》编辑部启发之下乱谈了些感受，幸免方家齿冷，反而得到同好者认可，颇感惶恐！

《音乐与我》一栏之设是好主意。我向来极愿知道非音乐者听乐的情况，可惜我国的这种资料极少，令人觉得很多学者文人似乎都不爱乐。事实必不如此。你们如能把这方面的信息报道出来，既有史的价值，又会吸引更多人听乐。

多承约稿，拟一谈自己爱乐生涯的一点情况供您选用，七月上旬交稿，争取提早。可否？

祝

好

严格（辛丰年）

6.4.[1]（1990）

这大约是辛丰年先生给我的第一封信，括号里的1990，是我查证出的年份。由于他写信不爱写年份，我又不爱留信封，我保存的信就都是仅有月、日，只能靠内容推测年份。

我是从《读书》上知道的辛丰年，他开了专栏《门外谈乐》；1987年他在三联书店出版的《乐迷闲话》反响热烈，颇如先前出版的《傅雷家书》。1989年我有幸做了《音乐爱好者》杂志的编辑，便去向他约稿；没有联系方式，就以读者来信的方式求助于《读书》杂志。查看日记，1990年5月2日记有一笔："给辛丰年写约稿信，请《读书》转。"6月初便收到辛丰年复信，我大喜过望，由衷感谢《读书》的同行，他们处理读者来信的认真是我的榜样。

从此辛丰年便与《音乐爱好者》结缘，期期惠稿，准时准点，如扬帆乐海的班船。这船一开便是十年，直至我因病离开

---

[1] 年月日以脚点间隔呈现为当时书信通用格式。为保留历史原貌，不作改动。本书所有类似的脚点读者都可用相应的年月日代入。

杂志。那十年先生的手抖尚轻，白内障的困扰姑且着，信件来往就比较多。头几封信我冲着开专栏去的，关于栏目名称我俩反复讨论。起初辛丰年拟用"乐史掇拾"，我觉得不够通俗；他又想出"乐迷话匣子""乐史杂碎"，我仍觉不理想；最后干脆沿用傅雷之说"音乐笔记"，请他定夺。

李章先生：您好！刊物收到。"音乐笔记"这名目我觉得不错。较实在，又可包容许多话题。我读书也常做笔记，音乐方面也记了好些。寄上一稿请指正，如可用，内容上的毛病，望予修削，不必客气。我欣赏一种说法：编者、作者是合作关系。

以下是关于办刊物的想法。思量多次，没想出多少可提的，先说几点，以后随时补充。

一、已介绍的乐人、作品、知识，相当广泛了。今后是否怕重复？我想不必怕。老题目上大有新文章可作。尤其从巴赫到德彪西这一段音乐史中的，特别是巴、莫、贝、舒（伯特）、肖、瓦、勃、德这几人。其人其乐背景环境，材料是取之不竭的，而我们所知太少了。

例如，莫扎特的书信、贝多芬的同时代人看贝多芬、柏辽兹的音乐通讯和他的回忆录、瓦格纳与反瓦者对骂之久……这些资料都大可利用（上海有这些书）。

总之要让爱乐者获得更立体的知识、信息，深化其兴趣，提高其境界。

二、"音乐与我"也大有可为，如能像《一百个北京人》（张辛欣）那样搜罗、发掘，让名人与凡人无拘束地谈出真感受真体验，必能引人入胜，引起共鸣，将来可拔萃汇成一书：《一百个爱乐者》。有些人可能自己写不好，可以叫他谈，录音整理，要如实、如话，不要文艺腔。

三、要多多报道国内外乐情，但泛泛的应景新闻不好，广告、捧场式更不必。其实国外乐讯，他们刊物、报纸上一定很多。对中国听众感兴趣的人物、乐队、剧院动态，似看经常报道：马友友、梅纽因、小泽、帕尔曼、维也纳爱乐乐队、柏林爱乐乐队、斯卡拉、拜鲁特……国内外钢琴、小提琴、吉他等生产、销售情况，唱片、音响工具新情况（这应该是一个重要题目），乐谱、乐学书籍出版消息……

四、一个小点子不知是否可取：一部"左图右史"的西方乐史，看起来一定不枯燥。例如，一幅李斯特弹琴的油画，沙龙中挤满仕女，作种种风雅态，以此为题，配以一篇文字，不仅谈李，且可使当时的音乐风尚形象化，让读者对乐史加深兴趣。要图文并茂，图可赏，文可读。图片有来源，仅《格罗夫》便有几千张，原版中且有彩色的，翻印效果尚可。

这部《音乐画史》不必求全，蒙太奇式的即可，如在刊物上连载，一次一至两三题，问题是制版增加了成本！

以上聊供参考。

……

严格

1.21.（1991）

此信写有三页，结束了再补一页。

《音乐笔记》专栏开张，头三篇暖场，然后打出重炮《学会倾听音乐》《不必望洋兴叹——欣赏曲目漫议》连载文章，这两个系列，可看做"乐普"教程，没有学院式的赫然理论，对如何听、听什么有着实际的帮助，很对爱好者的胃口。就有读者来信，转给他，他是有信必复，便多了爱乐的朋友，其中有善感能写者，再返荐给我。辛丰年不仅仅是我的作者啊，他经常代我组稿，帮杂志宣传，有时甚至比我还着急："为何不去盯住徐迟写篇回忆？……何不挤他写，能多挤出几篇更妙，不能等，他老了！如实现，我看应突出安排……11.11.（1995）"再后来就是1998年热情四溢的《向太阳——漫说莫扎特的钢琴协奏曲》、1999年《鲁宾斯坦缤纷录——阿图尔·鲁宾斯坦自叙剪辑》；系列之外，间以杂篇。十年后，专栏结集成书《辛丰年音乐笔记》。1999年5月我住在瑞金医院，单位卫生室的曹医生前来看望，带来了滚烫着墨香的《辛丰年音乐笔记》初版样书，曹医生探病人送书，她了解我。

《剪辑》也出了书。陈丹青告诉我，他将《阿·鲁宾斯坦缤纷录》赠及师尊木心，木心先生大加称赞，说是难得看到国内有那么好的书。陈丹青问我再要一册。

给刊物建言，是我的请求，他多次来信详谈，想法层出不穷，让人眼睛频频发亮。从大的框架到具体选题，包括作者。比如，方平、鲲西、程博厚、何满子等等，都是他的书面引荐，连地址电话都附在信中。所荐都是大人物，我便一一登门，竭尽虔诚，他们后来都成了《音乐爱好者》的铁杆作者。

后来《音乐爱好者》的走向，已有相当部分是辛丰年的思路，在刊物惨淡经营的岁月里，他撑持了《音乐爱好者》的半壁江山。

可惜"左图右史"未能实现，确有成本的问题。前几天我回娘家《音乐爱好者》编辑部，谈起"左图右史"，想不到他们正策划类似选题，与二十多年前的辛丰年不谋而合。

辛丰年写信，绝无寒暄，往往直抒己见："此期好东西不少！如《牛津听乐记》《苏联歌曲与我》……""黄宗英一文很真，有味""以后是否可约赵晓生对一些新作与演出或唱片发议论？他的见解是可以认真听听的"……某某篇"似可不登"，某某人"文风不可取，要谨慎"……不一而足。而他对责编，多是鼓励："初步浏览，好文不少！'盲童'这一题，抓得太好了！我竟未曾想到过。将再读，从盲人心中之乐思索音乐形象问题……有点随想，仅供参考：'音乐与我'评奖延期很对，此栏更不该结束，但须蓄后劲，出新意，造小高潮……严格 9.2.（1992）""您对盲孩如此关怀，令我感动！我是极爱儿童的，对不幸的孩子更是同情。只恨无能为力，只能为他们洒一掬同情泪而已！严格 9.16.（1992）"

信中提到的《音乐与我》，是由非专业的爱好者谈音乐的栏目，曾有征文比赛。盲童一题，则指1991年第4期《音乐与我》的一组盲童的文章。其中有一位15岁的盲童朱闽，后来获了奖。后天失明的朱闽写得最多的是颜色，他说黑暗中音乐像朝阳搂着他，并说"决不能颓唐"。后来他考上了费城的一个盲人大学，只身去了美国，回国后在北京卢沟桥的盲人出版社工作了几年，又只身去了深圳。

1991年，烟花三月，我第一次去南通拜望辛丰年。彼时苏通大桥尚未开建，上午乘通州208快船到南通港，找旅馆，吃饭，磨蹭半天，趸摸到解放新村先生的家也就到了晚上。因事先没打招呼，先生颇感意外，圈圈叠叠的镜片后目光迷蒙，他人干瘦但身板硬朗，南方口音的普通话略带沙哑，语速不快总有问句，如其文。先生的家呢，四壁寒素，床上铺粗席，桌上，茶杯内壁茶色深重。第二天是我感到意外了：辛丰年焕然一身新军装，早早地等在我入住的有斐饭店门前，濠河在他身后流淌,这画面庄严郑重,令我肃然。我深知这是对《音乐爱好者》的看重。这种态度,似老一辈人才会有。那天他带我去参观了纺织博物馆、张謇的濠南别业、博物苑,还磕磕绊绊地爬上了文峰塔,我们边走边看,相谈甚欢。午饭他提议吃南通蛋饼,未果,转而领我下了馆子:豆苗、酸辣汤,还有——我生平第一次——品尝了刀鱼!那餐馆的二楼,素朴敞亮,刀鱼亲民,远非今日的天价。

我常常想着辛丰年那天簇新的军装,领章帽徽空着,系离休纪念品,一看便知,不常穿的。先生的追悼会前,多年没见的吴维忠君开车到苏通大桥来迎我和樊愉君,见我一身黑色正装很是惊讶,他(樊愉也同样)从未见我这般穿着。他们哪里知道,我这是还先生的一份情义,这情义欠得太久,整整二十三年!我与辛丰年第一次见面和最后一次见面,就像奏鸣曲式的两端,呈示与再现;着装是主题,我来完成"仪式"的再现。

那些年辛丰年也来上海。有一次下榻于十六铺码头对面咸瓜弄的一间老客栈,那是我到上海之后第一次看到了"上海"。客栈门脸不大,入内却是豁然开朗,白木的楼梯栏杆,围绕着天井是一圈圈一层层密布的客房,阳光雨一般洒下,真好看。房间挂有布门帘,内置一床一桌一椅,迷你型,角落里是那种带高挑毛巾杆的脸盆架,辛丰年正在洗脸。我很惊奇他如何找到这般古董客栈?地段倒是方便的,下船即是。前一阵去那边,新起了排排高楼,辛丰年的客栈不见了。

1994年秋,《读书》才女赵丽雅君去南通组稿,再陪辛丰年来上海同留学美国的沈双欢聚。我不善接待,反应总是慢半拍,在创作室就地吃了简餐,对"恩人"多有怠慢,错失了一个报答《读书》编辑同行的机会。那天我陪他们瞎逛,参观了绍兴路54号三楼《音乐爱好者》小小的编辑部,去襄阳路的一家小店淘CD,辛丰年一直兴致很高,步履轻闲,绝无古稀之态。对西方音乐淡然的赵丽雅君,硬是被辛丰年拉上了爱乐的"贼船"。他俩翻检着唱片,讨论着自学英语。这是印象中鲜见的辛丰年欣然放松的时刻。

第二次去南通是个即兴节目:我偶然起意陪太太去启东开会,私心里想去看望辛丰年。会议第二天去狼山游览,我趁机脱队,小雨中独乘小巴赶往南通城里,在虹桥新村附近下车,用公共电话向辛丰年报到。他很兴奋,说是神奇得很嘛!找到154幢,他已立在寒风中,等着我了。新房子比解放新村好多了。进门我就看到了严锋给他置的加拿大psb书架音箱,很随意地摆在钢琴上。我寻思着,现在好了,这比他(也曾劝我)"咬牙买下"的袖珍CD机阔气多了,可饱食终日了。他也就用音乐款待我:门德尔松的《芬格尔山洞》及莫扎特的《邮号小夜曲》,声音不错,他很得意。近午时分,将我领到了一家自助火锅店,说冬季的雨天就怕吃得冷。大圆台桌子就我俩,他身体看上去不错。那是1997年的12月。

那年 5 月尹萨伊弦乐四重奏团来上海，我订了票，曲目是海顿的 Op.54 之二、德彪西的 g 小调，下半场则是德沃夏克的《黑人》。我知道《黑人》是辛丰年最推崇的。他先是在广播里偶然听到，觉得好，就一径追踪，这一追就是二十年！直至 1960 年代才托人从布拉格买到乐谱，又从东柏林买到唱片。"文革"中他的宝贝历遭劫难，却冒极大风险雪藏了《黑人》。

大概我写信谈了该次音乐会观感，引来了他很多话题：

李章：估计又会收到来信，果然就来了！信中既有信息又有感受，读之有味。你提到德彪西四重奏的写作年代，查《格罗夫》，它作于 1893 年（1894 年），《牧神》是 1892—1894 年，先完成双钢琴谱，1895 年才完成管弦乐总谱。那么，是否可以看成双胞胎？不过我更感兴趣的是这两个作品同《新世界》《黑人》同时出现，这似乎又可以当做宏观音乐潮流中的一种奇妙不过的复调来听？！

德彪西这首唯一的四重奏，我曾向往多年。1954 年才听到，是向上海陕西南路"永兴"（？）唱片行邮购而得，老板用一个内衬绒里子的手提唱片箱装了寄给我，此箱我至今未忍弃之，它跟我一起到了我"劳改"的砖瓦厂，又带到了此地。当年一听，莫知所云！而"牧神"却是在 1939—1940 年一接触便被吸住的。去年买了张 CD，才又细听，仍觉费解。至少这在他的作品中是一种刺耳的声音。室内乐中的拨奏本来可以产生其他拨弹乐器无法做到的特殊效果，但他似乎对噪声更感兴趣。

……

严格
6.21.（1997?）

信中提到的四部作品分属同一时期的两个流派。我也是这二位大师的拥趸，但从未想到将这四部作品作比较，更没有纳入潮流领略复调之妙。我以为异类不比；他启发了我，可以比。信中所描绘的内衬绒里子的唱片箱也令人神往。而砖瓦厂，我也做过的。

1999年3月3日，我带《辛丰年音乐笔记》的校样，三去南通，请先生当面解疑。还是在虹桥新村的家，他写字很慢，手在抖。外孙女玲玲还是个小毛头，我们吃花生，给玲玲拍照片。看他含饴弄孙，毕竟体力不支。"因为喜欢，孩子又要抱，手臂都残废了"，他电话里曾跟我说过。那次他送我两本书：台湾版《乐迷乐话》及海南出版社《请赴音乐的盛会》，书中又夹上玲玲的照片。我给他带去三张CD，曲目已经忘记，只记得第二天他就告诉我，已听过，没什么意思。

2001年严锋结婚时辛丰年再来上海，在浦东金桥的新房里，唤我去谈天。当时我正忙于责编《朱践耳交响曲集》总谱，就把朱先生的手稿带去献宝，果然他看得起劲。第二天他来绍兴路参观我社新开张的书吧,年轻编辑们故意来回走动,为的是隔门望一望大名鼎鼎的辛丰年。那天,还去了陕西南路地铁站的季风书园旗舰店。先生在外文部仔细挑书,吴维忠拎着帆布旅行包跟在后面。"季风"的股东之一、我的朋友姚思动,听说辛丰年赶紧上前拜见。我介绍说,思动的父亲便是诗人姚奔,就是女作家萧红最后的时日,在病榻前记录、伺候的那位青年。先生眼睛一亮,哦了一声。

辛丰年衣食散淡,却嗜书如命。买书用大帆布旅行包,像买粮食。有一次,刘琳琳拿着辛丰年长长的书单来编辑部找我,帆布旅行包里装了大半从福州路刚买的书,绍兴路那时还有几家书店,她来看看能否补齐辛丰年的书单。她满头大汗拎包的样子我印象很深。

一次电话里辛丰年大谈新到手的《热河日记》,我这边听得目瞪口呆。因所谈之书,书之作者,所涉人、物、事,我是一概不知。他费了口舌对牛弹琴。直到后来,他送我新书《和而不同》,是与严锋合著,看了其中的《对话无声却有情——读〈热河日记〉》,才算偷偷补了课。用现在的话来说,作者朴趾源是乾隆时期朝鲜的汉学家,《热河日记》是他出访中国用文言文写下的中国观感。

辛丰年平日醒得早,就听BBC的英文广播。何尝是听力好,他能用英语直接思维,他说这可以更深通地理解原文。这使我想到柴科夫斯基的乐思,一出现脑子里,就已经管弦乐化了。《新格罗夫音乐与音乐家辞典》（新二版）出版的2001年，他早早地托吴维忠从网上搜索下载，先睹为快，欣喜之情跃然信上："……《格罗夫》新出版了，共二十九卷，这决非我辈能买得起的，可你想不到，我已读到了其中几个词条：管弦乐与配器、门德尔松、戴留斯、雷斯皮基，还将读钢琴、贝多芬、德沃夏克等条目，此书全部上网，小吴从网上录下的。人家出版家有气派。从网上还可免费得一本120页16开的内容简介，几天后便邮寄来了……2.12.（2001）"

我知道辛丰年最感兴趣的几部音乐的大书，其中孜孜以求的，当属保罗·亨利·朗的《西方文明中的音乐》，"我一直念念不忘想读其前面的部分，尤想看他怎么谈巴洛克与莫扎特。然而几处都无法借到。不知你能否想想办法，帮忙借了复印巴洛克、莫扎特那两部分？当然，倘能借来读则更妙，可核对中译中我疑其有误之处。1.14.（1997）"，于是我拜托杨燕迪君借来上音图书馆的藏书，书已破损，扉页有一枚红印，上刻"谭小麟赠书"，顿令我肃然起敬。谭小麟的遗赠，算是文物了，外借南通总不相宜，便尽量多地复印了几章托朋友带去。后来严锋终于在海外为父亲买到了英文版《西方文明中的音乐》，先生来信大呼"一定要细读的"。

2001年6月6日，我四去南通，给辛丰年带去贵州人民出版社的中文版《西方文明中的音乐》，这是责编杨建国所托，并请辛丰年写书评。那次是乘武汉开来的江轮，六个多小时才到。晚饭先生带我及吴维忠去了临水的一座亭台楼阁，荷塘月色，美食清茶。看我喜欢，第二天又安排了午宴在那里，并唤来严晓星、刘琳琳、吴维忠与李娟夫妇、画家余先生等朋友。那里的荷叶蒸饭、海勒鱼是在别处吃不到的。饭后一拨人又浩浩荡荡开赴新开张的梅庵书苑，那是青杉中的一处惊艳，湖畔茅庐，曲径通幽，大家赏画品茗，不亦乐乎。有朋友不断赶来，庵主冷雪兰女史抚琴一曲《酒狂》助兴，梅庵派传人袁华则献演《关山月》和《平沙落雁》，后又奇遇我喜欢的画家冷冰川，原来是冷雪兰的哥哥！那天人多，先生话少，坐在竹椅上翻看画册，有一搭无一搭说着话，或拄拐若有所思，继而起身去抚弄古琴，我顺手拍了一张照片，这便是后来在朋友圈子里传开的"反弹古琴"的由来。那日真是快乐！傍晚送辛丰年回到家里，他将帽子脱下，才发现，他已白发满头。

我从未见过辛丰年染指烟酒，未见过他开怀大笑。他不善幽默或说不屑幽默。他就像严肃音乐，貌似严肃，一旦听进去，再不能离开。辛丰年更是一个宽厚谦和的好人，对不齿的人和事，也就轻轻以鼻嗤之而已，我未曾听说更未曾看见他发火。然而一次信中他有些火：

  有件事颇荒唐……拟将我的三篇文字（都是《如是我闻》中的）收入一本谈乐的书中，征求同意，我当然随便。不久前这书印出了，寄来一本，名《行板如歌》，印刷装帧都相当不坏，可是一翻，真是"出人意表之外"！（这句话是当年鲁迅讽刺一个反对新文化而文字不通的"国学家"的，语病在于"之外"是蛇足。）原来书中除了鄙人、李皖（一直在《读书》上为流行音乐鼓吹，文章却漂亮，真可惜他不爱严肃音乐！）和另一位我陌生者三人以外，别的统统是老外，而且是赫赫的大文人：罗曼·罗兰、茨威格、普鲁斯特、托夫勒……当然是从各种文集中选来的片段文字。

你看，我们三个中国人，根本算不上真正"文人"的，竟成了"代表"，同世界文豪们共聚一堂了！我感到一种大出洋相的侮辱，早知是这种内容，我绝不会同意的。……11.24.（1996）

这让我看来实在是不算什么，辛丰年却生了气，可见越过了他心中的底线。他对名利，一向淡泊：

……我再次提个恳求，今后再用我稿，务恳把它放到后面去，切勿占重要位置。我作为老撰稿人，写的又不是最新报道，安在靠后的地方是合情合理的，如果有人愿看，这也并无妨碍。至要至要！2.21.（1999）

有一年文化部邀请维也纳爱乐、费城管弦等四大名团到北京演出，吴祖强先生代中演公司总裁张宇写信，邀请辛丰年去北京亲逢其盛，而他以不适应长途旅行婉拒。我知道辛丰年长久没听过现场演奏了，他曾吐露过让我替他安排去上海交响乐团听排练的心愿。放弃良机，主要原因是他"不愿揩油"，他写信告诉我。这件事给我不小的震动。

当初我责编辛丰年的《阿·鲁宾斯坦缤纷录》，署为编著。这本不是辛丰年的原意，是我为了多开些稿费（编著稿费高于编译），强加并"出卖"了他。看自己2000年10月30日记有一笔："上午打电话给辛丰年，他对'编著'二字提出异议。但别无好办法，再说吧。"当时多有译者有相反的要求，已成业内风气，我便先姑息了自己，含混过去。现在觉得特别特别对不起他，先生躺枪，我是枪手。他当面并没发火，连愠怒也没有，他宠我，我就更难过。今天，今天，我连个忏悔的地方也找不到！

2008年9月的一天，我买了长途汽车当日来回票，五去南通看望辛丰年。头一回走苏通大桥，看长江，想着辛丰年，水面宽阔，江声浩荡，真真地灵人杰啊。到了辛丰年姚港路的新居，打电话上去，他颤颤巍巍地下来开门，本来揿一下电子锁便可以的，他却执意亲自下楼梯迎我上去。当我握住他的手，发觉他瘦了，明显气虚，面也苍白。看他的书房兼卧室，钢琴上摆着的还是那套psb书架音箱，小阳台上放一小书桌，桌上是翻烂了的《牛津音乐指南》，上面用红蓝两色铅笔画满了蝇头小字，先生正在看《牛津》呢。我将带来的东西一一给他看，他没兴趣，就是要说话。玲玲放学，母女到家，我向她们"请假"带老人出去午餐。先生电招吴维忠、严晓星同聚，选了最近的一家餐馆。搀他艰难地走去，艰难地过马路，再艰难地上了二楼，点菜，吃饭。他明显吃得少了。严晓星有采访匆匆离去，而先生意兴不减，提议再找地方喝茶。又是一路好走，到了南通剧院底楼的半岛咖啡，要了一壶铁观音，天南地北了整个下午。那一次看到的辛丰年，是位老人了。

我与辛丰年，见面并不多，更多是神交于信中："沪上音乐有何动态，有暇仍盼告。"于是，我便谈沪上音乐。"关于费城的情况，有何见闻，很盼便中具体谈谈。"于是，便谈费城乐团。"你每次谈出游见闻，似乎没涉及音乐，是否可带个录音机出去？"于是，我再谈旅途上的音乐，没带录音机。我总投其所好，说有趣的事给他听，偶尔也会发发牢骚骂骂人。有一回我给他写了几页信纸，谈的全是，吃。2010年瓦格纳全本《尼伯龙根的指环》德国科隆歌剧院版来上海，我有幸四部看全了，我将之看作自己音乐生活中的重大事件。我一定给他写了信，不会不说给他听的。然而我找不到任何有关的蛛丝马迹，全年的日记也找不见了。

后来先生年迈，手抖眼花加剧，"圆珠笔往纸上戳窟窿"，我给他的信越来越长，他的回信越来越短。我便跟他约定，我仍旧写信但他不必回复。有复信的精力不如写东西留给读者。因我知道他肚子里的书还有几部:《乐迷忏悔录》《妙文共赏》《现代文人与乐》《听乐之道》,其中《听乐之道》(即《不够知己的知心话》)是想细说他的几部最爱,都是听过千遍以上的,如《芬格尔山洞》《新世界》《贝多芬第九》《罗马的松树》《罗马的喷泉》等等。"另外还有几个题目,如《莫扎特导游手册》《贝多芬导游手册》,大概只好算了。"

最后的几年,他来信常叹为时不多,先是取消了听音乐,后来眼力不济,书也不大看了:"虽然极具衰老,还是贪心求知。""眼又坏了……买来的好书积压未看或未细看的不少,使人着急,有负债感,乃至负罪感。"倒是关心朋友提供的时政资讯,担忧并"愤青"了一阵子。一次我支吾着给他说网上要为某人翻案的事,他断然否定,观点鲜明。2009年5月,他白内障开好刀,电话里声音洪亮许多,教我如何泡乌龙茶,先用沸水烫杯,再用沸水冲泡……半月前未知的恐慌已然消解。并且,又开始听音乐了。

2011年9月,某天我给辛丰年打电话,无人接听,午饭时打,仍无人接,心中不免忐忑。下午即问严晓星,方知先生摔跤住进了医院,入院前他还特地叮嘱家人不要告诉严晓星。伤筋动骨一百天,这下他苦了。他是任何事(书、乐之外)从不麻烦别人的人,甚至小辈,不便之处,总是先委屈了自己。

去年初,我责编的杨立青所著《管弦乐配器教程》终于出版，我知道辛丰年盼此书已久，第一时间寄上，心里明白，这三卷本1558页的巨著，他未必看得动了。之后，又寄过一本赵越胜的《燃灯者》，打电话过去，他却没看。那些日子，电话里他老是说冷，我大声说温水泡脚！多晒太阳！9月，他让我找马斯内的歌剧《泰伊斯》DVD，想弄清楚小提琴solo《沉思》在《泰伊斯》中的位置和背景。《沉思》估计他也听了几百上千遍，问题也一定存疑了几十年。淘到，弗莱明版，寄去。可是，可是严锋说，我寄去的竟是一张空壳！太不靠谱！于是给他写信，夹在再一张的《泰伊斯》里，那是2012年10月31日，这大约是我写给他的最后一封信了。11月，打电话给他，想跟他聊《沉思》，他的声音已有气无力，时断时续，我不敢再谈，匆匆挂了电话，怔了半响。今年1月中，问严锋，他说不好，有些糊涂了。3月初，我打电话，小儿子严锐说，亲近的人还是记得的，胃口也不坏。3月26日，上午还想着给辛丰年寄些软和的西番尼，不料中午严晓星电告噩耗。

严锋整理父亲的遗物时，发现有我的信，很多。这让我大惊——先生最后的几年，已将藏书纷纷送人，怎么还会保留我的信？感伤之余我又想到，辛丰年生前已跟上海文艺出版社有约，出版五卷本《辛丰年文集》。倘若再加一卷书信，岂不更美？正如本文的初衷，辛丰年的信，有更多的人看到才好。辛丰年与章品镇、薛范、赵丽雅、陆灏、刘绪源、陆圣洁、王海浩等诸位师友，相互的信会很多。

今年 5 月 23 日，著名的维也纳爱乐六把大提琴在东艺演出一台古典小品，听后我忍不住地又要给辛丰年写信：

> 上半场的演出严肃正统，六位演奏家身穿燕尾服，其中有先生喜欢的舒伯特；下半场他们换了各式便装演奏，弄姿作态，插科打诨，穿插了戏剧小品跟观众互动。他们肯定是伦敦"逍遥音乐节"的常客。最绝的是大轴，拉威尔的《波莱罗》改编曲，由四个人拉一把大提琴。您能想象得到么辛丰年先生？四个人拉一把琴！一位坐在地上，用弓子作"马后奏"，奏响第一声——专司小鼓永不歇止的鼓点，担任节奏；唯一能坐在椅子上常规演奏的，自然担任波莱罗主旋律；第三位演奏家两臂围抱在他的背后，勉力拉奏复调，其实不成其为复调的，几个骨干音而已；而第四位（长得像乔布斯）兜转在三人周围，跳脚点地作击剑状，时不时地猛刺出一弓，正是原作中贝司的加强低音。效果妙极了，笑得我腰痛。你不得不佩服改编者对乐器法的精通，否则写不出这根本不可能的总谱，且旋律、和声、节奏、复调全然忠实原作，无有僭越。世界顶级的演奏家演奏世界顶级的曲目，用了搞笑的方式，辛丰年先生，您以为如何？

2013 年 7 月 4 日

1990年

李章先生：

您好！今天收到来信与刊物，很感谢！

你刊[1]一创刊我就看了，还写信提了些看法。近年的看得少，读此二期感到办得更好了。这是同科普一样有意义的"乐普"工作。

来信恳切，我感动又惭愧。自己是已退休的普通人。虽是乐迷，所知甚浅。无非听了些作品看了些文字资料而已。那些读乐文字是在《读书》编辑部启发之下乱谈了些感受，幸免方家齿冷，反而得到同好者认可，颇感惶恐！

《音乐与我》一栏之设是好主意。我向来极愿知道非音乐者听乐的情况，可惜我国的这种资料极少，令人觉得很多学者文人似乎都不爱乐。事实必不如此。你们如能把这方面的信息

---

[1] 指1979年上海文艺出版社音乐舞蹈编辑室创刊的《音乐爱好者》杂志，现属上海音乐出版社。

报道出来，既有史的价值，又会吸引更多人听乐。

多承约稿，拟一谈自己爱乐生涯的一点情况供您选用，七月上旬交稿，争取提早。可否？

祝

好

严格（辛丰年）[1]

1990.6.4.

李章先生：

来信收到。你刊全国独此一家，坚持办到现在，可贵！真值得坚持下去，办得更好。虽然这事大不易，要我出主意，我乐意。容仔细想想后另信详谈，但我只能从一个爱乐者的想法出发，卑之无甚富论，聊供参照而已。

为了与同好交流，写点东西，我也乐意。但为免选题重复，是否将近几年刊物总目复印一份寄我一看？麻烦就算了。

曾为"三联"写过一本《乐迷闲话》[2]见过没有？如未见，当寄上一本。我喜欢了解乐史中有意思的事情，涉猎所得，凑了那本小书，此类话题还可写一点。例如：

1. 八音盒。2. 机械乐器（自动风琴、钢琴）。3. 从话

---

[1] 原名严顺晞，参加革命后改名严格，辛丰年是笔名。
[2] 《乐迷闲话——欧洲古典乐坛侧影》，辛丰年著，三联书店1987年1月初版，1995年9月再版。

匣子到 HI-FI。4. 唱片迷怀旧。5.《钢琴名曲选》(即那本 Masterpiece)小议。6. 非乐人与音乐……

这些似可括而名之曰"乐史掇拾"。可供爱好者听曲时增加些联想。如有用，当陆续写出，其他题目，以后再提出同您商酌。

承告经历，甚感！您干过作曲、指挥，即使环境局限，实践所得终究是宝贵的。我则从未有学乐机会，全凭兴趣，零星涉猎。年轻时也曾被分到部队文艺团体，黄牛当马骑。后来便改做部队小报工作。已离休多年，一家三口，两儿去年才大学毕业就业，家务主要我来干，偷闲补读书，写文则多半情不可却，其实并无实学真知。

如有机会见面畅谈，向您请教，那就太好了。

请问数事：

1. 你社资料室外文音乐书多否？（音乐家传刊物……）

2. 您同"上音""上交"的人熟否？能否利用他们的图书资料？

3. 新出《莫扎特》[1] 是正式传记还是文学性的？

祝

编安

严格

1990.11.1.

---

[1]《莫扎特》(传记小说)，费利克斯·胡赫著，高中甫译，上海音乐出版社1990年版。

李章先生：

　　信收到。承慨赠《莫扎特》，十分感谢！不过这倒显得前次信上的提问有暗示讨书之嫌了！

　　稿子手头无有，赶写又会出粗货。我拟于下月21日之前写出两篇寄上，能用就用，不能用不用照顾，我仍将继续供稿备用。

　　"掇拾"栏名确实嫌文些，一时想不出什么雅俗共赏又不落套的，如今报刊上栏目名称极多，颇难出新。

　　如果不加什么栏名，作者可以夹叙夹议，更自由些，编者也可随便安排。不知您以为如何？字数只会少不会多，我不赞成加水分。

　　等总目寄到后再谈对刊物的建议。

　　如有机会来此一游，作长谈，太好了！到南通港坐8路车到"人民剧场站"下，向前（东）五十米即"解放新村"入口，向南三十米再向东，约二十米，见一"铁篱笆"，二楼上即我处。

　　草草。

祝好

严格
1990.11.20.

李章同志：

您好！最近可能很忙吧？

11月1日寄上一稿，想早收到了。

《音乐爱好者》第5期，至今未见，可否即寄一两本来？

祝

好

严格

1990.11.27.

稿费收到，年历今天收到。特告。又及。

李章先生：

前寄两信想已达。《莫扎特》与总目复印本已收到，很感谢！

今先寄上一稿，请指正。如不行，望即告，不用客气。另一稿也可于不久寄出。

关于办好刊物的建议，还得再想想，看了篇目后对创刊以来的成绩量很敬佩的。同时又觉得在已成格局中如何办出新意，大是难题！但乐海广大，不愁抓不到题目。

"乐史掇拾"一名不理想，我又想了，"乐迷话匣子"与"乐史杂碎"二名，前者范围广，可包容许多闲话，较自由。不知您有什么新的更好的想法？我都没有意见。

即问

编安

严格

1990.12.5.

李章先生：

19日信收到，承贺新年，谢谢！

4日信也早收到。

译名不规范是我疏懒未查，尽管改。今后当避免给编辑添麻烦。

"四大公司"：先施、永安、新新、大新，其中有的现已改为食品商店等了。

栏名应慎重确定，或索性免用，我无不同意见。

第二篇文已草成，原约年底前寄，既已赶不上集稿，想改改好，在下次集稿前付邮，想还来得及。

多谢问寒暖！（未寄贺年片，不恭，请恕！）

祝

编安

严格

1990.12.24.

1991 年

李章先生：

您好！刊物收到。《音乐笔记》这名目我觉得不错。较实在，又可包容许多话题。我读书也常做笔记，音乐方面也记了好些。寄上一稿请指正，如可用，内容上的毛病，望予修削，不必客气。我欣赏一种说法：编者、作者是合作关系。

以下是关于办刊物的想法。思量多次，没想出多少可提的，先说几点，以后随时补充。

一、已介绍的乐人、作品、知识，相当广泛了。今后是否怕重复？我想不必怕。老题目上大有新文章可作。尤其从巴赫到德彪西这一段音乐史中的，特别是巴、莫、贝、舒（伯特）、肖、瓦、布、德[1]这几人。其人其乐背景环境，材料是取之不竭的，而我们所知太少了。

---

1 18、19 世纪欧洲作曲家 J. S. 巴赫、莫扎特、贝多芬、舒伯特、肖邦、瓦格纳、勃拉姆斯、德沃夏克。

例如，莫扎特的书信，贝多芬的同时代人看贝多芬，柏辽兹的音乐通讯、他的回忆录，瓦格纳与反瓦者对骂之文……这些资料都大可利用（上海有这些书）。

总之要让爱乐者获得更立体的知识、信息，深化其兴趣，提高其境界。

二、《音乐与我》也大有可为，如能像《一百个北京人》（张辛欣）[1]那样搜罗、发掘，让名人与凡人无拘束地谈出真感受真体验，必能引人入胜，引起共鸣，将来可拔萃汇成一书：《一百个爱乐者》。有些人可能自己写不好，可以叫他谈，录音整理，要如实、如话，不要文艺腔。

三、要多多报道国内外乐情，但泛泛的应景新闻不好，广告、捧场式更不必。其实国外乐讯，他们刊物、报纸上一定很多。对中国听众感兴趣的人物、乐队、剧院动态，似可经常报道：马友友、梅纽因、小泽[2]、帕尔曼、维也纳爱乐乐队、柏林爱乐乐队、斯卡拉[3]、拜鲁特[4]……国内外钢琴、小提琴、吉他等生产、销售情况，唱片、音响工具新情况（这应该是一个重要题目），乐谱、乐学书籍出版消息……

---

[1] 《北京人：100个普通人的自述》，张辛欣、桑晔著，上海文艺出版社1986年版。

[2] 小泽征尔。

[3] 世界著名歌剧院意大利米兰斯卡拉歌剧院。

[4] 德国东部城市拜罗伊特，瓦格纳创建专演自己乐剧的节日剧院，从1876年至今，每年定期举行"拜罗伊特瓦格纳歌剧节"。

四、一个小点子不知是否可取：一部"左图右史"的西方乐史，看起来一定不枯燥。例如，一幅李斯特弹琴的油画，沙龙中挤满仕女，作种种风雅态，以此为题，配以一篇文字，不仅谈李，且可使当时的音乐风尚形象化，让读者对乐史加深兴趣。要图文并茂，图可赏，文可读。图片有来源，仅《格罗夫》[1]便有几千张，原版中且有彩色的，翻印效果尚可。

这部《音乐画史》不必求全，蒙太奇式的即可，如在刊物上连载，一次一至两三题，问题是制版增加了成本！

以上聊供参考。

顺便说二事：

王安忆君的回忆文中说到"文革"中来通，借住文工团，地方是"天主堂"云云，这恐怕搞错了。天主堂此地只一所，在市郊。文工团从未住过。所云其实是名人张謇故居"濠南别业"，西式建筑，勉强像个教堂，但"钟楼"是没有的。今后您如来此，我当奉陪前去一观，离我寓不太远。这当然不是什么大问题。

另外，上期有无锡一中郑文千一文，正好，作者之姊郑文川君在此地教育学院教钢琴，业余教儿童学生，颇有些体会，她见许多人只谈少儿学琴之苦，自己却常发现他们苦中也有

---

[1] 《格罗夫音乐与音乐家辞典》，世界著名的多卷本音乐辞书，1852年由英国乔治·格罗夫主持编纂，1873年初版；1980年改为《新格罗夫音乐与音乐家辞典》；后又于2001年、2012年等出了新版。

乐,颇想以此为题投一稿。我也觉得这题目不坏,日见其多的望子成龙的家长也会感兴趣的。您如以为可取,便中来一信予以鼓励如何?文章是否可用,则看写得怎样了。她是"南师"毕业,现又从王建中夫人杨女士进修。

祝

编安

严格

1991.1.21.

又及:

西乐在中国传播的史料、人物,也可以广泛深入搞些介绍。例如:

关于刘雪庵的生平,贺[1]、钱(仁康)等是他同学,为何不请他们多提供呢!

黎青主曾有德国太太华丽丝(Ellinor Valeslby),写了不少五代、宋词歌曲,很有特性。可惜,她的生平我们无所知,1940年代还有个年纪轻的华丽丝在沪与工部局乐队演过莫扎特小提琴协奏曲,可能是其女吧?关于她们,青主之子廖乃雄必清楚。似也是一个题目。

让钢琴技师、调音师谈谈他们的工作,对各种新旧琴的

---

1 贺绿汀。

见闻。

从前上海租琴甚易，对学琴人是一大方便，能否发掘一下这方面的情况？

围绕钢琴这一题似可组织很多文字，虽已不似几年前的热，其实仍在普及。南通小地方，新中国成立前只有寥寥几架（2—3），目前至少几百架了！

李章同志：

好！9日收到刊物4册（都是第5期）与信。今又接10日片。据我看，邮件慢主要不是邮路不通，而是邮局忙于别的事。奇怪的是，北京来信比我地去信总要快一二天。还有所谓快件，一般并不比平信快，有时还慢几天。你说叫人有什么办法！恐怕邮政也必须私有化才快得起来。从前从沪到京，平信四五天即到，有鲁迅书信为证。那时没长江大桥，过江要轮渡。如今有大桥，火车也应比蒸汽机车时代快，而反成了蜗牛！如出现民办的"民信局"，也许会快一点？（从前有，但被邮局挤垮了。）你要记住，新中国成立前，海关是英人控制的，邮政是法人的势力，高级邮政官员、职员多为法人。连省、市的邮局也如此。那么，除了私有化，还有仍让东、西洋人来办的一法了。呜呼！

这一期已全阅过。赵晓生的文章我很欣赏。你们应该盯住他多写一些。可憾《钢琴之道》[1]至今看不到!

我总盼从刊物上了解更多的西方乐坛情况,近日从广播中听到傅聪同前去造访的记者谈话,问他近来录哪些唱片,他说有德彪西的等等。还回答了其他问题。你们应该"跟踪"这些中国乐人,多报道其近况。我知西方音乐刊物很多,其中除乐坛消息外还有许多文字也是适合介绍给你刊读者的。可惜上海那些有条件阅看这类书刊者不动手做这种事,我极想做,而又无此条件!今后毛毛毕业了在沪有个小窝,我真愿去寻找资料加以刊用,但到时恐已无此体力了。

搬迁事仍悬而未定。

下一篇稿已打算写关于改编曲的种种。如早写成,当提前邮去。前次寄来样刊而我竟未收到,这比慢的问题更成问题。不过,如被谁揩油,倒也证明你刊有吸引力,而且那是个爱好者了。

祝好!

严格
1991.2.13

李章同志:

好!谢谢先后寄来的两书(待再看一遍后托人带上)。

---

[1]《钢琴演奏之道》,赵晓生著,湖南教育出版社1991年版。

《钢琴之道》写得好，读之获益匪浅。虽我并不研究此道。另一书也于我有益，比如关于钢琴中间那个延音踏板的机制，以前一直想不出它是怎么搞的，一般的资料中也无解释，书中一张图便说明了。这发明也真妙！此书译文似不是很理想的，但也不坏。

另外，有友赠一本你们新出的柏辽兹传[1]，我读后感到译笔不错，而原书无味，我极不喜此类"文学传记"！

刘作[2]我要的曲目附上。

下期稿当于15日前寄出，题未定。

春节前即病，年三十卧床入梦。严锋独吞"年夜饭"。现已好了。你一家都健康平安吧？

去年第6期的稿费不知曾否发出？我只在11月13日收稿费120元，是否即第6期的？

祝好！

严格

1991.2.22.

我地址仍不变。要变会告你。王海浩同志请代问好。

附：

1. 中国组曲（钢琴）

---

1 《柏辽兹》（传记小说），弗朗索瓦·布瓦耶著，李恒基译，上海音乐出版社1992年版。
2 刘雪庵作品。

2. 钢琴小奏鸣曲

3. 歌曲（要有钢琴伴奏）

（1）飘零的落花

（2）红豆词

（3）采莲谣

（4）春夜洛城闻笛

李章先生：

2月18日信收到很久，因忙，又估计您未必早返沪，故迟迟未复，乞谅！

今早已将稿付快邮，请查收。

由于仓促，最后把文题搞错了。您看是否仍用"怎样倾听……"，还是另换一题，请按您的想法办，文中有何明显不当处，亦望改削之，不必再同我商议了。

因我在《读书》上一文中追怀了刘雪庵，引起他友人李稚甫先生来信告我刘晚年惨况，又告我刘子刘学苏地址，我去信联系请刘复印几种刘雪庵先生作品，过去曾向其借抄过，早成劫灰了。据刘云，刘集正谋出版，但很困难。刘学苏君和他姐姐哥哥都因株连而生计困难，他现当工人。至于李稚甫先生，原系教授国学的，现在广东省文史馆当研究员。

我又发现了两个线索可供"我与乐"约稿，一是从萧乾回忆录中看到他当年在英伦听乐之事；一是贾植芳先生早年在日就喜听乐，有唱片，后来还有一堆片子丢在香港。最近一期《新文学史料》上他文中又提出与友共听《田园》之事。此二公如肯作稿，必能为您栏增色吧？

另外也是拙文引来的乐友来信中有在四川绵阳市305信箱（十七）62100（某军工厂）当高工的杨士毅君，上次托您问音乐词书的即此人。他对音响很内行。似也可作此栏之对象。

在新气候下，上海的音乐事业将有新的开展吗？

祝

好

严格

1991.3.14.

李章先生：

稿一篇寄上，不合用，请即告，当再试作一篇备用。嫌长，好删则删，寄回由我压缩也无妨，其中译名，除个别的皆以《音乐译名汇编》为据。西文未附，以省麻烦。

关于唱片，可谈的资料还可写一篇短的，或另作一题，当尽早寄上。

您俩来访，于我是空谷足音！原盼再聊聊有关"乐普"的话题，听您又一次谈到"看不懂、太深"的读者反映，觉得是个大问题。要不要，又如何解决？做好了，爱乐队伍扩大，刊物也可能洛阳纸贵，我也很愿意动脑筋，可惜不了解此类爱好者的详情。

那晚上提到可借鉴的台湾乐刊，也找了出来想给您看看，即《音乐文摘》，见过否？内容有用，文字不劣。

这次当了个蹩脚导游，（后才知，"纺博"有一处漏游，可惜！）又未尽地主之谊，倒反劳两位破费，虽也可充小说家资料，究属失礼。回想颇觉可笑，惭愧！但期他日能有机会补偿一下。下次再来，望先告，好做准备。

您愿帮严锋解决资料等问题，他非常感谢！

此请

春安

严格

1991.4.6.

李章先生：

您俩好！照片早收到。4月22日信也收到好久了。为等着文稿一并寄，故迟复。

谈"莫扎特"的稿子前已给《读书》投过二篇，已挤不出新的感受与议论了。寄上的是从读乐史中杂记下的，是一些我觉得有意思的事，但不知有无用处。无用不妨，只烦便中退我。如嫌太长，可拆开补白，如何？题目、文字，需改便请改之。

附上的图片，似可供刊物插图参考。如要制版，可用原版书《牛津音乐指南》1至10版中均可找到。似也可仿作，莫的图已被用得老一套了，故作此建议。

《华盛顿邮报》一事，您如此认真对待，我赞成！差错是难免的，似也无须再为此懊恼了。顺便告一事，或许对防错不无用处。近发现《科林斯百科》莫扎特条中关于最后三首交响曲写作时间似误，它说"2周（fortnight）"，但一般认为是6周左右。我想起您社出的词典，曾听钱仁康教授云，是以它为"蓝本"的，若然，会不会误从其说？你们这词典，我未买，无从一查。所以译名也是以《音乐译名汇编》为据校正的。

承蒙了解与接洽到"上音图"看资料一事，非常感谢！但须消除一点可能的误会。揩公家或他人之油，我向无兴趣，所以看到信中关于费用的话，一方面感谢提醒，同时也一惊，因为自己毫无此一念头，也怪自己原先未说清了。假如有机会赴沪查书，除了可能还得麻烦您打招呼，一切费用，当然自理。虽颇穷酸，为爱好花点钱也不会肉疼的。当然，对别人的这种揩油，也不必多加消责，举国皆然，上行下效么！

音乐之春[1]，想您又忙了几天？但刊物又有新文章可作了。报载新成立青年交响乐队，您觉水平如何？反映如何？从前听苏联青年交响乐队灌的一张《西班牙随想》，似特有一股蓬勃朝气。好像是不用指挥的，这种乐队只要有，便是可喜之事。

---

1 即"上海之春音乐节"，2001年改为"上海之春国际音乐节"。

烦提醒会计先生，下次如汇稿费，请用原名，否则邮局麻烦。谢谢。祝
双安！

严格
1991.5.15.

李章先生：

信悉。稿嫌长，是否在"三题"中去其一，或只取其一，或各砍掉一些。三题中《莫与钢琴》一篇，我觉得那些资料是值得介绍的，而且用这个角度来观、听，似乎有助于对乐史的感受。这也是我想编写的谈钢琴的书中之一题。不知您对此感兴趣否？

《听唱片》稿太长，请将便于删节处削掉，如何？唱片是一个我极感兴趣的话题，所以不觉话长了。

来信告我许多乐坛新事和您的看法，对我很有用，感谢！甚至认为：如果以这种通信形式，谈话口气，介绍一些音乐新闻，有褒有贬，而不是一味好话，可能比中国报刊上那些无聊、无味的报道效果大得多。若干年来人们已习于只能捧而不能评议！

还有个感觉不知您以为如何：如果让爱乐者误以为一切名家的作品都是伟大的、或绝妙的、或……的，总之无一不美，这也是不可取的"名曲欣赏"法。毛姆说过："一味恭维

某些被认为经典之作的小说，对一般读者来说，其危害是不可低估。他读后会感到那样的说法不足以说服人。"(《巨匠与杰作》)。

我想，读"名曲"亦然。

"大自然乐团"，经您一介绍，令人向往！大凡青年管弦乐队都有朝气吧。但愿其不会昙花一现。我如有机会，很想多听听排练，以充实自己对乐队的了解、知识。我对管弦乐方面的知识有极大兴趣，惜感性知识甚少（理性的也不多）。

王君已来信，很热情。今知系您介绍，更可高兴。已复其一信。

先谈这些。祝

健

严格

1991.6.5.

李章先生：

感谢您的认真，使我幸免了一些差错。原稿如此删节，我没意见。文字，不规范的译名，简化字，等等，如有发现问题，请即改正。

9页倒6行中莫扎特音乐学院，脱"乐学"二字。

10页倒5行末字是"爆"。

14页倒4行中"五部"应为"两部"（其中之一是"三钢

协奏曲"的改编本,见《格罗夫》曲目附注)。您也可考虑,改成"一部",那么,本行第6字"便"即去掉。

16页的"F"是否应为"f",因大小调分别用大、小写,似为通例?

16页末行开头,是否添"当年"二字。

关于"钢协"有多少部的问题,《贝克尔》[1]的统计是一架的21,外加"双钢""三钢"[2]"音乐会回旋曲"。《新格罗夫》是按最权威的几种"克氏曲目"排的,从K37到K595,共29,其中K382、K386是回旋曲,此外得27首,这27首又另有顺序号。从1到27,这是"权威"版本Breitkopf的编号(故曲目中以BH表示)。

通常都用这1—27号码附加克氏曲码来称他的这些作品。正如他的提琴协奏曲也有这种顺序号码一样。西方唱片目中亦如此,如按《贝克尔》,那就得另编一套号码了。

克氏将改编性质的1—4和"双、三钢"都放在一起,而《贝克尔》并不如此,但加在一起仍是27了。

有的人用"二十几部"的含糊说法。

最后"三交"[3]的创作时间:

---

[1] 指《贝克尔音乐词典》。
[2] "双钢"指两架钢琴协奏曲;"三钢"指三架钢琴协奏曲。
[3] 莫扎特的最后三部交响曲:降E大调No.39(K543)、g小调No.40(K550)、C大调《朱庇特》No.41(K551)。

美《国际音乐百科》第 10 版 1447 页：

"从 6 月初到 8 月 10 日之间。"（70 天？）

《新格罗夫》12 卷 710 页：

"按作者自己的曲目上所记，三曲的完稿时间为 6 月 26 日、7 月 25 日、8 月 10 日。"（70 多天？）

手头无权威性外文传记（如 A. 爱因斯坦那本），无从查证。我说的"6 周"也是算错了。总之《科林斯》[1]的"2 周"不知有何依据，而上二书中的时间又似不那么"神速"。

如您查到最新又可靠的说法盼告！以便长一知识。

我虽不研究乐学，对此类知识的查考辨证却有兴趣，何况为了写稿不出差错。

关于管乐四重协奏曲，《格罗夫》曲目中此作有两个编号，一是 K6 297B，一是 K6 14.01。前者的附注是"遗失（假如曾写过）"，后者注"可疑"。

但 A.Veinus《协奏曲》（1964 版）中 93 页起对此作者有颇详的介绍。

您看此段（14 页末）是否改为：

"又有两部管乐交响协奏曲，一部用了四件管乐器，一部用了六件。"（不提遗失与否）

因孩子开刀，我须送饭、照料，匆匆不及谈别事，容异日

---

[1] 《科林斯百科音乐词典》。

再写。

祝您俩好！

严

1991.6.21.

李章先生：

前信寄出我又查，D. J. Grout 的《西方音乐史》1973 增订版，（英文）P506 倒 14 行，它的说法是 "6 周"。

我上次即据此。却又自己忘了。

此书今年光华又曾征订过新版，也许又有新说法。

特告以资参考。

祝

好！

严

1991.6.25.

《新民晚报》前日《阿波罗~》一文作者李君何许人？

便中请告！

又及

李章先生：

信昨到，多谢关照！南通城区无水患，比起江南几市来是幸运的，连上海那种暴雨后马路成河的事也没有。《音乐爱好者》这一期我全看过。可看之文颇多。《音乐与我》中的文章很好，但此栏迄今似以文人所写为多，是否可找几位其他行业的，好让我们知道其不同的感受？估计您也许储存下了资料备用吧。不过，有的"闻人"如并无实感，而牵强挂钩，恐将使此栏跌价，深为可惜！

《莫扎特与台球》一图，在老《牛津》上1—10版皆有。10版以后改名《新牛津》，这一套版画便抽掉了。您查而不见的是否《新牛津》？未及用上是颇可惜的。我觉得这作品的内容和艺术都是值得介绍的。这一套作曲家肖像约十幅，都不老一套，有深度、特色，建议便中浏览一下看看，也许往后可派用处。顺便一提：名画家所做音乐家像，除见习者外其实还有不少可用的，如帕格尼尼除了安格尔那幅，尚有德拉克罗瓦的；又如门采尔作的约阿希姆与克拉拉合奏，蒙卡奇画的李斯特等等。假如予以精心使用，不但可美化刊物，增其雅韵，还将借美术之力加深乐艺之魅力吧！聊供参考而已。

据说激光片大为热门，LP相形见绌，如有钱，倒是搜集LP的好机会，它并不比CD差多少也。

前次问李某之事，并非想找此人，只是看他的报道，似对乐界情况很熟悉。故一问之。

从近期书讯报上看，你社似为淡季，新书寥寥。可叹！我订此只为了看新书广告，主要又为了沪版书。但《文汇读书周报》却办得不坏，从内容、文章到编排皆可喜，不知您以为如何？

我们孩子已出院，复旦已来录取通知（博士生）。从此又要去啃三年鸡肋！

院长换人，改由我们不知道的"政治工作家"主其事，是否也为了加强领导？有何人事背景？可得而闻欤？

敬祝

俪安！

严格

1991.8.3.

李章先生：

来信悉。您及时提醒了我供稿的事，我当尽量提前些寄一稿去。想谈的是自己深嗜的德沃夏克，回顾一番五十多年中所听的印象，很想以此来引起和加深同好者的兴趣。不知此设想合适不？如不行，请即告，可另觅一题。

承您不弃，谈到您对自己的现状不满意等等，其实如与我辈相比，足下是幸运得多了。我指的是精神上的处境，即求知的条件。我虽有心补习一些知识，奈何已加速走向火葬场，力不从心，也只好满足于学多少算多少了。可自慰的是既不必上班，也没多少无聊的会，除了家务，时光都是自己支配了。

又蒙您答应代为优惠买书、唱片，很感谢！暂时还不需要麻烦您，也许有机会去申暂住，则可能要烦您设法介绍到

"上音图"翻资料了。不过这还不知何时实现。

您俩住过的此地濠滨旅馆一带，一到秋天，早晚的景色特别可赏，这是上海人享受不到的，更无水深齐膝之类的问题。最后，顺便一提，稿费至今杳然，可见你刊财政之窘了！本月因孩子病等情，收支出现赤字，原估计可以此弥补，后来只好另想办法了。这是无所谓的，请勿特去查催。

祝好！

严

1991.8.16.

李章先生：

信、刊昨到，多谢！初步浏览，好文不少！"盲童"这一题，抓得太好了！我竟未想到过，将再读，从盲人心中之乐思索音乐形象问题。

赵教授似可算乐人中能文者。可见此公有才！他所谈的问题，钱钟书有一文中论"得心应手"，绝妙！林教授谈教琴一文，对听乐也有用。可惜听不到"南张"（张世祥）对"北林"（林耀基）的教法有何看法。似可介绍。

我文中有个错误。说德沃夏克是"屠夫之子"，其实是他曾跟叔父学过屠宰。写时没翻翻资料，致有此失！

正想向您打听明年刊物选题之事。我可提供的主要是两组：

一、谈钢琴的。请看大纲。原作为一本小书设想的，要用在刊物上，须压缩、节选。

二、谈听乐：当然仍是门外汉想传给门外人的某些卑之无甚高的经验，不是什么"欣赏术"。想用答友人书简体，每简一个中心，题未定。但大致是：听什么？听不懂怎办？标题与无标题的打不清的官司。共鸣共创。"识曲听其真"……

这题恐难写明白，更不易写得满意。但颇值得一试。

承询"三联"那边有无"结集"之说，沈君原有此说，后来再未提，我也不想问，这年头，谁不知出书难！

假如你社有兴趣，不胜荣幸！愿将那些文字好好修改充实，以供采择。

有点随想，仅供参考：《音乐与我》评奖延期很对，此栏更不该结束，但愿蓄后劲，出新意，造小高潮。

还有个点子也许不可行：此栏每期单独另印一批，供人附邮函索，似可产生更大的共鸣效果，刊物的名气也增长了。

上次告您，9月集稿，拟作"谈德沃夏克"一文，如认为不大合用，可否便中示知，我便不写它了。

还有一事烦您：我极爱江南丝竹《中花六板》，很想看到上海民族乐团的那种合奏总谱（"中央民族"[1]的编谱与之。有异，稍逊）。你社几年前出的《江南丝竹谱集》中如有此，能

---

[1] 中央民族乐团。

否复印一份给我？该集我只见过广告而未买到。借此向您推荐此曲。您当然听过，但不知是否注意到沪团"文革"前的录音？此曲是我们的宝贝！可入世界音乐之林！

  祝

好

严格
1991.9.2.

李章先生：

  信、谱收到，甚感！此稿如不合用或已误期，盼便中寄还。如须改削，请动手，不必同我商量。《乱谈琴》[1]请勿再提交，详见另信。

  "屠夫之子"不误，他祖、父都干过这一行。

严
1991.9.15.

李章先生：

  因您信迟来，我以为《德》稿已不需要，故搁置而忙别的活了。粗糙与差误请加斧削，不可用不必照顾，只要早点赐还便感谢了（普罗科菲耶夫的作品听得不多，也不太欣赏）。

  《乱谈》一事，去年三联沈君亦曾有愿加考虑的表示，后

---

[1] 后改书名为《钢琴文化300年》，署名辛丰年，三联书店1995年版。

无下文。前次您信中询问明年刊物选题，我遂报了它，今见来信中是作为书集选题上报，我想，既与三联有言在先，并未回绝，不可一稿两投，请即撤回此议。如三联明确表示不要，您社愿出，我当然乐于奉命。有劳您为此费心，深为抱歉！

《中花》谱来得不易，又多承百忙中代为搜寻复印，感谢感谢！

您对盲孩如此关怀，令我感动！我是极爱儿童的，对不幸的孩子更是同情。只恨无能为力，只能为他们洒一掬同情泪而已！

《听乐书简》我当努力写，您提示的甚有教益，但"版本"之事难言，只能粗粗谈说。因我见闻甚陋，所知版本不多，新的更少，难以详征博引，何况我专业性、学术性（美学）的知识太差呢！我想着手的是为具有中下听赏水平的乐迷提供些比较实惠的点子，只要能进一步激发兴趣，打开被"赏析八股"所阻塞的思路，也就不错了。关于此一大题中的文章从哪些角度去写，当再拟一提纲寄上请教。

有些题目您刊似可备用：

一、介绍那部《已录制的古典音乐》，即我在上期"唱片"一文中提到的大书，也即"版本"鉴赏。此书"上音"有。

二、阿图尔·鲁宾斯坦在上海、北京：这是他自传中的一节。据说此书中谈乐并不多。但这一节一定很值得介绍。可惜我无从得见！

三、《音乐艺术》第 3 期上《犹太音乐家在上海》一文中有不少线索，大可写成适合您刊用的文字用（当时的音乐会活动即是很好的题目）。

四、旧上海的琴行（乐器、售、租、乐谱的经营）。

五、昔日的流行音乐（从《毛毛雨》到《何日君再来》）。

这些是随想所得，聊供您参考吧。

顺便说二小事：1."上台"[1] 调频台日前播纪念德沃夏克节目很好，惜在放《新世界》广板时，最后那两个低音大提琴和弦（总谱上注为两把分奏，托维[2] 书中则说是四把）被漏掉。此一现象我以前也听到过几次。大概因为此处一路弱奏下来，放的人误以为已完了。据说配器家认为，这里的效果绝妙。可惜在录音中无法听出！ 2. 无意中发现，我曾在《科林斯》中记下一笔：缺 Drigo 这一条，然则你社词典中是否补上了？此人不大不小，遗漏是可惜的。暂谈这些。

祝

好

严格

1991.9.16.

---

[1] 上海广播电台。

[2] 托维（D. Tovey 1875—1940），英国音乐学家。

李先生：

昨寄一信，匆匆付邮，今天发现漏了一页，足见粗心！但我可趁此再补充一点。

南通琴童中似有天才苗子，例如有个三年级男孩王鲁，几年前曾在全国少儿电子琴大赛中取头名。后改学钢琴，老师是上音的曾某。现又将成为王建中夫人之徒。我听过他弹奏斯卡拉蒂、莫扎特、肖邦、德彪西，深感其天赋可惊。前些时应台商之约，要录磁带，连莫扎特之《F大调钢琴协奏曲》（No.19）不多久已能整部背奏，弹得蛮有味道。如果顺利，又将是一个傅聪了。

我想，如有人能将几个苗子的情况如实作些报道，反映出"院外"琴童成长的苦乐，望子成龙者的艰辛，可能是对上海十万琴童的父母有吸引力的吧？可惜我无此条件（不能深入了解）！我发现他们存在的大问题是老师教技术不授艺术，家长无音乐文化，小孩只练不听（也没时间听）。

又及

1991.9.17.

李章先生：

好！信、刊皆到。15日前集稿这回未忘，虽有别的杂务，一直在酝酿《怎么听》的内容与写法，充实框架。并打算在10日前寄出首篇。你及时提醒只有好处，绝不会有何不耐，今后仍盼如此，并盼随便一些，切勿以为我有什么架子。我们一见如故，又合作已久，彼此大可更随便些。

本期可看之文不少。《索尔蒂》即其一。《音乐与我》这期也有较多信息。新凤霞一文自然有其价值，但似乎并不全切这一栏目之题。《鼓文化史》素材却是丰富，展开后必更可观，我最想知道唐明皇擅长的羯鼓到底怎么回事。乐史中它的曲目很多，怎会敲出那么多名堂？"文革"前曾见一捷克唱片是《定音鼓协奏曲》（用七八面鼓），估计是怪诞音乐，未敢领教。此文我觉有"学术"、教材味，如写得更通俗化，效果更佳吧？

上次信中您谈的让我颇开"耳界"，可惜我对现代乐不得其门而入，落伍甚远了！

有友人爱德沃夏克，下期上拙文，开印后有无办法将其零页寄我一份以便寄友人一看？此事如麻烦就算，反正印出后可看到的。附提纲请说说意见。十日后即请留心查收稿件，免为收发者耽误。

关于栏目问题，我想待您看了第一篇稿后，如觉可用书简体即用之，不适合，即退我改成"笔记"体如何？我是觉得，这个内容用直接与心中读者笔谈的方式似乎更能唤起注意些，更能引起反馈，故欲一试。如您与编辑部同人感到影响栏目的稳定，则我乐意一仍其旧。后年如仍有合作机会，则我又想用"笔记"提供若干更像学习笔记的知识与体会了，此是后话。

近来您俩忙碌吧！健康如何？我一切如旧，忙于读书。例如，《天下风云一报人》(索尔兹伯里回忆录)、《费正清对华回忆录》都很值得一看，《红楼启示录》[1]就绝妙！此公真是"学者化"了，了不起！如尚未看，建议翻一翻如何？

祝好！

严格

1991.10.27.

稿费这种事可不管它，我经济尚可，不在乎它早来迟来，上次是偶然紧张而已。

又及

李章先生：

您好！来信、校样都收到。劳您办此额外之事，抱歉！如不太麻烦，还想得到一份清核过的，如不空，不必再搞，反正刊物上有。

我一切如常，近从薛范君之友陆圣洁君信中听说，您同薛范君熟悉，这也是意中之事。不知同廖辅叔有无接触，我很想知道华丽丝的身世，他一定知道，如您能便中一问告我，极感！但我并不想用作文章资料，此可保证不扩散的。

您能否打听一下，何处可购得《牛津音乐指南第十版》(光华影印本)，因有友人想买。

---

[1] 《红楼启示录》，王蒙著，三联书店1991年版。

稿请斧正，不大合用也不须照顾。栏名按您意图定夺，我不介意。沪上音乐有何动态，有暇仍盼告。此问近好！

严格

1991.11.10.

1992 年

李章先生：

补颂新年好！来信信息丰富，也谈得有味道，读之感慨不少！

年历已收到，谢谢！

15日前一定有稿寄去，即《怎样听》之第二篇。您出的那一题，容再思索酝酿，德沃夏克那一部作品我极喜。老柴的，只欣赏其中之《哀歌》。埃尔加的，生疏。苏克的非常新鲜，惜听得不多，维伦的有趣而嫌单薄。

12月10日我在沪打电话给您，知出差未归。我是应一在中学工作的友人之邀，陪他去中图进出口公司选购唱片的，在申二日即返。值得一告者二事：一是那里有位唱片专家，本行是化学工业，在彼"顾问"，对新老唱片（古典）的作曲者、演奏者等等博得不得了，据云收藏有大量老片子。我乘机向他请教了一些问题，可惜时间不够，但拟与之通信。特向您介绍此人，也许对刊物有用处，至少是值得采访、报道的。(其人为：程博垕　通讯地址即中图进出口上海分公司，延安中路537号　邮编200020）

另一事为，我协助选唱片之"南通市实验中学"，打算大搞音乐欣赏，所以不惜开支，买了音响设备，大批激光、LP片，如能有成果，我建议他们投稿，不知您对此感兴趣否？

近阅法人朗多米尔《西方音乐史》(人民音乐出版社)，觉其中许多论述颇可读，又康德拉申《指挥家境界》[1]，非常好。二书想已看过吧？

　　祝

好！

严格

1992.1.3. 发

李章同志：

您好！刊、信皆到，多谢！

令人气闷的是前几天接到湖南退回的汇款单：无书退款！那么也就暂时读不到了。但你为此事费神，我是很感谢的！借给我的书，本当由毛毛带去奉还，怕他误事，正另找别

---

[1] 《指挥家的境界（灵感形成规程）：与弗·拉日尼克夫的谈话》，基里尔·彼得罗维奇·康德拉申著，刁蓓华译，张洪谟校订，人民音乐出版社1987年版。

人办理。

下期稿已动手，请勿念。这也是"倾听"的末篇了。回顾一下，这一组稿子显得潦草、杂乱，有点不大像样吧！我想，成组的文章还是先全部写成再加工为好，这是教训！

明年还用得着我写的这种东西吗？请根据你刊情势仔细考虑一下。我们已是可以不必讲客气话的朋友，不用多顾虑。我是只要有材料，写得出，总是愿为"乐普"稍尽微劳的。写了不合用也没关系。

你为《配器法》投入的精力，我想是值得的。可惜我对新乐派入不了门，参不透那种禅！

祝
好！

严格
1992.8.30.

1993 年

李章同志：

昨已寄出下期稿，请查收。

来信使我为之震动又茫然自失的是那句话：20 世纪将逝，而我们对它的音乐知之甚少。

我痛感到自己对现代音乐之无知，但要补救似已无及，很有可能我自身也将随 20 世纪而去。可能还等不及。

即便 18、19 世纪的，我所知也不多。要争取补课的话，补哪一头？我真是两头不着实了！

评奖揭晓的前言写得有味。这个栏目我想是深得人心的。《音乐爱好者》似应以真心的非专业爱好者为上帝，认定这对象，同他们对话。刊物的编、作者也应以爱好者一员身份同大家交流、共鸣；如室内乐演奏的气氛。教授上课，名人报告，那种气味的文字，便不协调了。所以我为你刊作稿，实际上仍是参加《音乐与我》的交流而已。

"费城"[1]要来,是令人心动的大消息,但不知到时能去一听否!盼提前告我确讯,我好预做准备。北京的音乐会为什么比上海热闹?听说去年演了大量莫扎特之作,连他的室内乐也介绍了许多。是否在乐文化上海派落后于京派?

丁芷诺文中云莫扎特的"妹妹",应为"姐姐",是否手写之误?

"倾听"中有个错字,P29左下倒第三段"紧紧乎……",应为"累累乎……"。不过这可能是我没写清楚。

你曾问我有无要找刘雪庵之婿的事,如不太麻烦,请便中一询,可否为我复印几曲:

1. 钢琴小奏鸣曲
2.《中国组曲》(钢琴)
3.《飘零的落花》《春夜洛城闻笛》《红豆词》《采莲谣》四曲的钢琴伴奏谱

复印与邮寄费当然由我付还,但烦先垫。

萧乾的文章,何时刊出?我盼读多时了。

祝新春全家愉快!

请代向王海浩同志问好。

严格

1993.1.7.

---

[1] 指费城交响乐团。

李章同志：

您好！信、刊、曲皆到，非常感谢！刘曲我已盼了多年，今又重读，更觉其美！

陈啸空曲我没有。抱歉！

此稿因可写的还有许多内容，拟分两篇，这是上篇，不知可否。此书未见中译，我是借来看看的。

刊物已读。陈丹青文写得好，中国画人多能文，乐人似不如。

我觉得，如将萧文处理得突出一些也许有利于吸引知其人者也对音乐发生兴趣。

上期稿费已收，勿念！

匆匆抄好稿，托人带沪投邮，想可及时收到。

祝健！

严格
1993.3.10.

李章同志：

4月25日信与刊昨收到，13天才到！那么我6日附邮的稿子不大可能在15日前到达了。今日之邮政糟到这地步！

信中谈的民歌中的多声部与掌握绝对音高能力等都很有意思。为什么汉族音乐中自古以来多声部不得发展，少数民族反有此创造呢？我对此颇感兴趣。《读书》二期上有读《老残游记》作者小传一文，其中提到中乐的和声有萌芽而未发展的问题。我所知太少，只是有求知的兴趣而已。中乐中的疑难太多，而文字资料虽多，多说不清。例如唐、宋以来乐谱中的节拍，至今聚讼纷纭，不少文章读了令人头昏脑胀！

但近来却正读一本好书：《燕乐探微》。才看了一部分，觉得既有见解，又有文采，很吸引人读下去。尤其可敬的，作者丘琼荪（1895—1965），上海人，长期从事物理学与乐律学教学与研究，似乎是一位科学家而兼音乐学的，而其文显示出他是既博识又能贯通，可惜死得早了些！（此书"上古"[1] 1989年出，才印2000！）

我们的文化肯定又要遭劫！鲁迅说古书自古以来有水、火、兵、虫之厄，他料不到"文革"那种灾祸。而今，淘金狂潮又是一种与前不同的瘟疫。它不一定使书消灭，但却可能使人更愚昧可憎，使文化变质。

你认为那位侗族乐器改革者做的事可佩而价值可疑，我以为是有道理的。许多中乐器的革新都似乎是庸人自扰。但对七弦琴好像没人动脑筋，这倒是很值得做的。你可听说有改良古琴？（加扩音的不算什么革新。）

你说的余秋雨的好文章我未见，惭愧！我未读的当代文学太多了。也常想，有一天好好读一些代表作，现在看来要落空

---

[1] 指上海古籍出版社。

了，因为为日无多，眼力也越来越不济，要读的书太多，恐怕只能做个当代文学的无知者了。

我已年过七十，暂时还未生大病，小病也不多，危机是发现有颈椎增生与前列腺肥大。前者即手抖的病根，将来还会有其他恶果，但我泰然处之，只是写字不快很令人烦恼。

罗丹[1]，未能去看，"费城"来也去不成了。下半年必搬家，事前会告诉你新址的。

祝好！

严格
1993.5.9.

李章同志好！

前寄稿、函，想早收到。近来大概忙于听"费城"，报道上海乐坛新事吧？关于"费城"的情况，有何见闻，很盼便中具体谈谈，我不能前往一听，恐将成终生遗憾了！

现因发现稿中有一差错，故写此信。

《技、艺、名利》上篇（似在上篇，因底稿已弃，不好查）中，引萧伯纳讥评约阿希姆一文，形容其如"用肉豆蔻刮鸡眼"云云，现重阅萧原文，应如附纸所录，不知是否还有可能改正？如果已来不及，是否可在下期上附一更正？

---

[1] 指1993年3月27日至4月18日在上海展出的"罗丹作品中国展览"。

如颇费事，那就算了。可以解嘲的是这尚不涉及音乐本身问题，但每发现此类问题，总觉惭愧，也对不起读者。

请看着办好了。

祝好！

严格

1993.5.31.

（约阿希姆发狂般地……）"那种声音之难听，使得用脚后跟踩碎肉豆蔻的声音也优雅如风鸣琴了。……"

李章同志：

您好！信、书收到，极感！此书早已通读，因到处买不到，又须摘抄，故迟迟未还。今得赠书，真是意外之喜，附函烦得便转致。

信中谈"费交"演出情形，反而解除了心中遗憾。去听广场上的电声扩大，还不如不听，以保存四十年前从唱片上所得的感受，堂堂大上海，连个像样的音乐厅也无，可悲可耻！

所谓美妙感受指斯托克夫斯基指挥费交录的那套"胜利"唱片，当年日本翻版的这套片子，沪上很多。那唱盘中心的商标纸上与斯氏并列的是"英国管独奏：某某"。广板中英国管主题有特殊韵味。（可能像维也纳人奏的圆舞曲有独特的"缓急法"那样吧？）自听此片以来，其他唱片与演奏都显得有不够味之感——包括捷克版、卡拉扬指挥的柏林爱乐等等！除英国管主题外，还有几处印象深，如广板近尾处，一起齐奏：

[乐谱]

斯氏处理为相当 rubato[1] 又宣叙风的，极富感慨苍凉之至，尤妙者，↗处奏成"1↘6"的滑奏，或相当夸张的 portamento[2]，以后再未见有此奏法，而这重头的一段在别人手下总觉淡而无味了。

前不久得了一本好书：《小提琴的荣光》，是杨士毅君看到它印数寥寥，又是四川省版，特地买了寄我的。作者奥地利人，提琴鉴赏家，译者是留日的理科博士，爱好者，书中大谈名琴，如数家珍。读之大增知识。不知您见到没有？

下期供稿，有两题可作。现正思索中。

近读贺绿汀传，说他当年买了架"精艺"牌钢琴，我无知，没见也没听说过，您能否便中问一问老琴人，这种是沪上组装、抑或进口？有无外文牌名？质量如何？此事当然不急。

暂话这些。

祝好！

严格

1993.6.14.

---

[1] 意大利音乐术语，指音乐速度的伸缩（弹性）处理。
[2] 意大利音乐术语，指滑音。

本地未遭雹，可能在郊县吧。

孙道临文，但愿能全读到，倘非言之无物的话。

李章同志：

您好！信悉，刊物也通读了。

头一篇与《普列文下海》是很有意思的两篇。孙道临的大文何以不见，放下期用？

李凌之文，官样文章！此公当官以后，已非战争年代编《新音乐教程》时代的他了。

承问明年可供选题，初步想出这几个：

一、暮色中的贝多芬（读 Cooper[1] 的《贝多芬晚年》）

二、乐史上一朵硕大的昙花（迈耶贝尔的生涯）[2]

三、名琴的魅力（读《小提琴的荣光》）

四、钟声乐韵（谈中、西之钟）

五、可信赖的导游人（读托维《管弦乐作品分析》）

六、万众心弦共振（忆战争年代的群歌群唱）

这些，不一定写得好，姑且告您，明年有何需配合的音乐家纪念？

《钢琴之道》将由严锋带去还您。作稿一篇，另挂号寄

---

1 巴里·库珀（1949— ），英国音乐学家，贝多芬研究专家。
2 贾科莫·迈耶贝尔（1791—1864），德国作曲家。辛丰年此文标题后来改为《乐史留名一过客——为迈耶贝尔构像》(《音乐爱好者》1994 年第 2 期）。

出。题为：

《奇妙的和弦——无师自通的爱乐者、乐评家萧伯纳》。

字数3200。

祝好！

严格

1993.9.4.

李章同志：

22日发去稿子、快信，也许并不能快，其中又碰上礼拜六、日。

今日收到你一叠信，很愉快！萧集读后记我试试。如暂写不好，已考虑了另一篇，那是从《燕丹子》中荆轲刺秦王、秦姬通过琴上传话，救了秦王的传说（司马迁没采用，可能因其太奇特），说到三弦拉戏（大擂），说到黎锦晖叫王人艺在提琴上仿说话，以解释汉语四声现象，归结到旧体诗词格律中包含的微妙音乐效果。我觉得这个话题是很值得介绍的，不知你意如何？（此文拟题为《弦上语，诗中乐》。）

唱片介绍，眼下还只"拥有"不到20片，当然写不出。以后发现有什么可推荐的，可以试试，但我对"音响"无知（原因之一是听不到顶尖音响工具上放的顶尖录音，无可对照），恐只能就乐论乐。

水货确听不出什么不及正宗货之处。可恨开步已迟，今后也可能难买到多少好东西了。你的意见极是。正牌的何能多买,像"三和弦"这三种,如有水货,我都要买下。今昂贵若此,只好等等再说,但假如有莫扎特钢琴协奏曲全集,则愿以千元购之。不知有没有?拜托留心!

本地油水不多,也反映出了爱好者的情况。所以所获无几。附纸上是极想得到的片目。恳于顺便经过小店而又有点空时为我留意,当然不须特为去找。有所得即放你处,我叫严锋去取,片价随时汇上。他已毕业,留校,求学的洋罪结束了。往后如何,则难以预测了。

这儿也不比江南凉快多少,前些日子热得不想动,开风扇也是热风。

《李叔同集》,除前信所提,少《春思》一曲,后又想起还缺《秋柳》,是用美国民歌填词的。

买唱片之事,不着急,等凉爽些再看,但如有门路较不费事地搜集到一批的话,盼随时来信,以便汇一笔款去买。

暑热未消,祝夏安!

严格

1993 年[1]

---

1 此信作者漏写时间。为夏季,年份是推测出的。

李章同志：

你好！信、稿纸收到后，即酝酿此稿（另挂号寄上），几经修改，今始完成，不知是否值得一用。

来信说，《萧伯纳》一稿你颇感兴趣，这使我大感欣慰！对萧伯纳的乐评文字，我从六年前借得一本《选编》时便读得入迷，没想到今年又借到这三巨册的乐评全集，真是大过其瘾！不能不感谢帮忙借书的薛君了。只恨时间太紧，不及通读，但也草草作了不少摘录。现在利用此书中资料写成此文，又蒙你欣赏，这收获更大了。篇幅所限，还有许多精彩的内容包容不进去，很可惜！

关于你提起的与你社合作写书的问题，我当然是深为感谢的，我很乐意这样做，假如可将已在刊物上登载过的那些文字，出一小集，则我愿在原来基础上作些修改补充，或再加几篇新写的，如这方案不合用，则我也另有几个题目，可提出商量。

但目前我也许还难以动手。情况是，前不久，忽有文汇出版部胥君来访，据云她们那边想将我投在《读书》上的文字（或加上《爱好者》上的）凑成一集出版。我当然要问问"三联"那边是否同意。随即又得《读书》编辑来信，说有将读乐文章出书之议。现在此事如何，尚未收《读书》答复。如成事实，则修改、添写之事相当烦，年内恐再不可能干别的事了。当然，你那边每期的稿子，仍当按期交上。假如"三联""文汇"之事不成，我们可以商量合作的问题了。不知你那边有何打算，请告。

萧友梅纪念集，如能好好出一本，是极有价值的。这不是他个人的纪念问题，而是现代中乐史、中西乐交流史的问题。对此我极感兴趣。萧的侄女萧淑娴曾与名指挥家德人舍尔欣结合，舍尔欣指挥的捷克版唱片，我买过一些，过去不知他的情况，前年偶然发现几年前"人音"出的他的自传，很有意思，只是太短了！

你们出了赵元任集是一大贡献，如能再出他的纪念集就好了。赵有英文写的自述在美出版，又有一生不辍的日记，我如能见到就可庆幸了！还有，趁谭抒真健在，让他写回忆录，那也极有价值。

贺绿汀当年自己买了一架"精艺"牌钢琴，你知道有关此种琴的情况否？能否代为打听一下？

《音乐艺术》我过去买不到，1988年起才订。这以前的，你能不能代借一批看看？但此事并不忙。借不成也没关系。

先谈这些。祝好！

严格

1993.10.25.

1994 年

李章同志：

　　抱歉之至。现在才阅你 1 月 11 日那封信！但拖延实在是不得已。那封信收到后的次日，即函询《读书》编辑，因他们前不久曾提及拟将我写的那些东西编入《读书文丛》，故询其到底如何，对别家出有无意见。我原想等有回复来再写信，没料到至今未有回音，所以也不好答复你了。可能"三联"也面临出书难。《乐迷闲话》再印，去年已有合同，另一本谈谈钢琴的小书，去夏也说将付排，至今二者皆不见下文。我也没再问过。

　　自从你来信后，我即陷于准备应付拆迁的困境之中。由于所依附的单位不负责任，扯皮推诿，新居至今未落实。而搬迁的准备工作也琐碎烦杂，都压在我头上，因毛毛在沪，他弟弟要上班。这样一来，别的事便无从着手了。但我仍抽了点空将书稿修订补充完毕，随时可以交出。共文 30 篇，14 万字。除

《读书》上已刊者，另有几篇是去年新写的。

目前情况是，3月底必迁居，恐要折腾半月，4月中旬如稍安定，我拟带稿去沪，同你与贵友面谈。

此事拖延不决，大大辜负了你们的厚意，深感有愧！

附上一小稿，如不大行，不能用，不要紧。春节你想必又回徐省亲？乐坛动向如何？《音乐爱好者》有何新打算？有暇盼告。来信与寄刊，如在3月10日前寄出，可寄原址。我一搬到新地方即去信通知。《萧友梅》[1]请仍存你处，勿寄，以免遗失。

严格

1994.2.26.

李章同志：

您好！信、刊收到。阅后颇有启发与感触，本期刊中第一篇，宗、陈[2]、王丹丹这几篇很有味。

极为抱歉，《读书》终于来信，说"文集"归他们出。那么，与"世图"之合作，只好等以后了！真是对不起！

即将迁，新址：

青年路虹桥新村×××幢×××室

邮码仍旧。

---

[1] 《萧友梅纪念文集》，戴鹏海、黄旭东编，上海音乐出版社1993年版。
[2] 指《音乐爱好者》1994年第1期中的作家宗璞、陈村。

迁后再作长谈。祝好！

严

1994.3.12.

改址请便中转告王海浩同志，并问好。

李章同志：

久不见来信，疑为刊物有变数，看到来信，才放了心。信中所谈乐界动态，胜过看别处的报道。看来古典乐还是可以维持下去，也可能还会在普及与提高两方面有点进展也未可知。你们的事业不是没有希望的，这回你又散发了"种子"，最好抓住各种机会这样干下去，皇天不负苦心人！

1960年代曾见捷克 LP 中有一张定音鼓协奏曲，作者为谁已忘，当时也未买了听。

《士兵的故事》好像在1940年代的一本谈音乐欣赏的英文书中即有介绍，那么"首演"是很早之事。你说的这位当年鼓手也是高龄了。那么首演时他必是年轻小伙子无疑[1]。

你问对"缪斯"的印象，我当然赞成这栏目，不过有个想法，这对于有些读者与听唱片者如何更适合其需要？

---

[1] 斯特拉文斯基《士兵的故事》系1918年所作，同年9月28日在瑞士洛桑首演。这里的当年鼓手是美国作曲家、打击乐演奏家威廉·克拉夫特 William Kraft（1923— ），或指该作品在洛杉矶的首演。克拉夫特是当时斯特拉文斯基亲定的鼓手，两人修订的打击乐分谱沿用至今。鼓槌也由斯特拉文斯基所选，克拉夫特挂在自家墙上多年，现已赠国际打击乐协会博物馆。

刚好有位《读书周报》的朋友新赠我一本《音乐圣经》，浏览之下，大有感慨！1940年代曾买一本日文的《名曲唱片》。1980年代见到宝丽金唱片目录，这下又读到"圣经"！音乐既不可能有名必听，也不知从何选起！告诉你，我终于咬牙买了个袖珍CD机，索尼的，这比一套音响便宜多了，也不愁没地方摆。随之而来的大问题是唱片，多买买不起，也没时间听，必须精选。"圣经"里推荐的那千多首，恐怕只能选十分之一就不得了啦。但何去何取，极费思量！我当然不考虑别的，只想满足自己的欲望。有的是听了仍想细听的，有的是从前听过，极想再听的。许多东西虽有大名，也未见识过，照年轻时的胃口，那是非弄来一听不可的，如今老了，没有听遍一切名曲、读尽天下好书的劲头了！

我也发现，"圣经"中有一些玩意，似乎并不值得收入，而有些我多年来思念的音乐，并未列于其中，也许是那录音不够"发烧"水平吧？我在音乐享受上并非富人，尚且有此感觉，那么真正的美食家一定更觉得"圣经"不全了。

我想劝你也搞一个小CD机，这东西确实方便，又不干扰他人。

上一期"缪斯"栏的三种片子（平均律、莫钢奏、贝钢奏[1]）都想买。然不知其价，从何邮购呢？不公布价目，有何奥

---

[1] "钢奏"指钢琴奏鸣曲。

妙，你清楚吗？

我只能买那种便宜的片子，不知你有什么门路？承赐李叔同集，太感谢了！唱他的歌，是五十多年前之事了。最不可思议的是，他为古诗词选配西洋曲子，唱起来却不但不觉其不调和，反而感到那韵味非常贴切。例如李白的乐府《春思》(燕草如碧丝……)，他配以德国民歌（布拉姆斯[1]的《大学庆典序曲》中用了它），从前和今天，唱起来都觉得妙极，不但没有中西之隔，也不觉有古今之隔。此中道理，恐怕值得思索。

我发现，这本集子不知何以将此歌给漏了！其实丰子恺《中文名歌 50 曲》就收了它的。你如识编者，可否问一下这是为什么。

大岞小景拍得好。1964 年我去那里，只到了海边山上，遥望渔村，一大片石砌小楼，像个外国小市。

暂谈这些，我现居之屋比旧居大改善了。

祝好！

严格

1994.6.13.

李章同志：

深为抱歉！天奇热，昏昏然。不知怎么把写稿之事遗忘

---

1 现通译为"勃拉姆斯"。后同。

了，接电吃惊非小！

现拟于 7.23. 之前赶写出来以快邮寄上。如来不及用上，请另行采取措施补救吧！

稿约 2000—2500 字，题为《"圣经"内外》——读《音乐圣经》随想。主要说说书中未收而又值得推荐的一些名作。

匆匆。即祝

暑安

严格

1994.7.19.

李章同志：

来信收悉，感到非常抱歉，让你在百忙中为我办事，又是暑热天气，真是令人太不安了！

安忆君卧病，恐怕与用脑过度有关，希望能早日恢复健康，请代致问候。

你代我买的这几张唱片，极好！与此信同时汇上二百元，请查收。以后你路上碰到，顺手买一点，不必特地去找。

第 4 期已收到，其中《聂耳与体育》似可不登。

关于刊物销数下跌的原因，据我想，这同发烧友、高级音响热、帕尔曼的票房价值等对照起来看，只能说明真正爱听严肃音乐的人在减少。虚假之热是一种泡沫经济带来的繁荣。

最近看到成都的《发烧友》，完全是港台此类刊物的气味，虽然其中也有写得不坏的文字。你当然早已见到了吧？

我从一篇彭子冈写的老文章中看到，冰心是喜欢听唱片的，是否可约其写一篇？《文汇读书周报》近期上有何满子一文，提到他是唱片爱好者，你见到没有？

据说你们绍兴路已一变而为美食街了？！这对于你们来不及回家吃饭的人倒不无方便之处，这也是文化衰亡的不祥之兆。

听说昆山盗版片极多，也许那边是批发中心吧。

赵晓生前些时在南京讲《琴诀》，据说听的人很不少，他编的《琴诀》我在《音乐艺术》上读到。他确实能写。音乐界像他这样的笔杆子似不多。吴祖强在《读书》上有一篇解释何谓严肃音乐、高雅音乐的文字，写得很好，你见了没有？

下期稿子，仍将按时寄去供你采用，请放心！

祝好！

严格

1994.9.23.

李章同志：

您好！刊收到。此期好东西不少！如《牛津听乐记》《苏联歌曲与我》等。

你要我提供"系列"，苦思不得。苦于无新货。现在想以《杂议欣赏曲目》为总题（主题拟为《不必望洋兴叹！》）写六讲，大体上1和2为"谈必读曲目"，3和4为"谈可读曲目"，其他为"读不读由你之曲"。

此题似不无现实性、针对性，但要选得对，实在难。刊出后必遭专家之嗤。我反正是设身处地为同好者考虑，抛砖引玉。

第一篇俟改、誊后即寄上。如此案不可取，也不要紧，下次仍写些个别的题目，但此期想不及另写，因近来眼、手皆病，何况题材难找。

这回你太客气，为了招待我，花费了你宝贵的工夫，心里极为不安！

赵君来信托我转致她对你的感谢。借此机会建议约其为《音乐与我》写一文如何？她有名言："发现了音乐，才知前此的日子虚度了！"虽我知其对音乐所知不多不深，但有其特殊感受，又善写不老一套之文，故敢建议，你看着办吧。又此次有机会见了方平，才知这人极可敬，对人非常诚恳热情。他也爱乐，我向他略略探问了他对以莎剧为题的音乐的看法。你似乎大可约他来一篇，这将是很有价值的。（他地址：太原路×弄×号；电话×××；邮码200031）本期头条文中不也提到他？

麻烦你已太多，现又有两事相烦：

我熟悉的一个天才琴童沈滥，准备明年考音乐附中，老师叫她准备的曲子有贝多芬的一首回旋曲，需从音像资料中"找一找感觉"。然而无法听到，想烦你有便时为我在"上音"或"上图"搞一个录音，不知可能否？如不便就另想办法，也不太急，反正明年才考。

另外从本期上发现几种新书，值得购阅，烦便中代购，不急，想来不至于售缺的。

曲名、书名另纸附上。

你代为搜得的那几张CD都听了，声音皆不错。莫扎特《竖琴、长笛双重协奏曲》同我以往听过的二三种不是一个版本。你如顺便，望再为我买一片（此版本或其他均可），我想送同好者。

这次赵君买的几张，回去一放，有一张寂然无声，据说此情况已是第二次碰上了！

我在本地买了理查·施特劳斯的两张一盒的选辑，索尔蒂、维也纳等乐队，Decca，含《英雄的生涯》《超人交响诗》[1]《阿尔卑斯山交响曲》《唐璜》《梯尔的恶作剧》。65元一张。我主要是要细听《超人》《阿尔卑斯山交响曲》。

且谈这些。

祝好！

严格

1994.11.2.

请复制录音：贝多芬：*Rondo*（G大调）作品51/2

请代购：1.《马勒》；2.《中国乐伎》；3.《沈知白音乐论文集》；4.《梁启超年谱长编》（上海人民出版社）

---

[1] 即交响诗《查拉图斯特拉如是说》。

1995 年

辛丰年先生好！

发完第一期稿，抽空回了一趟徐州。家父住进医院，陪了十几天，顺便在老家过了元旦。近日返回上海，看到您的信。

赵君的人、文风采，我甚钦羡。前几日收到她的贺卡，小楷隽秀，更让我敬佩有加。在徐州我写了一封信给她，顺便求稿，不知她肯给面子不。

方平先生已答应我的约稿，只是他年事已高，还有正事要做，手脚慢些，第 1 期没能赶上，我索性不再催逼。

刚到办公室，第 1 期封面打样已赫然摆在桌面。不满意，格外扎眼。否掉重来，要浪费几千块钱，只好憋气发掉。真对不起读者。第 2 期须再做计议。今年社里有新要求，各期刊杂志都要承包经济指标，压力来自社会及单位，可谓里应外合，重何以担！但愿今年能拉到一些广告"吸吸氧"。

徐州的朋友在 1995 年都自觉地订了我们的刊物，印数不至大跌。印数现已成为刊物的生命线，我实在羡慕《读书》丰衣足食的状态。

回来后发现CD居然一下子涨了价。走前10块钱一片，如今已涨到14元，并无新曲目出现。只见到阿·鲁宾斯坦弹肖邦19首夜曲双片。对市场的估测，我一向低能。刊物存活艰难，却出现不少新的音乐杂志，除北京、广州、四川，上海又在筹划一个《现代音响》，大16开，铜版纸豪华本，软（音乐）硬（器材）件参半，是世界图书公司与电子工业部门的联姻之作，来找过我，口气很大：已解决全年广告。

走前曾寄出梁的年谱，不会没收到吧。

严锋可帮了我的大忙，很感谢他。只是我们财疏气短，往往面对好作者好稿件，开不出令人舒心的稿酬，唯有红着脸背过身。很多时候变成朋友帮忙。尤其是您，到了年底，我们也无从表示，今年居然连挂历也没了。样书要领须写明定价，每一本样书都要算到编辑部的头上。编辑与作者，刊物与读者，重压之下只能靠一种爱乐精神维系了。

第2期稿收到，勿念。

这信写了好几天，因岳母家修房子，天下大乱，家里不多的几个劳动力要轮番伺候，年前事多是乱上加乱。中央电视台的《东方之子》又来拍摄王安忆专题，我得张罗家里的电源、灯光什么的，去买把椅子，摄像机也跟着，日里夜里连着折腾，鸡飞狗跳。

很想《音乐爱好者》能有大的起色，曾就办刊请教过严锋，知道他忙，寒假回家时烦您问问他再转告我。

现在我已不太敢"正面"介绍具体作品，虽知回避不是办法，但已被"学院派"吓住。也不可总在边缘地带徘徊，不上不下，若即若离，定位尴尬。不如《爱乐》，一开始就瞄准发烧友，远离"学院派"。

1995年樊愉会加入进来，能帮很大忙。但经济之压令我气虚，沮丧。

贝多芬回旋曲的录音，再容我几天。

不多写了。

恭祝

新年新禧

大吉大利

李章
1995.1.16.

李章同志：

您好！另付快邮寄上稿一件，时间紧，手颤忽加剧，字写得很糟。也可能有误写，请改正。

这期《音乐爱好者》上可读之文不少。黄宗英一文很有味。我对别人谈学琴之事特感兴趣，尤其从前的。曾建议组织老琴工、调音师谈谈掌故，也与此有关。

帕尔曼演出反馈搞得很有意义。我总觉一个刊物上常常而且及时反映读者的信息才有生气。

《音乐与我》一栏是成功的，《雅人乐话》[1]上选了那么多即可证，我想是否还可扩大"稿野"？似乎迄今为止以文人为多，美术家似未见。如能有特殊行业的更妙。但公务员而又位高者恐以不找为好。

《梁启超年谱长编》已看完，很感谢你友移赠这本好书，但又于心不安，请为我选购一册他有用之书回赠如何？

买片余款无须寄回，还想烦你便中买书：

1. 沈知白《中国音乐史略》
2. 黄源《在鲁迅身边》（上海人民出版社）
3. 《皮斯顿配器法》（上海音乐出版社）

另外，人民音乐出版社柏辽兹《配器法》非常好看，可惜只见上册，你是否看到中、下卷？杨立青想必有？能否借阅？

朱践耳的歌曲《春，你几时归？》，我是1946年听他妹妹石音同志唱的。

赵晓生先生的地址请告，我想去信请教一些问题。

音响设备终于买好了吧？唱片的积累有何打算？看来我辈只好从中价片打主意。另外，朋友已有的，大可交流。不知Naxos片现在还大量供应不？我很想从中再买几种（德沃夏克

---

[1] 《雅人乐话》，陈子善编，文汇出版社1995年版。

《序曲集》、巴赫《创意曲》)。

暂话这些。祝好！

严格

1995.3.12.

李章同志：

您好！关于文稿标题之事，不必多过介意。下期的《倾听》稿已在动手，可望于下月 10 日前付邮，勿念！这回谈的是关于"鉴别力"的话题，不知能于读者有用否。

赵书，一见出版广告就很想买来看。现在就请代我购一册寄我，读后如我有把握谈一点感想，或相反，立即告您，写成后再看合用与否，能派用场，自然仍由你们用为好吧。

赵公的"太极作曲法"与按此法体系作的曲，我都看不懂也听不懂。但他由美人演奏的四重奏，我倒有不是太坏的印象。然对这位才子的才气、风度，我是向往的。有见面的机会，我会珍惜的，只恨所知甚浅，无法对话，甚至连问题也可能提不大出的！

杨立青的关于乐队与总谱读法的书，如您处有，能否借来一阅？只看过前者的第一册。

祝好！

严格

1995.6.29.

李章同志：

您好！信收悉。音响器材想来已经买好而且开始享受了？

前次拜托你办的事都不着急，请不必特地抽时间去进行，麻烦的更可暂搁。

由你转来的清华乐刊与信，我阅后即将你寄来的"学会倾听"复印稿挂号寄去（按该刊上地址"清华16楼1号爱好者之友协会卓然"）。前日被退回，退条上注明：无此单位。这不知是怎么回事。为了对读者负责，也不枉你找资料所费时间，我将它寄回给你，请你酌情处置。也许你有机会与该刊联系，问明以后，再行寄出。你看如何？

我近日收获之一是通"读"了"贝四重奏"[1] 17首，着重最后那5首。但还说不上有何心得，不过是初步了却多年心愿而已。有意思的是，德彪西的那首四重奏，1953年即买了一套旧片子（但完好如新），就是一点也听不懂！后即失去，时隔四十年，前些日才又听到（买了一张Naxos的），一开始仍觉莫名其妙，很丧气！然后又细听几回，开始被触动了！似乎其中有深沉而炽热的感情，到底如何，还待反复细听才知。

如见布拉姆斯《单簧管五重奏》（Op.115）劝你不妨一听，我已有。此曲十分动人，听后可以对此公的内心世界有更全更

---

1 指《贝多芬弦乐四重奏全集》。

真的了解。盗版片"音乐世界"（室乐）中有此曲之一章，是最好的一章，虽不全，演奏的情绪似比 Naxos 那张更浓、挚。

下期稿仍将按时寄上。

第 1 期刊物得赠二本，也已收到，感谢！

祝好！

严格

1995.

李章同志：

您好！刊、信早到。昨上午已将稿付邮，盼查收。天热难忍，我健康又大不妙，终日昏昏思睡，睡后仍不清醒。虽仍勉力看书听乐，写作却是没劲，因而这次迟寄了。请谅！

新的一期我认为至少有两篇好东西，首先是上海之春那篇，我奇怪你刊怎么有胆子刊出这种评论，不怕开罪于人（官与名人）？但如能从此开创一种直言不讳的乐评空气，那就太好了！对名曲、名手、名作曲家，不论古今中外，都该如此。不过，对读者不负责任地乱褒贬一通也不可取。以后是否可约赵晓生对一些新作与演出或唱片发议论？他的见解是可以认真听听的。如果他或别人不想惹事，似可用别名。《音乐与我》一栏中似也可选一些唱不同调乃至反调的。不知你以为可行否？总之，有异议即有生气，太协和是无味的，不真实的。

另一篇有看头的是林华的，可惜他不知何以不提迪斯尼的

《幻想曲》。

请考虑《不必望洋兴叹》明年还有没有续下去的必要。现在"必读曲"还未谈完，以下还有"可读曲"，乃至"可读可不读曲"，估计还要六篇才可完吧。

承你代买克莱斯勒，麻烦了！垫钱若干？请告！片子放你处不着急听。这一向我又耳福不浅。不少多年想听不可得之曲终于听到了。例如斯温德森《罗曼斯》（小提）、巴赫《哥德堡》（拿索斯，弹者陈必先，我同严锋都觉得弹得好极！），德沃夏克的管弦乐曲《传奇》，德彪西的《帆》《原野上的风》《小组曲》《雪花飞舞》……不久前从广州邮购来德彪西钢作全集，两函双片，不过二百余元。这下子对他的钢琴作品可以饱餐了！可惜有的真不好懂，莫名其妙！

莫扎特钢协全集11片，现只缺1片了。拿索斯的。今夏主要便是听这个，其中的早、中期作品颇有几首是虽不深刻完美而却美妙得醉人的！演奏者匈人扬多，我觉得完全可信，也可喜。不过今后一定要再听听其他人的。总之，能听全莫扎特钢协，是一大享受！这在我听乐的半生中是一大幸事了！

你刊的前景我想还是有光明的，既然雅乐听众似确在增加。纸贵了，是否可在增大容量上想些办法，例如，题收小些，文排密些，有的可用小号字。当然根本之计在于内容不断充实，而内容要对胃口又是根本之根本。所以如何摸清摸准读者需要，我总认为是个前提。读者之声如何反映？假如编辑部增加一人专门抓读者这一头与发行一头，你刊必有新气象。消极的方面似可尽量减少，尤其那些应景又无新闻价值的内容。

以上只是一孔之见，聊供参考。

小书《钢琴文化300年》等有人去即送你一本，如果能多读一些外文资料，也可能写得丰富一点，现在这本未免太瘦了。

刘雪庵《何日》[1]一曲的情况，我是依据别人的回忆文字，戴君的说法当然更有据，前些时邓丽君死时，电台放了她唱的此曲，很不佳！当年听的周璇的唱片，印象至今很深，不知你听过没有？

祝好！

严格
1995.9.13.

李章同志：

寄去稿子，迟了，很抱歉！

看了来信，有兴趣的信息不少。中图积压七千万CD，我怀疑是否七百万之误？从不久前看到的一份北京唱片目录看，并没开列大量片目。你手边有无上海的可供片目？如有，请便中寄来看看。我已将诺李斯的莫扎特钢协全集买齐，共11片。

---

1 指《何日君再来》。

演奏与声音都是不错的。另购得飞利浦双片，勃仑德尔弹的几首莫扎特钢协。我对这些作品越来越迷了！我将反复倾听它们，并阅读所能见到的资料，可惜不太多。最近我也买了西贝柳斯的交响曲1.2.4.5，飞利浦双片，戴维斯、波士顿[1]，演奏很好！值得一说的是此片说明书中有题目不同的英、德、法三篇文字，我只能读英文的，写得很有启发，有味道，料想另二篇也是言之有物的。这种超出了广告水平的辅导材料说明了人家是认真对待文化的。可悲的是我们现在的古典音乐热（？）似乎已同庸俗的商品化结缘了。一看到《经典》之类的"推销员"册子，就有恶心感。有人送我《唱片经典》，我看也是不可取的，我认为不管是什么天才，想在短时间内狼吞虎咽大量重大作品，而能真有感受，能做出诚实的评说，几乎是不可能的。

　　本期文字已都看了。蔡继琨的名作《浔阳渔火》早在五十年前就从一篇谈中国现代音乐的文中看到（你刊"阳"作"江"，不知是谁对），说是很引起注意。向往不已！可至今听不到。你能否从"研究所"挖出资料作些介绍。如是不长的琴曲，能缩印刊出最好。再如与贺绿汀同时得奖的老志诚等人作品，也可作同样的介绍吧？还有一条建议：为何不去盯住徐迟写篇回忆？金克木在一文中提到三十年代徐如何热心地诱导他

1　即科林·戴维斯指挥波士顿交响乐团演奏的西贝柳斯的交响曲。

听乐（《金克木小品》P16《1936年春·杭州·新诗》人民文学版）之事。很有味的文字。我之成乐迷，一由于丰子恺，二即感谢徐迟编写的二本谈乐的书，其中所用之警语至今深印脑中。可惜他还有本《歌剧素描》一直见不到（三种均老商务版）！他是否在沪？何不挤他写，能多挤出几篇更妙，不能等，他老了！如实现，我看应突出安排，这岂非最好的广告，也是最不俗的！我这点子是看了金文引发的，聊供参考而已。祝佳！

严格

1995.11.11.

李章同志：

你好！信均收到。书已送到，了却一心事！

明年就仍按你的提示，继续在"笔记"栏内写点各自成篇的小文，不求系列化了。这里寄上头一篇，不知可像个样子。有可删可改处，请斧削之，此后的拟写题初步设想如下：

二、大师与其钢琴（钢琴絮话之一）

三、钢琴与改编曲（钢琴絮话之二）

四、非音乐者的文化人与音乐的因缘

五、六、待考虑

严锋校里的事相当忙。除了准备论文，还得为导师干不少活，还有他的业余爱好。我说不准他能否为你刊写什么，关于吉他的，他可以写，但又另有刊物了。

  我处被外商看中，一大块地皮上的住户面临拆迁之苦，我最怕挪窝，又无能力，所以大伤脑筋，也只好先把一切用物与书清理起来，麻烦得很！此稿潦草，也与手颤有关，请原谅！

  祝

好！

严格
1995.11.18.

1996 年

李章同志：

您好！来信收到。你自己病状无发展，我们稍感安慰，等到夫人病愈后仍应抓紧确诊，才能对症治疗。年富力强者，有病还是忌拖。我自己怕上医院，因为反正已日薄西山了。

稿子定于 10 日前寄上勿念。春节中事杂，难以连续写作，所以拖下了。

从国内动态看，严肃乐的市场真有一种热起来的模样，据吴祖强信中云，文化部的"中演文娱公司"将接待西方四大乐团来演（法、荷、费城、维也纳）。该公司总经理张宇让他邀我去欣赏。这人你可熟？机会虽难得，我却无福消受。一是没那个闲空，二是如今眼花，走不大动，难以适应旅途的紧张，即连上海，也怕去了。此外，从《钢琴艺术》创刊号上报道的简讯中可以知道外国乐人访华的多极！（其实，你刊也可以更多地报道，不一定都详细报道，三言两语也行，而且要多介绍国外的。)

但我又深为怀疑,真正爱乐的人到底有多少?严肃乐是否仅仅是迅速市场化、商品化了?"发烧友"是对好音乐感兴趣还是赶时髦?与此同时,也一定有真正的爱乐者需要启蒙与辅导,然而他们往往可能被误导吧?

没有调查研究,想当然而已!

你对莫扎特有兴趣,不知注意到《布拉格》没有?我现在才发现,这是他最美妙的交响曲之一。尤其是第一章,那复调性与交响性真是太好听了!

最近终于买到戴留斯选集,EMI,双片,题为《比切姆与戴留斯》,因为所收全是比切姆指挥的,而比氏是戴氏的知己、知音。你倘有机会,无论如何要听听此人之作,他是奇才!身世奇,乐风奇。比后浪漫派人更有新意新色彩,又不似现代派人之不近情理。他的音乐,似乎充溢着一种巨大的惆怅,又不同于马勒的夸张,更不属于那类沙龙味的温情。北欧、英国、印象派、瓦格纳等好几种味,奇特地融合为一体。

此片虽为1960年代录音,演奏(伦敦交)绝佳。

有人告我,在杨浦区的一条什么路上有店中碟片很多,且多为莫扎特、贝多芬选集之类。

其实你身居沪上,既可收听音乐台,又可借朋友所藏之片,用不着多买多藏。自己收藏的书往往不抓紧读,唱片也如此。

我如手颤能改善，很想再用心写一本专谈读乐心得的书，但不知能写得出否。如写，也需要好好温习一下已听过的作品，也要再学点有关的乐理。

承你问及，台版书在此地再出之事，如有可能，再骗点稿费，那当然何乐不为，不过，是不是有版权纠纷呢？

且谈到此，祝好，并向王安忆同志问候，祝她早日病痊。

严格

1996.2.28.

李章同志：

信迟来了一天，否则买片之事可由小吴面告了。

烦代购：

1.《F美国》；2.《斯拉夫舞》（双钢）；3.《降B钢、弦三重奏》[1]。

如已售缺就等下次吧。

前寄之款是还欠的，此次之费容另汇上。

稿子总会在下月初邮去，放心！

关于稿费高低之事不必放在心上，我不注意此事。将已刊的文字出个小集子，由您在方便时处置，出不出都无所谓。但我处已收集不全了。至于已刊用的再用于别的刊物上，未

---

[1] 这三部作品即德沃夏克的《F大调弦乐四重奏"美国"》、《斯拉夫舞曲十六首》（双钢琴版）及《降B大调钢琴三重奏》。

免有炒饭之嫌了！台版的那本书名《请赴音乐的盛宴》[1]，内容有一部分已炒了冷饭，利用了《闲话》与你刊上的《怎样倾听……》中的材料。如再炒此已炒之饭，味道更不好了。

吴祖强曾代张宇邀我去北京听四大乐团（法、美……）演奏，不能去（衰老，一人出远门，连过马路、上公共汽车都困难，家里也没人）；不想去（对此类风雅事不想凑热闹，也不愿揩油）。法团已来过了，我从法国电台中得知，要演的"国乐"是《北京喜讯传边寨》。真令人可气！中国怎么拿不出什么别的新东西？我并不讨厌此作，以前还特地买了份总谱，在风琴上弹弹。不过这样安排节目近乎儿戏吧？真不知另外几个大乐团来又会拿什么"补白"。

近来从中央台"音乐桥"与沪台文艺频道《世界名曲欣赏》中捞到一点"视觉知识"。前几日有伯恩斯坦排《西城故事》的现场录像，那气氛非常热烈、认真，又如此融洽，我猜在中国的亦官亦商冒充风雅的文化市场中不会有此气氛的。看了这场面，大受感染，倒想听听《西城故事》的音乐了。可能是听不懂，因为对美国文化隔膜。不过，我总觉得西方的轻歌剧乃至音乐剧，比大歌剧要生活化。如果中国有好台本，好的音乐，这可能更值得搞。这又必须有一套真懂音乐的编、导、

---

[1]《请赴音乐的盛宴》，辛丰年著，台湾业强出版社，署名辛封泥，1995年4月初版；海南出版社1997年9月版改书名为《请赴音乐的盛会》，虽一字之差，殊违作者本意。

演的班子。其实那音乐可以不受中西传统的拘束。可以是古今中外的融汇交响，但又必须中国化、现代化、生活化，才能动人、动心。还可以省掉乐队，充分利用电脑、合成器。真可惜没有人动这个脑筋！但即使有人想认真地进行试验，又必定碰在官、商庸人的壁上，搞不下去。

我现在眼力更加不行了，看书很困难，但是不坚持看又来不及，必须补的课很多。估计顶多再有五年，眼睛就将报废，所以我花在听的上面的时间少了。这也可以有利于保存新鲜感。例如，前几天把莫扎特《布拉格》又听了一遍，享受到一种前所未有的欢悦，几乎是 ecstasy（狂喜）的感觉！我有两张，一是拿索斯的，一是 DG 中价片，是伯姆指挥"维也纳"，后一张更精彩。前些时函购（广州）到比切姆指挥的戴留斯选集，Decca 双片，这也是我最陶醉的音乐，前年无意中发现，中文中的"惆怅"一词，在英文中似乎找不到对应之词，为此还特意去买了一部《林语堂汉英词典》，仍无结果。现在又发现，戴留斯的音乐即是"惆怅"一词的好注解！不过真正中国味的"惆怅"还须到黄自的《玫瑰三愿》《春思》，以及陈田鹤的《江城子》中去找。

上一期《音乐爱好者》中可看的文章还是较多的。不过第一篇似乎不是太耐读的。至于差错，我倒还未发现多少。

严锋极少写家信，所以不清楚他的近况。从广告上发现他有一本书谈电脑游戏的。他的听乐兴趣主要在巴洛克、琉特琴。

暂谈这些。祝您俩
身心康泰！

严格
1996.4.24.

李章同志：

信收到。锯片前几天已寄到，试听之下，声音固然好极，演员的咬字运腔更精彩。我为了学英语，也因为爱读萧伯纳，曾反复读了戏剧《卖花女》原文与杨宪益的中译。所以对此剧有很大兴趣，可惜此片未附唱词台本。

此地突然出现了大量锯片，吴维忠买了一批，其中有不少EMI，有一套《卡门》，玛丽娅·卡拉斯主演，附全部唱词，英／法／德对照，唱是唱的法文。我有一套莫扎特《唐璜》，也是EMI，附台本一小厚册，意／德／英／法语对照，这对于我们精读全剧是非常重要的。另一套《费加罗》也如此。但我的《卡门》是Decca的，没有歌词。

不知你是否同感，据我看，EMI的声响最舒服，最有真实感，DG不如。

另外两张捷克片，我并不急于听，放在你处，等有便人带来再说吧。我现在没有多少时间听，一是积压了不少片子还未来得及细读，二是要读的书更多，实在挤不出太多时间。而看书之速度极差，因为眼力太坏了。

上海似乎兴起了歌剧热？既演《罗、朱》，又演《蝙蝠》。不过，与其演《罗、朱》，何如演《浮士德》[1]。

电视中也介绍了不少歌剧，使人大长见识，有的一看之下便决心以后不须多看或多听了，如普罗科菲耶夫的《三个橙子的恋爱》。

另汇上买捷克片2张的钱，请查收。

祝您俩健康愉快！

严格

1996.5.26.

李章同志：

来信、刊物都收到。前次收到两信，本想很快回信，奈因天热促使健康下坡，好长时间，整天精神不振，昏昏地，人便懒了。近日天气转凉，稍微好过一些。

先说你代买的唱片，我觉得是很值得的，演奏与音响都是不错的，似比 Naxos 的要好一点。

近来我又有收获，买到了德沃夏克的弦乐五重奏（降 E

---

[1] 《罗、朱》即《罗密欧与朱丽叶》，该剧与《浮士德》系法国作曲家古诺的两部歌剧；《蝙蝠》系小约翰·施特劳斯的轻歌剧。

调,Op.97），不知你可曾听过？是像 Op.96《美利坚（美国）》[1]那样的有黑人印第安味的，也便很合中国耳朵口味的。此片乃从大洋彼岸函购得来，所费并不高于国内市场（无另加寄费），而在国内你却无法买到。这是觅取稀见品种的一条路，邮寄时间同向广州买差不多。

另外还买到几张锯片，价廉物美，只是残废了！其中有一套帕肯宁的吉他独奏，严锋大喜欲狂！

你是否了解：完好的片子何以要锯？

来信中有关水乡无水可饮之事，令人震惊！这样下去如何得了！其实上海人也只好另外花钱买"净水"才能尝到好茶的味道了。

关于转载《乐迷话旧》一事，我毫无意见。假如找到合适的题材，又能写好，我也愿向陈君的刊物供稿。请代向他致意。你如能来通小游，我是很盼望的，可以大谈一番音乐。至于我自己，已很难有机会跑上海（更不用说别处）了，年迈力衰，如果没旅伴，寸步难行！除非有真正值得听的音乐会。人大会堂的演出，我是没兴趣的。但上海的演奏厅何时才落成呢？

话归正题，"不必望洋兴叹"最后一篇，十天之内即可寄上，请勿念。明年如你还搞下去，仍然保证供稿，系列的不一

---

[1] 德沃夏克的弦乐四重奏 Op.96, No.12《美国》，辛丰年认为译作"黑人"较好，参见本书 1997 年 5 月 7 日辛丰年信。但此处他却用了"美利坚"译名。

定写了。但单篇的题目已开始在考虑，打算用心写三篇谈莫扎特钢协的东西，我特别嗜好这一套作品，全套唱片反复听了，权威性的资料也看了一点，所以很想写出，为莫扎特扩大宣传。不知你有何想法？

祝健！

严格
1996.8.27.

李章同志：

你好！真抱歉，来信至今才复。这一个多月来，我又遭了磨难，如果同"文革"后的几次倒霉事做个比较，这回受的罪有过之无不及。因毛毛之弟要办喜事，必须装修住房，而我们又不可能搬到别处让出地方。于是屋内既要施工，又要住人，乱得一塌糊涂，生活秩序全被打乱，每日从早到夜，都在脏、乱、吵中度过，五心烦躁，六神不安，什么事都不能干，幸而没有病倒，但精神元气大伤，目前虽已结束，我仍晕头转向，看书，听乐都定不下心来，看来还须一两个月才能恢复正常，适应新情况。

所以，明年第2期，我是否能提供什么稿件，没有把握，过几天试试看再说。不过我想，你那边稿源显然比以往丰富，少我一个没有关系的。第5期上可看之作不少，便是证明。

至于你如此关心帮忙的为我出书之事，我是既感激又有点自惭，回顾几年来写的那些文字，我颇怀疑有多少值得再印成书的。内容无甚深意，表达又不高明，自己重看也没有劲。所以我也许只能辜负你的一番好意了。是不是此事就算了吧？

但我对在心里酝酿已久的一部书稿仍想把它写出，我想写的是《听乐之道》。当然谈不出什么高深的道道儿，但我要把自己所感受所体验的，尽可能如实、具体地写出来。已经回顾与思考了一堆条目，每有想头，随手记下，倒也积累下不少材料了。其中有"细读《新世界》"[1]这样的曲目，如能写好，也许还能引起一般爱好者的兴趣也未可知。

此书如能搞成，就烦你当责编，代为觅个出版处。

暂谈到此，有空再写。

祝好！

严格

1996.11.17.

辛丰年先生：好。

信收到。严锋昨晚打电话给我，我向他问起家里装修和您的情况来着。他说他也是刚收到您的信，说您作出的让步在身心上付出很多。他最近要去北京，稿子第1期赶不上了。这让我一紧张，立马表示可留两个版面给他，最晚到12月上旬。其

---

1 指德沃夏克《e小调第九交响曲"新世界"》。

实我也是留了版面给您的，只要能说定，还可延至初校样出来（1月5日前）。今天接到您的信，我暗存的一点奢想也要吹了（？）。第1期让我心中惶惶，实在没底。我已对您依赖惯了。

南通比纽约近（陈丹青稿子最难抓，邮路总是个谜），复旦比南通近，我只好去抓严锋了。

不过您那里装修总算结束了，减七和弦解决到主和弦上来，一切又都正常了。

婚事严锋都会操办妥的，您完全可以听之任之，随他们去。我们的朋友苏乐慈（话剧《于无声处》的导演），她的儿子也要结婚，这几天也在装修，家里老少三代人六种意见，也是纷纷攘攘，我们总劝他们放松再放松，子辈要服从父辈，以老人利益为重。装修时，老人住出去躲掉，眼不见为净。生活就是这么琐碎，琐碎得扰人心烦，没办法。但喜事终归是喜事，可喜可贺的。

我也有心烦的，王安忆一病就是一年，我大半时间扑在她身上，小半时间去完成四五个人的工作量。另外我每星期二要花半天的时间陪岳父看中医，已经三个月。我自己看病则是在星期三，胸闷一直不好，仍在吃中药。外人只看到稿子发掉，刊物如期出来，不知每一篇重要的稿子都求得辛苦。像一些年轻人，写得蛮好，拖得要死。我们稿费比人家低，只有服务态度好一点去跟人家竞争，只有三番五次登门，用"心"说话。其实我也老是在劝自己，不必太认真，杂志是一翻而过的东西，每一期有一篇好稿就可以了，何必难为自己。但您的榜样，徐迟先生不断的来信鼓励，还有自己真的喜欢工作，喜欢音乐，总得对得起这个位置吧。

所以我特别感激您的帮助，这些年来，从来没迟到过一次稿子。严锋说您的不同一般的爱心，我是最大的受益者，深有体会。

其实我身心非常疲惫。1996年只听了两场音乐会，一场阿姆斯特丹皇家音乐厅管弦乐团；一场便是阿卡多。平时我就想在家听听音响放松放松，但又不能妨碍王安忆写作，只好在电脑里用耳机听。好的音响放在那儿不能畅听，那种滋味是很不是滋味的。

听喇叭也好，耳机也好，即使都能如愿，又没时间了。这和一无所有不同，身心已被大大地撩拨过了。所以又往往是，晚上等王安忆睡了，我胡乱看些杂书求得片刻的放松，再胡乱地睡去。

12月如果王安忆身体好，可能我会陪她去北京开会，顺便组稿。途中也可能会回一次徐州，看看我的姐妹，给我的父母上坟。

文集的事那就缓一步再说。

编书是附带的事，也是不可强求的。杨立青的《配器法》，从1991年我正式向他约稿，至今已五年，居然只写出一半。他这几年公事私事缠身，如今又是上音的副院长，更忙得焦头烂额，稿子最难逼，可谓刀枪不入。这一期的碟评，他是找人捉刀，颇让我伤心。

《听乐之道》好极。可于莫扎特钢协之后，一边在《音乐笔记》栏目连载，一边伺机出书。莫扎特钢琴协奏曲，太重要，我本人就等着看呢。我很想搞系列，无奈刊物小，扩版条件不成熟。1997年我还想攻贝多芬的弦乐四重奏，约了丁芷诺。其实最合适的人选是杨燕迪，我曾旁听了杨开给研究生的系列课，全套贝多芬弦乐四重奏。丁老师的第一篇我已求到，比期望稍弱。

阿卡多也是比期望稍弱的，但仍是很好。他的技术没说的，不过似乎没想象中意大利人的那般热，热得烫手。开始他谨言慎行，羞答答地，几乎是背对观众，像是拉给钢琴听的。下半场大概是手拉热了，那是庖丁解牛了。拉奏克莱斯勒（返场曲目），不如克莱斯勒自己拉得好，还是您的那枚CD有味道。夏依指挥阿姆斯特丹与王健协奏时，运气不佳，遭遇扩音机的啸叫。

不多说了。总想您尽快恢复以前好的心境，无论怎样，我时刻等着您的稿子。

恭请

大安

李章

1996.11.21.

李章同志：

您好！来信收到，既然你仍需我供稿，并对交卷期宽限，那么我无论如何也得赶出一篇奉上。4000字（3600左右），至迟在12月15日前快邮寄出。"莫扎特钢协"暂时还弄不出，因为素材虽已搜集，如何着笔还须好好思量，同时还必须反复通读那27首音乐，才能多少有点真感受。这次的稿子是以看了迪斯尼与斯托考夫斯基合作的《幻想曲》后的幻灭，谈到自己对于音乐作品形象化的看法的今昔变化，无甚深意，但也许可供爱好者参考吧。

有件事颇荒唐，今年四五月间，某出版社来信说拟将我的三篇文字（都是《如是我闻》[1]中的）收入一本谈乐的书中，征求同意，我当然随便。不久前这书印出了，寄来一本，名《行板如歌》，印刷装帧都相当不坏，可是一翻，真是"出人意表之外！"（这句话是当年鲁迅讽刺一个反对新文化而文字不通的"国学家"的，语病在于"之外"是蛇足。）原来书中除了鄙人、李皖（一直在《读书》上为流行音乐鼓吹，文章却漂亮，真可惜他不爱严肃音乐！）和另一位我陌生者三人以外，别的统统是老外，而且是赫赫的大文人：罗曼·罗兰、茨威格、普鲁斯特、托夫勒……当然是从各种文集中选来的片段文字。

---

[1] 《如是我闻》，辛丰年著，辽宁教育出版社1995年版。

你看，我们三个中国人，根本算不上真正"文人"的，竟成了"代表"，同世界文豪们共聚一堂了！我感到一种大出洋相的侮辱，早知是这种内容，我绝不会同意的。该出版社竟如此无见识，也真令人纳罕！其实如从《音乐与我》中选萧乾、徐迟、史铁生、陈村、孙道临……从《爱乐》上选严宝瑜等人之文，那倒可以同那些洋人相称的。

虽说此回装修中痛感书多之累，又因钞票紧缺，下决心从此少买、不买书与唱片，但仍经不起诱惑，新书还是忍不住要买。昨天又托小吴去买富特文格勒的贝九[1]，价一百元。富的处理我从未见识过。

暂谈到此。

祝好！

严格

1996.11.24.

"雨果"版傅聪弹德彪西《前奏曲集》，你见到否？我托人买而未得，但我并不想听此片而是想看此片说明书中德彪西与玛格丽特·隆谈话，你如见谁有此片，可否借了那说明书复印一份？

又及

---

1 富特文格勒1942年指挥柏林爱乐乐团演奏贝多芬《第九交响曲》的历史录音。

李章同志：

您好。两信、片目皆收到。很感谢！你健康不佳，令人担忧！恐怕多半是操劳过度促成，但查不清病根却麻烦。我劝你：一面争取节劳多休息（以听乐为休息），宽心勿急；一面仍须细查病因，对症才能药到病除；查病还是要信西医，查清，再配合中医药为妥。你正当壮年，健康问题马虎不得，不像我们是日薄西山的人，反正是为日无多了。

我入冬以来自觉身体比热天好得多，请勿为我担心。今年不知不觉已买了百十张片子，大部分中价、双片。片子虽多，听得并不多。因我注意把时光用于读书上了。二者有矛盾，时间只那么多，况因眼不行，看书很困难，打打停停，看一刻钟须歇一会，所以很慢。这是无可奈何的。

《佩利亚斯与梅丽桑德》我没见识过，一定很玄。《大赋格》我还没听出味道。"莫扎特钢协"则越听越觉其味无穷。马勒已厌，不想再听。今后只打算把莫扎特、贝多芬、德沃夏克、德彪西四家之作深入细读，进行"反思"。

徐迟大文终于到手，值得庆贺！

电脑不适应我读、写习惯，不想、也无暇学它了。但我对你搞电脑却极赞成，我想你一定会大大发挥它在你工作中的作用（如储存、检索资料，通过联网获取信息之类）。你说的乐器资料库软件，可能同严锋所有者相似，不妨把他的也拿去看看。

你说的音乐剧，我也有兴趣。便中请问程先生，1.《窈窕淑女》(*My fair lady*)(萧伯纳《卖花女》)。2. *Rosemary*（作者不记得），其中有一首。*Indian love call*（印第安人爱之呼唤），美极，老唱片中有克莱斯勒拉的。

我也很想买些歌剧影碟来看，了解西方歌剧的底细，无奈太贵！今后如降价，或有处借，那便决心买唱机了。

先谈这些，《不必望洋兴叹》可于下月初寄上，放心！

此地无较雅之年卡，只好不寄。祝您俩新年新春愉快！

严格

1996.12.25.

1997 年

李章同志：

您好！刚才挂号邮上一稿，请查收。本可早发，由于杂事多，加上有串门聊天者，耽误了几天。

年关逼近，你肯定是更忙了吧？得空随手写些乐坛近闻告我为盼。

我听到一张有价值的 CD：莫扎特钢琴四重奏二首。价值在于钢琴是作曲家当年用的维也纳 Walter 琴，听上去有时像是古钢琴，很有趣！我对这种能引发乐史感的声音资料特感兴趣。

对了！徐迟之死是应该首先谈谈的。到底是怎么回事？我只知道"在三层楼下地面发现其遗体"，真惨！这位虽不认识却在想象中是可爱的人，我是读了他的两本谈乐的书而对音乐更加迷上了的。他译的《帕尔马修道院》（司汤达），我也很爱读。金克木文中记当年徐如何热心教他听乐之事也是令人向往的。

你是否可重刊一篇他当年谈乐的文字？见过的两本，一是《音乐与音乐家故事》（？）另一本书名全不记得了，只记得是好多篇作曲家的小传。还有一本始终没看到的《歌剧素描》。都是老商务版。

你帮我想的《音乐笔记》栏目名很好。如可能，想以此为书名凑一本书稿。其中除了从《音乐爱好者》中选若干，加上在别处刊出而未入书的几篇，共约二十来篇，约七八万字。另外想编写许多条较短小的东西，都是读乐史或资料有得，也估计会令乐友感兴趣的资料，夹叙夹议，写得更像中国古人的"笔记"。这也许可以弄出几十条到百条，每条约一至二千字。

你社出书不起劲，还有其他麻烦，所以你不必去多费口舌。此书若编出，我另寻出路，但请你当责编如何？

另有一事同你商量，朗格的《西方音乐文化》[1]中译只取其半，改名《十九世纪西方音乐文化史》。我一直念念不忘，想读其前面的部分，尤想看他怎样谈巴洛克与莫扎特。然而几处都无法借到。不知你能否想想办法，帮忙借了复印巴洛克/莫扎特那两部分？当然，倘能借来读则更妙，因可核对中译中我疑其有误之处。

---

1 指保罗·亨利·朗（Paul Henry Lang, 1901—1991）所著《西方文明中的音乐》（*Music In Western Civilization*），1941年初版于纽约。本书中《朗格史》均指该书，朗格均指朗。

不过此事毫不着急，弄不到也无所谓，请代为留心问问就是。

第6期上阿城一文很有看头。可惜在敝中华无从照他的意见办。因为，不听假声的CD，到音乐会去，仍然是假声，比CD更劣。即是重金礼聘来全球的尖子乐团，听到的是扩大器，这怕是只有大讲"精文"的中国才有的。

何时有机会再来这里一走？此处的听众虽然对北京来的《天鹅湖》好像蛮有劲，从买CD的人老是"一小撮"来看，又显得不景气了。

祝好！

严格

1997.1.14.

辛丰年先生：好。

刚刚发出一信，便同时接到您的信和稿。回来杂事多，推迟了给您写信。

徐迟先生的一些消息都来自小道。他是在医院的楼上跳下去的，一说他是老年抑郁，这我不信。他去世前两个月的信中，心态之年轻是连我辈也生生羡慕的。我已在第1期[1]发表他的一封信，因我觉得这已不能仅仅看作是一封私人信件，他

1　指《音乐爱好者》1997年第1期。

谈了些音乐，说了些鼓励的话，每个爱音乐的人读后都会获益匪浅的。

1995年夏天他来上海，住在仙霞路的大百科招待所，我去看他并求稿（找他也是当初您的建议，我一直放在心上），他和我大谈电脑和多媒体（"多媒体"这字眼儿以前是谭盾给我说得最多），还有CD。当时的他是"狡兔三窟"，武昌、北京和浙江南浔，一年到头三处跑，很难找到他。南浔的父母官为他专门置办了一台多媒体的电脑，他颇得意。那一天是他的女儿陪着他，几个电话是我帮他接的，近80岁的人了，除耳朵不大灵以外，状态真是好。他说他一激动把巴托克《蓝胡子》[1]的唱词全翻译了出来，问我能不能出个小册子（说到这我又要惭愧了，这是太应该的事了，可在我们社是行不通的）。后来果真寄给了我，还附了两张剧照，也不知他从哪儿搞来的。我在《音乐爱好者》上发了选段，又推荐给上音倪瑞霖先生，在《音乐艺术》上发了全部。他翻译的确优美。后来我无意中听说吴祖强先生正给台湾主编一套歌剧的CD，附有全本的中文唱词，马上又寄吴先生一份，回信说再好也已来不及了，别个的译文已在印刷厂了。又不久，徐迟先生给我的稿子寄到，还说他是很想写音乐的，但我对老人总不忍逼稿太紧。然而我一直关注他的点滴消息，从报刊上他的为报告文学呼

---

[1] 《蓝胡子公爵的城堡》，巴托克的独幕歌剧。

吁；从黄宗英的文章中知道他在北京挺好；去年我陪王安忆在浙江华舍休养，看到央视《东方之子》里的他，背景就是在北京，可以说非常的好。当时我还以他作榜样鼓励王安忆说，瞧瞧人家徐迟！我们都断定他老人家必能长寿。

如您所说，他是个可爱的老头儿。非常可爱。

能出一本《音乐笔记》，我为您高兴，也为自己高兴。先编起来再说，出版社现在不难找。《音乐爱好者》上的不用说了，我会弄齐的。《读书》上的我这儿不全，烦请开列一个"未入书"的篇名，我去找来复印。您那边将千把二千的"短篇"写起来，同时在刊物上发（一边编书一边在刊物上发）。最好有个十万字以上的篇幅，书就不会太瘦。

有人上您的新房子聊天，可见您的心情好了起来。这些新的计划，该不会影响莫扎特钢琴协奏曲的写作吧。

朗格的书我在音乐学院找一下，看看能不能找到。

另 interpretation 一词想跟您商量一下，我曾经很排斥将之翻译为"演绎"用在音乐里，我以为推理的意思不够准确。不知这是不是 1930 年代的用法。（有一度我用"诠释"。）后来港台和大陆越来越多地使用"演绎"，我就向约定俗成投降了。一年前又有人和我以前一样开始排斥，我想再转回头来，起码在《音乐爱好者》里不用"演绎"而用"演释"。我们社出的《外国音乐辞典》，也用"演释"。

您如能同意，那我就把《32首》一文中的"演绎"都改成"演释"。

春节我们不打算出去了,王安忆说刚刚安定下来。有朋友邀我们去严锋很推崇我也很喜欢的西天目山过春节,雪中的天目山肯定是非常有趣的。可是不行。等王安忆能够离开人的时候,我最想去的还是成都和南通。

您不介意我用电脑写信吧,有人说这不礼貌。可我写字潦乱同样不恭敬,还看不清,用电脑起码别人能看清了。

再贺

新春快乐!

李章

1997.1.19.

李章同志:

信悉。电脑写信更清楚,有何不好!"演绎"改什么都行。也可能有更好的词语,不过此词似难译。傅雷、陈洪等人的用法我想查一下。

徐之死,有两条"小道"可补充:

一、曹正文(米舒):"冯亦代认为徐……是妄想症。"

二、范泉:"徐实际上是六楼(不是二楼)跳下,徐子正征稿编纪念集《送徐……远行》……"

上述抄自嘉兴秀州书店简讯。恐对你是旧闻了吧?《书趣文丛》三、四中有几本颇有看头:李零《放虎归山》、李庆西

《寻找旧稿》、刘东《浮世绘》，不知看到否？

不过，中国现代文人真正对听乐谈乐有兴致的好像仍然寥寥。若然，也证明了认真听乐的不普及。其实有许多"发烧友"的听赏态度是很不认真的。这也许有点像传统的"文人画"的画者与欣赏者。"文人画"可能是中国画衰落的一个重要原因。

祝春节好

严格
1997.1.24.

辛丰年先生：好。

一个年过得恹恹的，十天不能算短，还是觉得不够。年前曾订出许多计划来，结果只擦洗了油烟机，扎了拖把。上海人已越来越不把春节当回事了。如今的诱惑太多，吃吃喝喝，放放爆竹，实在不算什么。我们也没离开上海，去了一次浦东、一次五角场，算是远足。要说真正好好休息了，倒也不能算，假期还在弄稿子。上班第一天，就将第2期稿发掉。

本来元宵节倒有所期待，是到龙华寺撞钟。下午去，子时爬起来撞钟，第二天中午吃素斋，下午返回。我是想看彗星，王安忆则是希望撞钟把生病的晦气撞掉。不幸，那天邓小平逝世，活动取消。

至于彗星，后来也懒得专门去看它，爬不起来。即使爬得起来，我们家的阳台也看不到。

跟严锋通了电话，知道你们家大年夜比往年红火，您是那么快活，我也感到高兴。严锋要去挪威朝拜格里格，太令人羡慕了。我劝他多跑几个地方，他却想着最好的合成器。问他走之前还回不回南通，我想借到您要的朗格《西方文明中的音乐》，托他带去。后来杨燕迪说书还得过些日子才能借到（上音有三本，都借在了外面），那就再等等吧。

很巧，赵晓生这一期稿里也评了贝多芬钢琴奏鸣曲，他手头是布伦德尔的版本，也是全集。

最近我拜望了鲲西先生，前两年他身体不好，答应帮我写稿却没体力。这一段时间我发现他有文章出来，赶紧去找他。他倒好，第一篇很快赐下，还写了个（一），显然感到不过瘾；第 2 期我又将（二）催了出来，似已不大合适发在《音乐与我》栏，但也无所谓，偏就偏吧，硬着头皮发下去，稿子好就行。另外他还有别的选题。他也是 70 多的人了，以前跟马思聪很熟的。

上海今年除了朱克曼、伊萨依四重奏团要来以外，还会来两位大提琴。一位是马友友，去参加香港回归的庆典，会弯到上海；再就是那位以色列的麦斯基，他年底会来。麦斯基这两年似乎很红，DG 公司为他出了好几张 4D 的唱片。

据说北京今年要搞歌剧舞剧年，还没听到具体的消息，即便来些一流团体，也不一定会到上海。现在接待的部门要么是官方的，要么是商家的。官方的要去筹钱，商家的更要考虑票房。一流的乐团每个演奏员都要住五星级宾馆的单间，另外大师们的出场费也很高，据说上次斯特恩来上海，那一晚就是12万美元。波格莱里奇是"文化大使"公益性的演出，一晚也是1万美元，否则应该是8万美元。马友友也是这个级别这个价。

第1期的两种版本，我已寄上。我很想用牛皮纸的封面做一年，不是说牛皮纸多么多么好，只想有所变化，再说成本会低许多。但我的顶头上司没批准，对我打击挺大。最后上司开恩，多花几百块钱，印100册牛皮纸版作交流样刊，安慰安慰我。

其实，用牛皮纸做封面，即使事成，我们也不能算第一家。今年海南的《天涯》和湖南的《书屋》，都用了类似牛皮纸的设计。《书屋》气派大，他们用的是昂贵的艺术卡纸，效果典雅朴拙，比街头报摊上绝大多数花里胡哨的封面，格调高很多。

《音乐爱好者》这本杂志，我很想搞得厚一些，信息量再大一些，也对得起这个信息时代。如能有肯干的编辑三四个人，必能搞好（去年我没作任何宣传，今年的订户还长了两千）。但思前想后，总不愿把扩版报告拿出，唯恐到头来自讨苦吃。十几年不变化（我指规格和篇幅），一个刊物总不会有好的前途吧。人员的问题我也总在吵（不过徐迟先生说办杂志一个人好，徐开垒也作如是观），春节后派给了我一个上音的作曲系毕业生，说是借给我一年，弄得我哭笑不得。

不多说了。寄上一本《莫扎特之魂》，也许您不会喜欢。装帧尚可，随便翻翻吧。

再颂

健康

李章

1997.2.24.

辛丰年先生：好。

大札、大稿悉，勿念。您这几年的文章目录我也整理了一份，发现1983年以前的《读书》，您似乎没给他们写过，再以前的我就没去翻找。1996年好像也只有两篇。

这些天因发稿的缘故，我在听马勒《第二》，借到两个版本，一是克雷姆佩雷尔指爱乐乐团；一是索尔蒂指芝加哥交响乐团。很有意思。不过自己还是老问题，能静心听的时间太少。这两个人处理得很不一样，克的内敛，柔韧，像太极。索则又冷又硬，火爆多了也夸张多了，马勒所有的强弱记号他都好像重新"描"粗了。克的更耐听。

您不会笑我吧，我还是和前几年那样浅薄，喜欢听织体丰富的乐队作品，可能和我写过几页总谱喜欢配器有关。正如严锋那么喜欢吉他（我是那么不喜欢吉他，我宁愿喜欢琵琶），这跟他在吉他上下过功夫有关。马勒的音乐，真是华章啊，听来很过瘾。

也许您已注意到，这两期《音乐爱好者》上，有个叫伦毅杰的年轻人，他刚从中央音乐学院毕业，论文就是马勒，这一段正在上海，我就趁机抓他几篇马勒，稿子不够理想，尚可提供信息。程博垕先生处我一直在催他的马勒，他也是常把马勒挂嘴边的，可总到不了手。说比写方便，也在情理之中。

春节以后我买了几张 CD，虽然也要十六七块钱一片，还比较满意。一是理查·施特劳斯的《家庭交响曲》和左手钢琴的《家庭交响曲补遗》，很戏剧性的一部作品，很早以前听过，现在可以细细听了；一是席曼诺夫斯基的第一和第二两部小提琴协奏曲，EMI1996 年的新版。这两片声音跟一百多块钱的 CD 难分彼此。再就是一张埃尔曼的小品集，有《沉思》《梦幻曲》《圣母颂》《流浪者之歌》等，密纹唱片模拟转数码，唱针划盘声音赫赫，但不要紧，埃尔曼光彩犹存。

我发觉老一代小提琴家更有魅力。我仔细听了《流浪者》，以前我曾指挥过这部作品，是我们团编制不完整的乐队和年轻的独奏演员，作品算是比较熟了。不过埃尔曼这里是钢琴伴奏，他发音平直，底气足，老辣，还有股子拙朴的耿劲儿。分句、气口，都和现在的明星们不一样，他对付每一个音，真正一步一个脚印。好像更接近克莱斯勒，他们那个时代。现在的明星们已形成了今天的文艺腔，技巧非常好，好到油嘴滑舌。

严锋在《读书》上和《书屋》上的文章我都看了,加上《音乐爱好者》第1期的那篇,他是对电脑文化的一次巡礼、总结并预言,很有些担忧,这点他跟王安忆不谋而合。电脑真是太神奇、太了不起了,但接下来的问题就大了。就像那只无性繁殖的克隆绵羊,以前科幻电影里的人类终将自己毁灭的预言,恐怕会成真。

接到北京宗璞先生的信,专门来索《音乐爱好者》的前几期,要看您的"必读"曲目,还建议我列在一张表上。我早有此念,我原想将两三种必读曲目都列出来,比如"文革"前,上海音乐学院有一个学生的必读曲目;前两年卞祖善先生在北京的一个音响杂志上发了个必读曲目;加上您的。但反复考虑,觉得意思不大。索性我就照您的做法,列出一个较全的曲目单来,分必读、可读、可不读三类,请海内外十位音乐家和爱好者来打星,这样可得出一个比较权威的结果。如想进一步,再附上相应权威者推荐CD版本,将来可作为"收藏指南"类的手册出版。

目录附上。您发在如《文汇读书周报》一类报纸上的文章我都没能找到。

以前我跟您说起过"世图"的陈立新,怪我当时没跟您讲定,他仍想出《辛丰年音乐文集》,他也许会打电话给小吴,也许会到南通来一趟。我说您不妨考虑考虑他的意见。想法尽管提出来，他都能做到。

另外还有一个信息，钱仁康先生几年前就翻译了莫扎特的书信集（我曾想在《音乐爱好者》上摘发几篇），不能理解的是，却找不到出版社出版。不知是不是您要翻译的同一种书信集。

顺颂

撰安

李章

1997.3.10.

辛丰年先生：好。

终究没能和陈立新一起来南通看您，我还是家里的原因走不开。但陈立新带给您的见面礼定会使您高兴。陈立新和我是多年的老朋友了，书的事您尽管跟他谈，有什么要求也尽管提出来，他比我能干多了，在他们出版社说话也算数的。

见面礼就是《西方文明中的音乐》，复印也是他帮忙复印的。书拿到手的时候，已很旧很旧，书脊部分脱落。这书上海音乐学院本来共有三部，另两部已经找不到了。所以这一部就格外宝贵，学校看得很紧。

借书时我和杨燕迪商量下来，怕上海—南通—上海的路上万一有闪失，还是复印吧。

书很厚，有一千多页，不可能全部复印，但也尽量多复一些。之前我征求了严锋的意见,他很知道您对文艺复兴以前不感兴趣,所以我们是从文艺复兴开始复到"张洪岛"处,甚至还多复印了一章。是我记错了,我记成张共翻译了最后五章,实际他译了六章。不懂英文我深感羞愧。

正好新一期《爱乐》孙国忠的文章也提到了这本书。这几十年就没有书能够超过它。好像孙国忠的意思他也有这书,正好他即将学成回国,我和他也很熟,到时候再问他借。您先用复印件解解渴吧。

我拿到这书的时候,扉页上的红印令我肃然起敬:谭小麟遗赠。书是1941年出版的,谭小麟大概在美国留学时买来的,那必定是刚出版的很新的一本书。一本好书的生命是比人要长得多,价值是无限的,几代人都得益呢。

这几天我已在看第3期的稿子,期复一期,人刊如故,心里想有所变化发展,无奈得不到社里支持,干着急而已。

还有什么事情需要我办,就让陈立新捎口信给我。严锋是4月3日的飞机,他这次的欧洲之旅真是充满阳光!

恭请

大安

李章

1997.3.27.

李章同志：信、谱、读者来信收到。

《春，你几时归？》终于得到，这真是人生（"爱乐人生"）中不常有的好事！听到人哼着它是1946年之春，那时我到苏北（正确地讲是"苏中"）解放区参加工作才大半年，我们单位（"苏中公学"分校）在一条长河边上一个小不点儿的"镇"上，解放战争一开始，它就被夷为白地了。我听见一个同事在隔壁房里哼它，觉得美极。虽然当时的解放区正处于迎接"和平民主新阶段"的乐观气氛之中，自然季节与政治气候都是春意盎然。我这个新兵的脑子里也是蒙昧地感到世界将会永远长春。但这首歌的凄凉之味仍然对我有魅力，我毕竟是从无春而盼春的社会走出的。

那么，如今吟此盼了五十一年的歌谱，那滋味是更其复杂了！我敢揣测，作歌者的体验也如此。告诉你，当时他[1]刚好也来了解放区，在"前线文工团"搞作曲，一到不久便写了篇大合唱《1946年前奏曲》，是仿贺绿汀的《1942年前奏曲》之意。这歌我当时也见了，如获至宝！但当时便觉得它没法普及，因为其中有转调、临时音。（贺作虽也不通俗，但较易唱些，曲调很美，只是颇洋气。收入他的合唱集时改了题。）后来，此曲当然更不会有人唱，因形势大变了。他最流行的作品是《打得好》，战士唱得最来劲。尤其因为可以轮唱。那时常

---

[1] 即《春，你几时归？》的曲作者朱践耳先生。

常不管什么歌曲都轮唱一下,只要节奏分明。

我从来没有见过朱君,互不相识。

读者来信提出了两个问题:1. 肖邦夜曲到底是19首还是21首? 2. 我推荐的莫扎特《G大调小提琴协奏曲》是哪一首?我一定很快复信。从信中知道,他是你刊老读者了。而且他为第一个问题查过许多资料工具书,可知是个切实的爱乐者。

我天天在赶那本书稿,拟取名《且听莫扎特自己说——莫扎特书信札记》,不知你以为如何?今年只能到此为止了。明年不死不大病,是想把《倾听》写出的。

严锋已来一信,住汉学者何莫铆家,那一家子都是乐迷,他已听她们排练的德沃夏克三重奏(两中提的),"好听极了!"但愿他勿因此误了正事!

下期稿已作准备,请勿念!

祝好!眼病须防!

严格
1997.4.23.

辛丰年先生:好。

信收到。

朱克曼来,我去听了,感觉好极了,不像北京报纸上说的那样,说他为人傲慢,音乐诠释品位不高。

北京是说他对剧场的安静要求苛刻,这又有什么错?在上海他也是要等台下没一点声音才开始,但这不能算是傲慢。法国指挥皮里松、钢琴家傅聪也如是。后两位甚至为观众的错误当面发火,皮里松像农民一样蹲在台角生气,摔指挥棒;傅聪则愤然中断演奏,从头来过,是因为不礼貌的闪光灯,尤其是进入的开头几小节。这都是我亲眼所见,我特别能理解他们。

朱克曼那天和他的老搭档钢琴家马可·耐克鲁格,没有乐队,拉的是莫扎特的奏鸣曲 K481,贝多芬的《春天》,弗兰克的 A 大调。返场是舒曼的一首,还有一个不知名的小组曲,问了几个专家也没弄清到底是谁的、什么作品。

他第一个音出来时,我以为是中提琴,那就是他的音色了!温暖、醇厚、甘美、典雅,不张狂,不动声色,声音却扎实又能传遍整个音乐厅。这次我的座位和上次听阿卡多差不多,但声音却好,且响。第一首 K481,算莫扎特中晚期了吧,这个奏鸣曲基本上是忧郁的,大多是在中低音区,以前我不太注意音区的问题,现在看来很重要,它是基调。我觉得朱克曼的右手比左手更好,他的运弓动作不大,这点有些像钢琴家波格莱里奇,是静水下的旋涡。贝多芬的《春天奏鸣曲》,第一句出来真是春风化雨哪!我听下来还是贝多芬耐听。朱克曼可以奏出很大的音场,我是说他弱奏的句子,就像从幕后很远的地方传来,如泛音般缥缈,很诗意的。《春天》是贝多芬的早期作品,很莫扎特,也很青春。这两部作品像是用了两把不同的琴，可见朱音色的变化有多大。朱克曼的钢琴搭档跟他默契极了，给人的感觉是，如果要出错，也必定是两人一起错。中间休息后是弗朗克的那首很有名气的 A 大调。这作品我想应是和马斯内的《沉思》一个时期，属美艳风格吧，有一个乐章的主题很好听，但也略显轻佻，比较1980年代初期的中国小提琴曲，可算出处？

我个人倒以为朱克曼好，就现场演出，比阿卡多给我的印象还好呢。不知何故，这两年朱不大红了，而阿卡多则如日中天。

最近还是有些音乐会可以听的，但我晚上出不来，重要的音乐会我才力争出来。上海之春，我倒想听《卡门》，我很俗浅地喜欢《卡门》，俗浅也许并不坏。我喜欢的东西多了点。比如这两天我借了勋伯格的《升华之夜》，是弦乐队的改编版，我又很喜欢。勋伯格的早期作品听来没一点障碍，也美。

严锋在外很好，我已听他的同学们谈到，这些天复旦正评职称，而严锋的表格丢了，同学们正帮他补表格。严锋这方面很淡泊，他是新一代优秀知识分子的代表。

恭请
大安

李章
1997.5.5.

李章同志：

刚刚挂号寄上一稿，文题请照上期所用之题加上，原稿已失，又记不清，故空着。

如嫌长，可抽掉一节。如本期稿挤，更无须塞进。请不必照顾！我已提过：每期必有，又非连载，完全可以不必。

读者来信已复，特告。

不知你去听了四重奏音乐会没有？"黑人"如何？听众对此节目有反应吗？此作虽有"American"一名，如何译才对似难确定。该词既有"美国人"之意，又可作"美国的"解。如理解为前一义，我怀疑作者不一定会如是想。理由是曲中显然浸透了对黑人与印第安人的同情。而那时美国的种族歧见比今日严重十倍，不如译为"美国四重奏"，则既包括了"美国人"也有更宽泛的含义。故此我宁可多用"黑人"（Nigger）一名，虽然这个词有鄙视黑人之意，但人们为此曲加此别名似绝无此种用意。

我除了抓紧干《莫扎特家书札记》之外，抽空浏览了朗格史中有关18世纪音乐的一章，这对编译前一书也是有用的。

你提到那书是谭小麟遗物，令人倍感亲切！但谭之作品只出了本薄薄的《歌曲集》，许多作品既不印又不演，真是太不应该了！告你一事：1949年淮海之战已结束，你老家也解放了（轻而易举，"如入无人之境"，蒋军早已逃遁），我们回淮阴过旧年，在该处党校有幸见到了罗忠镕，就从他谈话中初次知道了谭小麟这位他们的恩师，向往不已！当时桑桐也在党校，他俩是从上海到解放区待命的吧。在淮安又见到刘福安。

最近看王海浩社中重印的《论语》选文中，有大量钱仁康的杂文。他真是写得勤！我第一次见他是1949年渡江进苏州，在拙政园中。

你那位好友回来后，务必帮我借朗格史来好好通读一遍，最近从《钢琴艺术》中才知道一些老志诚的事，他那与贺绿汀同时得奖的《牧童之乐》，从未见其谱，更没听过弹奏。真遗憾！

最近有报道：BBC公司开启了他们一个尘封多年的录音资料库，其中有艺术、乐史价值的录音极多，有的是人们不知道，他们将选其一部分录成CD上市云。

那么中国的资料库如何？！

1950年在厦门，曾见一张百代片，录的是刘天华自己拉的《病中吟》和《空山鸟语》！为何无人发掘、收集这类宝贵文献，重录为CD呢？！

还要烦你一事，《音乐艺术》我年前漏订了，不得不请你在方便的时候帮我买两期上半年的，下半年的我自己再去订。

麻烦你的事真是太多了！

祝好！

严格

1997.5.7.

辛丰年先生：好。

这两天是我们社45周年社庆，吵吵闹闹地过了些时日，心思都不知放在了哪儿。

《音乐艺术》的事情好办。不过我查了一下，上半年的刊物我们也没有收到，我去他们编辑部跑一趟，看看能不能讨两本来。

尹萨伊四重奏团来，我去听了，当时两套曲目，主办者对外文协曾就近（我们办公室相距一站路）来编辑部征求我的意见，我就挑了我喜欢的一套：海顿的作品54之二、德彪西的作品10及德沃夏克的《美国》（节目单上仍印《美国人》）。听下来我觉得很是不错，他们都很年轻，没想到声音一出来就很抓人心。第一小提琴给我的印象最好，非常具有歌唱性，句子处理得很细，气口、语气什么的；大提琴就像一个毛孩子了，手也小得很，但音准非常好，弓子也扎实灵活。我在第一排，虽不是好座位，倒能看得真切，听得真切。总起来我觉得他们的演奏特点是雅致，不像我曾听过的苏联独奏家的四重奏，如飓风一般摧枯拉朽，喧得你喘不过气。他们则是和风细雨，却也弓弓到肉。海顿很好听，质朴得甚至有些士气，用简单的八分音符垒起一个快活的乐园而不是宫殿，非常流畅，我发觉流畅是很重要的美质，也许是我本人不太流畅的缘故。怪不得那么多人喜欢海顿。演德彪西，他们法国人应该是正宗了，跟我以前听惯的版本速度处理有所不同，但德彪西的弦乐写作我觉得不如他的钢琴甚至木管。我查了一下资料,这作品在《牧神的午后》前一年写出,他的织体特点已经很明显了,在《大海》和其他作品里都可听到,那比海顿、德沃夏克复杂得多,精致得多,也就小气了。也许应该多听几遍。德沃夏克自然是好听的,以前曾有疑问,这次更强烈了:第一主题我不明白德沃夏克为什么选用这种音型?那更适合铜管。第三乐章(黑人灵歌?)他们演奏得很轻灵,乐思在这四件乐器上飞来飞去的。最有意思的是返场,大提琴起来报了一下幕,咕哝咕哝地谁也没听懂,几小节一出来,大家都用掌声"笑"了,是《萨丽哈最听毛主席的话》!仍是速度处理和我们不同,我发现速度的可塑性特别大。他们的视奏能力非常好呢,我想大概是到了上海才拿到的谱子吧。居然一音不差很流利地拉完了。他们也奏得很得意很兴奋,满脸带笑。这曲子我以前在徐州也拉过,我拉中提琴。不过我们不如这几个法国人拉得好。

前两天我借了梅西安的《图伦加利拉交响曲》来听,以前只闻其名未闻其声,听下来感觉不错。梅西安的作品我不是很喜欢,但这部作品尚可说是喜欢的。现代作品追求反常,音响很噪。他名气太大。

不知您平时看不看电视,现在VCD机降价了,很多牌子,1200元就可买到了,可以兼容听CD。VCD片甚至可以买到音乐片。不过我自己也没买,听CD的时间都没有。但降价以后我心动了,必要时可作为CD机来用。我的CD机

CEC891，号称"穷人的劳斯莱斯"，但故障很多，很多片子不能读，能读的也慢，有时要几分钟，读出了又不能选曲，大概是个次品，真是苦恼透了。

当然有的片子本来就不能选曲，比如那个大名鼎鼎的音乐剧《歌剧幽灵》，我借了一片CD（很好听，但我舍不得买，总想，买它还不如买一套DG的双片，结果现在想买也没了），十几首曲子片子上只算作音轨1，不能选曲，要听中间某一首，就得从头听起。

严锋还好吧。前些日子去陈思和教授家，知道严锋还有日本的访学计划，跟欧洲冲突了。

这些日子天气干得很，我们俩都不太舒服，五官冒火，时有发烧。很难受时，便什么都不想干，连写信也一拖再拖。

"上海之春"我一场演出都没看，一年不如一年了，据说没什么拿得上台面的新货色。我只是《卡门》没能去看有些小小的遗憾。

那部复印的《西方文明中的音乐》的散页，不知您读得如何，莫扎特的钢琴协奏曲可以写了吧？我这里等米下锅。

这个星期社里大概要开期刊的讨论会，这种会每年一次，我已毫无信心和兴奋点，说什么都是白说，音乐是我们社永远的小三子。

王安忆生病不好，我编刊物的心思减了半，加之每期都免不了的人情稿，这两期的《音乐爱好者》是不够实在了。别的都还好说，人情稿最让我头痛。发行（其实我哪里顾得上发行，也没有权力）也总打不开局面。我的朋友姚思动，他和伙伴在地铁搞了个书亭叫"季风书园"，他每期拿去100册《音乐爱好者》分布地铁沿线，想想颇有阵势，数目实在是太小。我总说，《读书》是我心中的榜样，什么时候我们能像她们办得那样成功就好了。《爱乐》据说发行只近1万册。这就像交响音乐的听众，在我们这个泱泱大国里，还只是那么一小撮。

最近您在听什么？

望您老保重。

再颂

夏安

李章

1997.6.17.

李章：

估计又会收到来信，果然就来了！信中既有信息又有感受，读之有味。你提到德彪西四重奏的写作年代，查《格罗夫》，它作于1893年（1894年），《牧神》[1]是1892—1894年，先完成双钢琴谱，1895年才完成管弦乐总谱。那么，是否可以看成双胞胎？不过我更感兴趣的是这两个作品同《新世界》

---

1 即《牧神的午后》。

《黑人》同时出现，这似乎又可以当做宏观音乐潮流中的一种奇妙不过的复调来听？！

德彪西这首唯一的四重奏，我曾向往多年。1954年才听到，是向上海陕西南路"永兴"（？）唱片行邮购而得，老板用一个内衬绒里子的手提唱片箱装了寄给我，此箱我至今未忍弃之，它跟我一起到了我"劳改"的砖瓦厂，又带到了此地。当年一听，莫知所云！（而《牧神》却是在1939—1940年一接触便被吸住的。）去年买了张CD，才又细听，仍觉费解。至少这在他的作品中是一种刺耳的声音。室内乐中的拨奏本来可以产生其他拨弹乐器无法做到的特殊效果，但他似乎对噪声更感兴趣。

我仍在赶那本《莫扎特书信札记》[1]的书稿。这对于眼与手都是十分吃力的。但仍挤时间看了一部分《朗格史》[2]。等把书稿弄完后即将细读，并从中觅取了可以写《音乐笔记》的材料。莫扎特钢协一文，亦拟作为"笔记"中之一篇。此文我很想好好琢磨一番，把所见资料与切身感受都组织在其中，为爱好者贡献一份有用也有味道的向导手册。所以此刻还无从着手，但资料与感受的积累是一直在做的。

---

[1] 即《自画像与自白——莫扎特书信选》，严格编译，辽宁教育出版社1998年版。

[2] 保罗·亨利·朗著的《西方文明中的音乐》，辛丰年这里指的是英文原版书。中文版由顾连理、张洪岛、杨燕迪、汤亚汀译，杨燕迪校，贵州人民出版社2001年3月初版。

下期《音乐爱好者》写什么题目，已寻思了几天，未能确定。但不管如何要在十天内写出，这是问题不大的，请放心。

寄来的出版社纪念年资料与书已收到，感谢！我不大理解的是"上音"与"上文"的含混不清的关系，到底要如此分而不知有何必要？当然我也不对此有何兴趣。老实说，如今似乎没一个出版社不是既官僚化也商业化，索性完全商业化倒还好些吧？你看不看《××××报》？每看此报，便叫人作呕，生气，虽然偶尔也有一两篇可看的文字。

严锋已快到原定时间了，是否延期，我正盼他回信。日本如去不成我不觉得可惜。研究旧学（国学）的，那儿是值得去的，严锋却不相宜。

前日买了索尼版的"埃尔曼系列"之二"克莱斯勒小品集"，埃尔曼拉克莱斯勒，这是很有趣的，毫无杂音。但我颇疑那"埃尔曼音"也丧失了。但你也买了的那张小品，近来偶然重听，又有新感觉，觉得他好像就站在我对面，而听如今的人拉，总不见其人、其心。他拉的《幽默曲》和斯美塔那《我的生活》特别有此感觉。不知你有何看法？

严格

1997.6.21.

李章：

您好！前寄一信（直寄你家），想早收到。

此稿写得不顺利，改了好几遍，才成这样子，所以寄晚了。写得不如意，虽然有实感。

《音乐爱好者》已读，姚关荣是柏辽兹《配器法》[1]译者，那本书译得不坏；介绍拜罗伊特的情景，我很感兴趣。赵谈布伦德尔，不如我想象的好，似乎没认真写。

急于去寄，且谈这些。

祝好

严格

1997.7.6.

李章同志：

稿另函寄上，是赵著读后感，共三千字整，你看看那内容是否可用吧，我是以爱好者角度议论的，并非书评。下回稿已有材料了，想谈"作为乐评家的萧伯纳"，我以为这也颇值得介绍给爱好者，特别是既爱乐又喜文学的人，不知你以为如何？资料来源是三大厚册他的乐评全集，900×3页，真是了不得！是此次借薛范的证从上图借来，限一个半月内还，我正加紧浏览，猎取资料。可恨目力大衰，无法连续阅看，只能看

---

[1] 《配器法》(上卷)，H.柏辽兹原著，理查·施特劳斯补充修订，姚关荣、童忠良、刘少立、张仁富译，李季芳校，人民音乐出版社1978年版。

一会歇一下了。

当然，用这些资料来炮制长文是不合适的，我主要用以充实自己的乐史知识而已。

一位读者从广州"暨大"寄我一份北京女子四重奏在该地演奏的节目单，据说，听众座无虚席。广州居然有那么多人愿听海顿、贝多芬、巴托克的四重奏！上海如何？

祝好

严格

1997.7.7.

有长文难割爱，是否可用小号字排?

辛丰年先生：好。

《音乐艺术》已经寄出，不知收到了没有？

7月中下，第4期清样处理完毕，第5期稿子还没发，我就趁空和王安忆去了一趟山西。这次旅行很愉快。我们先去了北京和作家刘恒夫妇、刘庆邦夫妇等其他朋友会合，然后乘火车到大同，看的云冈石窟（不知您去过没有？）。那儿大多是北魏时期的建筑和各式造像，非常之好，我很喜欢。有些石窟专雕了歌舞伎和乐器，还有飞天，色彩依稀可辨，可看性比敦煌还要好一些，据说敦煌很多洞窟不开放，开放的也因光线太暗看不清。可惜我们是大部队行动，不能尽兴，不能任性。七八十个洞只看了十分之一，陪同就催我们转场。

第二站是恒山的悬空寺，那寺真的就悬在空中峭壁上，几根细细的歪棍儿支着（近看是巨粗的木柱）。在山下看去险峻好看，上去了胆惊心跳，不敢往下看。只是想不出为何当初要把寺庙造在了峭壁上，就像建筑师的一次炫技，一个华彩段。据说也是北魏之作，是国内唯一的佛、道、儒三教合一的寺庙。如此神来之笔，却也已经"旅游化"了，摆摊的、算命的、耍猴的撒了一路，够煞风景的。临近还造了一个大型水库，说是水利部女部长钱正英的大作。

第三站应县的辽代木塔，亚洲最大，全木结构，据说是梁思成和林徽因的最爱，很多电视剧里也出现过。我们去的时候，塔在修，所以只爬了三层，因为大，三层也就很高了。应县尽收眼底，叠墙累院，一片土黄，鲜有绿色。成千上万的燕子围着塔叫，飞来绕去，夏季雁北的习习风中，那塔上的风铃真是好听啊。

接下来是朔州，看了那里中国最大的露天煤矿安太堡，颇长见识。在朔州住了两天，再奔此行的主题五台山。在北京时气温高达37度，本世纪之最，到了五台山只有16度，穿了毛衣还觉得凉，现在想起来那真是世外桃源。进出的山路奇险无比，植被却好，盘山路到了顶端，看下面的汽车像火柴盒。去以前听说种种车祸，心中惶惶，脚一落地，顿觉轻松，那是在上海永远不会有的感觉。真该在五台山多住几日。可我们的日程安排得紧，五百多座寺庙只看了十座。那些庙宇，显通寺、塔院寺、佑国寺、菩萨顶、碧山寺、黛螺顶、龙门寺等等，每个都精彩，都大名在外的。出山另走一条道，为的是看阎锡山故居，那些灰墙高院，自有厚重的气场。到了太原，就觉平淡，虽有晋祠，不免意兴阑珊。大家就此分别，刘恒、庆邦他们回北京，我们则从太原飞回上海。

山西比我想象的要好得多，人少，地多，平原辽阔。吃也吃得爽适，像刀削面、揪片儿、凉粉、粉条大烩菜、小黄米年糕等等。出门在外，工作家事全不想了，一个劲地只是消耗—补充—再消耗—再补充，胃口大开，游兴也大增，开怀极了。看来每年都得出去走走，才对得起自己这个年龄。

走以前，社里就开过一次刊物的会议。我为了应付（也为了对得住自己），提出了一套扩版的方案，但要求有五六个人的班子，我想现在大的形势还不错，《音乐爱好者》这几期卖得挺好，绍兴路门市部里的十种刊物，除《故事会》外就我们《音乐爱好者》卖得最好，找上门来的特别多。若能得到社里的重视，下个大决心，将印张增加几倍，跟上时代，或许是可行的。

我的方案是分三大版块，现行的为一个；CD部分为一个；音乐文摘为一个。用CD板块将《爱乐》类杂志内容吃下（有些狂妄了。上半年《爱乐》主编朱伟告诉我，《爱乐》发行只有一万出头，还不如我们）。只要有人，有政策，上面重视发行和宣传，走廉价路线，相信会搞好。

但我从山西回来，发现我的方案已被篡改，结构不变，少量增加篇幅，最要命的，不给人。还是我一个人唱，终究没戏，增加许多工作量，定价再上去，印数说不定反要落下来。我坚决不同意，领导出了差，目前还在那儿僵持着。

您始终是最关心我的，您看这如何是好。刊物这样改好不好？扩版好不好？

还有一点我拉不下脸来，就是人情稿，每期都有两三篇，有些是领导拿来的，万不能退的；有些是我自己约来的权威，但稿子并不权威的，也不好意思退。我一直忐忑，刊物质量掺了水分。

第4期我发了台湾清华大学吕正惠教授的稿子，文风跟大陆有大不同，我觉得好，有性情，又质朴。想听听您的意见。吕教授给了我一叠稿，我会慢慢发来。还有洛杉矶陈祖方先生的稿子也有一格，可惜联系不便，求稿不易。

现在的音乐刊物不如音响刊物有发展。音响刊物是依附电子高科技，靠广告支撑，一本也没卖掉，就已经赚钱了。就像房地产，用卖楼所得的钱去盖楼。音响刊物大多不属新闻出版系统，身段灵便。

严锋回来后我曾跟他通过电话，他收获很大。尤其他玩了几天的管风琴，那是令多少人羡慕的呀。他已答应我写挪威的稿子。他无论写什么总能写得精彩，每一篇都帮我和《音乐爱好者》壮了脸。

他说给您带来了许多 GRAMOPHONE 杂志，早知道您想看，我会寄给您。这杂志我吵着让社里订，吵了几年，终于如愿。以后我可每次给您寄上个两三本，看后您再寄还我，因是公家财产。当然，您不嫌麻烦的话。

信写到这里，电视里说钢琴家李赫特8月1日去世了，本世纪最后一位（？）钢琴巨人倒下了。我听他较熟的是他弹拉赫玛尼诺夫《第二钢琴协奏曲》，他比任何人都慢，沉得住气，第一主题出来像是，他用手将音乐的潜在的旋涡慢慢搅动，搅到你心里去了，更显得老辣。录音时其实他还年轻。1950年代他来上海演出时，人艺演员徐明曾是他的报幕员，徐明多次跟我说起过，似可约她写一篇《音乐与我》。

附上一张我拍的悬空寺照片，也许您已经去过那里，看看现在的样子也好。我很喜欢悬空寺摇摇却不坠的道骨仙风。

南通最近还热么？多多保重。

恭请

夏安

李章

1997.8.5.

李章：

寄来的《音乐艺术》早已收到，感谢！这两期上有值得读的文章，当然也像其他各期上一样，有文字蹩脚得可叹的文章，中国的专业乐人，同专业美术家在文字功夫上适成对照，后者群中有很多人写的文章很漂亮。

云冈、龙门、敦煌、西安……几乎所有旅游胜地我都无一面之缘。古迹、山水、民俗、名菜、特产我都感兴趣，只是鼓不起勇气去受那旅途中种种麻烦可厌之事的折磨。文物遭劫，化雅为俗，化公为私，种种的腐败，更叫人宁可眼不见为净，留在家里卧游更好。如今年迈力衰，想出游也力不从心了。你当然应该抓住机会多出去，行万里路，有时胜读万卷书（我只好取后者）。你每次谈出游见闻，似乎没涉及音乐。是否可带个录音机出去？

闲话少说，刊物的问题真像是个鸡肋，弃之可惜而食之又无味（准确一点，是无太好的味）。我想，是否还是在原有炉灶上改进。例如，为了扩大容量而又不添成本，是否可把文题缩小，天地不必那么空，有的排小号字，图片少而精？当然要害在于内容如何革新。我的看法：1. 处处为那种"真心的爱好者"着想，他们是中等水平，"中产阶级"。2. 在"如何听"上做文章，在这方面似又应适当地向专业性靠拢，不宜弄得虚无缥缈，玄乎其玄，在文字上、想象力上卖弄。3. 当前音乐欣赏市场风气是：谈唱片，谈演奏技巧，谈版本，谈音响效果，然而不太谈音乐本身，更少谈如何去领略。我们应反其道而行之，乐第一，听乐第一，爱好者第一。

以上词不达意，要说细些、准确些还须好好思索，但我是有感而发，不是随口发议论。

《音乐与我》一栏是符合"爱好者本位"这角度的，但如何继续开拓，搞得更实在，不浮泛，更多面，不是停留于文人、文化人圈子？不过，千万不可扩大到、更不要去找那些"官"一行的！"商"一行的也宜斟酌，西方乐人的"保护人"18世纪有贵族，19世纪以来有资本家，其中确有可佩可爱的爱乐人。可惜现代中国缺此种角色。

《留声机》我只有本年5、7两月，你如能把其他各期分批借我一看，感谢不尽！看了两期，有用的资料相当不少，颇长见识。例如有一篇是对某四重奏组的访谈，谈他们录制贝多芬全集中的体验、甘苦。都不是无谓的空谈，更非唱片推销员的货色。读者来信更是百家争鸣。唱片评论也是有褒有贬。总之这刊物是有货色有水平的。其中有些信息是值得在《音乐爱好者》上报道的。虽较贵，很想自己订一份，既你处可借，那就可省了。不过严锋带回的另一种《经典CD》，稍一翻便觉广告气味熏人，似乎不可取。

我近况不妙，目昏、手战都又"上了一个台阶"，体力也自我感觉又下了一个台阶。但这并不影响我的日常生活秩序。只是对着大量要读的书叹气而已。《莫扎特书信札记》初稿已成，清稿尚须时日，交稿期已近，天热头昏，效率大降！但你那边的文稿还是可以交出的，因为已有了自认为值得一谈的题目。

陆圣洁（薛范的好友）为我在美国买了吉塞金弹莫扎特钢协、德彪西前奏曲，可能下月回国时带回，我托其物色《朗格史》，却没弄到，可惜！你友处的此书，如能借阅，我是盼望的。当然，已复印的几章是最过瘾的，只是又想读到文艺复兴以前的部分。《留声机》上听众来信评 M.Pletnev/ 俄国家交响乐团录之 DG 老柴交全集[1]为"冷冰冰"，全然丢失了俄国传统。这可能说明了有新的阐释。我看，用来信方式发表"反调"评价，不失为一种打破众口一词的办法。你说是不是？对 CD、经典、当代新作、音乐会皆可如此。

暂谈这些，祝好！

严格

1997.8.10.

李章同志：前信想已达。《倾听》这组稿子到此结束，大松一口气，"信口开河"，不知于读者有用还是有害，所可自慰者，基本上是自己的体会或自己相信的道理，并不愿做欺人之谈。附邮抵偿购书之款，不另汇了。让你添了麻烦，实不过

---

[1] 指 DG 公司出版的 CD：普列特涅夫指挥俄罗斯国家交响乐团演奏柴科夫斯基交响乐全集。

意！《总谱读法》尚待觅人带还。祝好！

严

1997.9.10.晨

辛丰年先生：好。

我们的一个朋友陈丹青从美国带来一笔记本电脑，想请教一些问题，我便请来了严锋。大家一起聊了半天，吃了一顿饭，一个讲美国，一个讲挪威，他们俩谈得投机，相见恨晚的样子。聊到开心处，严锋还高唱了沈亚威的《刺枪歌》！

前不久去听了一场音乐会，是旅美青年指挥家蔡金冬客串指挥上海交响乐团。曲目先是格什温的《古巴组曲》，末了是那个小有名气的《艾滋病交响曲》，作曲家叫J.施万特纳，这作品效果没出来，许是商城剧院的音响效果不好。指挥驾驭这个庞大的乐队和庞大的作品结构，略显吃力。编制我猜该是双乐队的编制，两倍的铜管在最后一排左右摆开，打击乐也有几十件，但听不到那么多东西和那么大的音强，有些地方险些儿奏不下来。整个作品也有点大而无当，没有期待的那么好。

中间是中国的，王西麟的女高音与乐队《招魂》，是很好的作品，用了很多山西梆子、上党梆子的素材，以及音块、微型复调等现代技法，他用现代技法并不显得轻浮，反而厚重，那女高音是"无词"的，一个"啊"字到底，当做乐器来用的，气息很长，也美。王西麟的音乐有风骨，有一种硬实的质地。

三首作品，就数《招魂》好听呢。

不知您的莫扎特钢琴协奏曲"系列"能不能从第1期开始，也许莫扎特的书信完成之后，会有这个时间的。如您觉得太累，不够随意，就作罢。一切看您的健康状况和兴之所至，随您。

第5期稿已发二审。真惭愧，里姆斯基－科萨科夫的《天方夜谭》我年轻时就喜欢，海的配器、小提琴的solo、第三乐章弦乐的王子的主题（我一直觉得好听极了），还有最后木管漂在乐队上面的和弦，真像散在水面上辛巴德的航船的碎片，都让我着迷。我第一次听还是在"文革"中偷听的，带裂纹的大唱片，转一圈克啦克啦地响一下，像开火车。但当时觉得那音响神奇又美妙，听得汗毛竖在那里，口干舌燥。后来进了乐队，就经常听，越听越觉得我们团的破乐队和我们所奏的破音乐糟得无药可救。还有更喜欢的《罗马的松树》，当时我得经常地配器，这一路（里姆斯基—雷斯皮基—斯特拉文斯基）听得最多。

直到现在我还是喜欢色彩丰饶配器精妙的东西，比如马勒，比如理查·施特劳斯，还有拉威尔。知道自己浅薄也控制不住，就像岁数很大还喜欢甜食。

但李斯特我从来就不喜欢，今天也不喜欢，人的口味有时是很不讲道理的。

本月25号,圣彼得堡的国立交响乐团要来上海演一场,我已买了票。我一向对苏联乐队盲目崇拜,"老毛子"太不得了,即使是解体后的残兵败将,也是厉害的。但这个乐队我还没搞清楚是不是穆拉文斯基的那个。曲目一般,是《费加罗》序曲、贝多芬《皇帝》(殷承宗钢琴),还有里姆斯基-科萨科夫的《西班牙》。

唱片倒是很久没买了。关税降低后,不知能不能使CD降价。之前买了《费加罗的婚礼》全剧,是DG公司大花版,伯姆指挥。原价330块钱,我对折买来(可惜这种降价的机会太少了),这几天就在听,莫扎特的宣叙调都是那么好听。还有德彪西的歌剧《佩利亚斯与梅丽桑德》也如是,没有宣叙调这种概念似的。

严锋又要去日本了,他走了,我倒也很失落,总觉得稿子抓不到了,这可怎么办。

您身体还好吧,天气不那么热了,会好多了的。等你们家第三代出世,就会有新的乐趣和新的气象出来,新的乐趣和新的气象又都是对健康有益的。

恭请

秋安

李章

1997.9.20.

辛丰年先生：好。

圣彼得堡国立交响乐团的音乐会确实是好。那天是在美琪剧院，票价40到250元分六等，我因买票迟了，只买到了200元一张的，楼上3排，声音比楼下要好。

等退票的人很多，掌声也分外的热烈（都有些讨好了），看来大家对苏联还是有千丝万缕的牵念。

曲目是这样：一、莫扎特《费加罗的婚礼》序曲

二、老柴《弦乐小夜曲》

三、里姆斯基-科萨科夫《西班牙随想曲》

四、贝多芬的《皇帝》，殷承宗独奏

但当我提前一刻钟进场时发现，怎么钢琴已摆到了台前？我百思不得其解。果然，第一个曲子，就是《皇帝》，殷承宗怕是要赶飞机？但我觉得他弹得不怎么好——我其实不懂钢琴，无从评判，主要是——他没能吸引我。曲子熟也有关系，可能兴奋不起来，还有错音。可后面全是熟透了的曲目，还是把我的心吊到了喉咙口上！不过他依然年轻，就像"文革"后第一次来上海穿燕尾服出场那样，频频点头什么的。

《皇帝》之后，就休息了十分钟。

下半场就不同了。苏联人拉开了架势自己开始干了。其实他们来的人很少，尤其是弦乐，比单管（管乐还是够数的）的编制稍稍多个一两把琴，一提9把，二提8把，中提6把，大提6把，贝司5把。

老柴的弦乐小夜曲，好极了。他们偷工减料地就用这几把弦乐器，用了指挥（我曾在上海音乐厅听过莫斯科独奏家室内乐队的同一曲目，没用指挥）。这次他们四个乐章之间几乎没有停顿，大概就吸了一口气吧。但给我的感觉这个作品怎么那么完整，一气呵成？这几个人真是了不得，尤其快弓部分（他们演奏得快极了），快得让人担心，但快而不慌，不乱，不赶（乐队一快最容易的就是赶，赶到最后就溃不成军）。还有，快而有力，弦乐从底处刮起的风暴，扫得脸疼！一提在高音区很亮很亮，那才叫歌唱。中提，平时最不起眼，这回表现突出，声音暖极，过瘾哪。我在心里直跟着唱。

可能我正受到您《兼听则明，冷暖自知》文稿的影响，跟同时演出的里姆斯基-科萨科夫一比，《西班牙》就是华丽，别的就没剩下什么了。而我以前是多要听《西班牙》呀！总谱也曾背过的，当时我特别迷里面的小提琴 Solo。其实他们演奏得最"原本"，一开始全奏就出我意料，主要是齐。齐，其实很不容易。还有铜管的和弦短促有力，刀切一般，又有弹性。短，其实也不容易，尤其发音迟滞的长号、圆号等，我们的乐队就是做不好。

他们的全奏一点也不噪，声压还足够大，打击乐响得很，又不是穷凶极恶，这是个能奏快的乐队，但又是个最从容的乐队，《西班牙》一开始的全奏真是不慌不忙，笃定得很呢，那指挥能把乐队把控成一种张力十足的笃定，我口服心服又感动。我在乐队泡过几年，知道这些细微的小问题，做到做好，都极不容易。

《小夜曲》演奏得流畅完整，指挥注重大块结构。《西班牙》呢，那指挥就大臂挥来挥去地涂抹色彩，极尽绚烂之能事了。你就觉得那圆号、那竖琴，还有那响板，都恰到好处。整个乐队是活力四射，叫你沸腾的。也可能，俄国人，老柴和这个乐队这个指挥，都太能煽情了。其实他们一半的人都已是白发苍苍了。

只有一点可惜的，这套曲目太不过瘾了，如他们这般高强的武艺，应该演奏《春之祭》之类的才是呢。还有弦乐少，如果按常规配置，声音还会丰满得多，辉煌得多，有血有肉得多。如果能在上海音乐厅，还要好。

不过我最终没能明白，是不是穆拉文斯基的那个团。想来不是。

这封信本来还想再写几句的，但我发稿碰到了一个问题，就是我们的目录翻译吴佩华老师去了国外探亲，得重新找人接替，还不一定能找到她那般好的。就想先请您将您自己的标题翻译成英文（也是最难翻的），就是"兼听则明，冷暖自知"。

盼尽快赐下。

顺颂

秋祺

李章

1997.10.7.

李章同志：

前后二信都收到，昨收信后晚8时后打两次电话都无人接，今天只好还是写信。

我已将《莫扎特家书》弄完，现在正写附录。10月半必须交稿。此后准备将《笔记》整出，以了其事。陈君如仍愿出，最好；有变化也没关系。

《莫扎特钢琴协奏曲》一文，你要写成"系列"，我原也以为有很多可写，现在却又觉心中无数，恐怕只能凑一篇较长的文字。因为，与其多讲无味的空话或人所共知的史料，不如短些，实感一些。主要还是参考资料太少了，自己的感受太贫乏，有的感受又表达不清。努力试试看吧。

你的信很有看头！何不用"编辑手记"之类名目多写一点，用在刊物上？你说《西班牙》只有外在效果，我倒觉得它比《天方夜谭》耐听，有热力，有较真的意境，可能因为里姆斯基–科萨科夫对西班牙的乐与舞感受深于"东方"的？"伪西班牙"胜于"伪东方"。此作之配器当然是很有听头的，可惜总谱上有的东西，唱片上听不见。例如弦乐的泛音，这次你听出没有？（如总谱（人音版）P75）我笔记上有两条，可以奉告：

1. 老柴如此喜爱此作，一连几月把总谱经常放在衣袋中，爱不释手，尽管他当然已能全部背诵。（！）

2. 据《格罗夫》中"三角铁"条：此曲中华彩部分，为了制造一种幽静的震音效果，是用织绒线的针敲击的。

老柴《弦乐小夜曲》我只喜欢其中之《悲歌》。

你对配器如此之迷，何时碰头，我们大聊一下，不过我只是"片上谈兵"，既无乐队实践，也少现场实感。

有几事问问你：1.从《音乐艺术》（音院 × 周年纪念）中知道，廖辅叔有《乐苑谈往》一书，"上音"出纪念唱片《岁月流韵》，不知何处能购到？ 2.便中问问陈丹青，美国音乐剧 *Rosemary* 的作曲者何人？此剧现在有无唱片？（此剧中有二重唱《印第安爱的呼唤》，绝美！ 1930 年代流行，克莱斯勒有改编曲，可惜今天重录集中未收。）

谭抒真、陈洪，你有交往否？我觉他们的文字有味，更有史感。你何不约他们写？可以成"系列"。（有趣也有价值的题目如：《工部局乐队的排练与演出、曲目》《我听到的名手演奏》《中国的小提琴演奏、教学》。）如他们懒动笔，那就写"访谈"，不讲套话，而是准备一大堆问题提出，录音整理，赵晓生在《钢琴艺术》上写了几篇访谈，不坏，还可更言之有物一点。

《留声机》，严锋又找出 6 月号，这样我可看到 6、7、8 月的三期。你寄来的待有便人即带去还你，如有其他各期，仍盼借阅。

文题英译附后，供参考，我英译汉勉强，汉译英则不行，因为无此需要，从来不练。

《歌剧艺术》前已收到，其中译文可看。

祝好

我电话：0513—353××××

有空再烦电询薛范君，陆圣洁君何时回来。

严格

1997.10.11.

1998年

李章同志:

刚寄出稿子,回来忽想起漏抄了一句好比方。今写在纸条上附去,请添进去。看来我的脑子尚未失灵。也可能那句话我印象特深。

此回是在不断被打岔中写成,所以拖延。现在就剩最后一章了。更难找到恰当的语言来介绍那后八首作品,所幸有些自己的感受,可利用的资料也还不少。如果有托维的《协奏曲分析》多好!(即《交响音乐分析》一书的协奏曲部分)

正写信,收到了《钱仁康文集》[1](印数太少,可叹!),极为感谢!

我1940年代初便读到他发表的艺术歌:为朱湘的诗谱的《燕子》,也见过他的小文。1949年渡江到了苏州,到拙政园

---

[1] 指《钱仁康音乐文集》(上下册),钱亦平编,上海音乐出版社1997年版。

的"社教学院"宿舍去找了他，借唱片、乐谱。他不怎么讲话。但当我问他喜不喜欢德沃夏克时，他说不，因为"粗"，他爱老柴，我愕然！随后我到福、厦去了，带走了他的《新世界》袖珍总谱，"万叶"翻印的，后来他写信索回，我只得早些寄还。1980年代，他到南通讲学，我去见了他，已快上床，匆匆地谈了一次。此后我在上音礼堂听什么钢琴选拔，发现他夹着个文件袋半途退席，然后又在图书室碰上他在大翻其资料，为《外乐辞典》[1]而忙。

如有机会，是很想去找他请教的，特别想听听有关老上音的往事。可惜他已老，大概无此精神了。我将从头细读这部文集（其中一部分已在《音乐艺术》上读过）。

近日我们又淘到几张好水片，有一张莫扎特黑管协、大管协，伯姆、维也纳、DG，演奏异常的好。据闻水片又多了起来，不知确否？但愿如此！我辈囊悭，只得寄望于水片了。

第一期中谈如何选钢琴一文，不值一看。

祝好！

严格

1998.3.19.

维纽斯[2]形容得绝妙：就像个民歌手唱到动情处，不自禁

---

1 即《外国音乐辞典》，上海音乐学院音乐研究所汪启璋、顾连理、吴佩华编译，钱仁康校订，上海音乐出版社1988年版。
2 维纽斯（A. Veinuz），音乐学家。

地唱出了花腔。(原稿15页，接"……纯朴的"一句后面。)

李章同志：您好！

　　现托人带上《留声机》二本还你，怕遗失，不敢邮寄。你也暂且不必再寄来。因眼坏，看反光的纸极累。

　　《向太阳》的续篇，也是终曲正在准备中，力争于下月上旬中寄去。

　　肖斯塔科维奇之《见证》，几年前向人借看过，最近有新版，一见大喜，买了细读，不知你看过没？此书写得好，译文亦佳（叶琼芳）。

　　匆匆祝好！

严格
1998.4.20.

1999 年

李章同志：

春节愉快！

附上对严锋稿订正一纸，烦照改。

《音乐爱好者》今年第 1 期内容丰富，可喜！

我再次提个恳求，今后再用我稿，务恳把它放到后面去，切勿占重要位置。我作为老撰稿人，写的又不是最新报道，安在靠后的地方是合情合理的，如果有人愿看，这也并无妨碍。至要至要！

陆灏寄我一本旧书店淘得的小书：《瓦格纳访罗西尼》，我读后为他编的《万象》写了一篇《罗西尼、瓦格纳、萧伯纳杂烩》。这个新出版的刊物已出了两期，见否？

现在盼着读陆圣洁代买的《莫扎特评传》与《柏辽兹回忆录》，这一来又不愁没资料写稿了。但我更愿写一本关于怎样听音乐的体验，很可能也是最后一本，年纪不饶人，已 76（实岁）了！《笔记》书稿已校得差不多了，约在十天后可寄去。

严

1999.2.21.

李章同志：

您好！标题之事似有误会。寄稿时，想不清楚上一篇的题目是如何定的，只好请您考虑了，现在仍请通盘考虑酌定即可。这不是什么大问题。

"门提协"[1]是指e小调的，当时忘了还有另一首，我也从未听过，不久前才知已灌"激光片"，您听过吗？e小调的今年据云又发现另一稿本，不同，更好，可惜也听不到。改为长笛的倒听到过，我认为大可不必。

"爱美者"，是音义兼译的词，从前流行过，我想换换口味，故试用之，怕人们忘了，故加西文。您看，如"爱好者"较好就请改过来。不过似应加"业余"。amatens即为此义。

您有兴致看歌剧演出，当然很对。但我很怀疑，看未必成功的舞台演出，是否比听唱片更有所得？不是看不起中国人，实在我们对艺术不负责任的艺术商品太多了！我们仍有些艺术者、文学者不但乐于让产品商品化，而且也不怕把自己变成别人的商品。（这是见了晚报上有朱、瞿等为卖书签名的新闻，

---

[1] 即门德尔松《小提琴协奏曲》。

信口说说的。见笑!)

瓦格纳的作品感兴趣否?《读书》近期上可能有我一篇谈他的文字,当然又是"爱美者"(且较浅薄)的姑妄谈之,但也是从自身实感出发的,如有兴趣一阅,请指出其中的毛病为感。我们在中国要欣赏他的四联剧,不知等到何时!好在他的剧中音乐如今不难听到。假如上海有一座能上演大歌剧的舞台,一家有管风琴的音乐厅,也许会吸引来好的歌剧团、乐队等等。然而这是渺茫的。我们不但官僚、市侩不爱乐,自清朝以来,连文人知乐、爱乐的也稀少起来。似乎有"文人非音乐化"的现象,我是从王蒙《论文人之非学者化》一文与朱谦之《中国音乐文学史》联想到这问题的。当然无多大根据,不过可供思索而已。

但愿你们的刊物也像《新民》那样胖起来,只是与其虚胖浮肿,又不如瘦而有神的好了。

祝

健

严格
1999.5.24.

李章同志:

不知上班后健康情况怎样?颇以为念。下期稿已于9月邮去,想已拿到。今年最后一期稿当然仍做鲁宾斯坦的文章,明年想换题目。连续谈自己听音乐的经验。想谈得实在些。但又不是一般化地讲知识。已经想了若干题，其中一题是"细说……"，打算把自己听得最多、也最有话可谈的几首作品来絮絮谈讲，如《新世界》《芬格尔山洞》《罗马松、泉》《贝九》这几首，总题目可能是《读乐有道》或《听功》或其他，这想法不知你以为如何？

最近又买了大批片子，海菲兹大全（十多片）、莫钢协全集（佩莱希亚奏）、德沃四重奏全集、老奥全集，等等。真可谓盛宴了！可惜没时间细听！除家务与小儿怕大声之外，主要是书也来不及看。柏辽兹回忆录已看了绝大部分，爱因斯坦《莫扎特》[1]也下决心通读。严锋已为我买到朗格那本史，寄到后也是一定要细读的。你社《牛津乐史》[2]出版后，也是要好好读的。

《音乐笔记》[3]在此地一书店中已很快卖出几本，是将我的样书拿去"试销"的。据云他们已去进 40 本，我看那太多了，卖不掉就蚀本了！南通小地方，真爱乐者寥寥无几人。（我发现即使是有些自以为喜欢的，实则并不像我们年轻时那

---

1 阿尔弗莱德·爱因斯坦（Alfred Einstein, 1880—1952），美籍德人，物理学家爱因斯坦的堂弟，音乐学家，在莫扎特研究领域多有建树，辛丰年这里说的是英文版《莫扎特：他的个性，他的作品》一书。

2 《牛津音乐史》，杰拉尔德·亚伯拉罕著，顾犇译，钱仁康、杨燕迪校订，上海音乐出版社 1999 年版。

3 《辛丰年音乐笔记》，上海音乐出版社 1999 年版。

么热情，更不肯多下点功夫！）这也许不仅南通是如此吧？第三期上（《十部最令人厌烦的音乐作品》）一文很有意思。但我以为，那是过度重复演奏和唱片的泛滥引起的。而也同许多人漫不经心地听赏似乎也不无关系。

《贝九的命运》一文也很可注意，可惜作者介绍的那本书是德文，否则很想向他借来读读。

最后想烦你一事，华师大陈子善君为浙江人民编选一套谈乐的文集，也把我拉上了，他要用《鲁宾斯坦》之第四、第五篇，我处没留清稿。你能否将其从校样与原稿上复印一份寄他？地址：

中山北路3663号华师大图书馆

邮编200062　电话总机62577577

以后再谈，望安心认真体疗！

严格

1999.7.14.

30本书已于前日收到。

辛丰年先生：好。

这次生病，大伤了我的元气，很多想做的事，有些力不从心了。比如刊物，虽然很留恋，我考虑再三，决定今年再编一期（1999年第6期），明年不再干下去了。编辑部人多了，就各有各的想法和趣味，就不能如前两年一个人编刊物那样，自己可以说了算的。

当然主要还是身体的原因,这活儿要干好,就要全身心扑上去,那是很累的,要付出很多的,以前我做不到,身体不好,就更做不到了。以后我就编编书吧,编书不像编杂志,一期一期时间逼人,环节又多得压死人。

《辛丰年音乐笔记》,我知道的书店,卖得还不错,虽不像畅销书那样一星期会卖掉成百上千的,但也还在慢慢地走。这正是我所期待的。一本书,总能在书店里慢慢地走,其实是销书最好的状态。

以后编书,我不想顺从只重经济效益的大流,我只想编些好书。

您的书,当然我最想编,就是看看我们能不能有更好的选题。比如萧伯纳的音乐文集,如果能有一个"辛丰年版本",该是最理想的。我想您能从中选译出最精彩的篇章,有个20万字左右,就好。我这只是随便说说,还得看您的兴趣,您的精力。也许您有更好的选题。记得您上次说过,还想写最喜欢作品的深度体会。还有《鲁宾斯坦》,看看如何成书,成适合我们国情的、又领先时代的音乐的好书。不重复别人,也不重复自己。

您的手头,有没有特别有价值的原版书,打打它的主意。

反正,您想写什么音乐的书,尽管掷我,我会尽力的。

您身体那么好,真让人高兴。但也不要大意,尤其天大热的时候，也要保重。

恭请

夏安

李章

1999.8.18.

李章同志：

8月18日来信早已收到。你决定离开刊物专搞编书，我看是明智之举，留得青山在，编些对爱好者有益的书出来，对推进严肃音乐的普及提高，同样是贡献。时下音乐实在不大景气。陈子善送我一部两册港人写的书，印得不错，内容却经不起细看，我想此类书不见得有多大价值。

至于要我提供的书稿，《鲁宾斯坦》是不成问题的，至少在内容上没问题，不愁单薄。请看另页上不成熟的提纲。我认为"缤纷录"这总题是合适的。有本鸳鸯小说叫《海外缤纷录》，我是借用。

除了这本，还有两题：《乐迷忏悔录》《听功》(《读乐之道》)，都想写出来，但愁时间、精力来不及。

另外，我认为有些西方著作虽然是几十年前出的，仍有介绍价值，正如《朗格史》一样。例如托维的《交响音乐分析》，中国只译出其一卷，还有介绍协奏曲的部分可能也很精彩，惜未见！

那年在上音图书馆看书,抄了一批书目,下次选抄一部分供你参考。

热天已过,要抓住季节休息保养,勿失时机!

祝好!(下期稿已在清抄,几天后寄出。)

严格

1999.9.3.

2000 年

李章：

　　信昨日到。现在随便谈谈。首先，我劝你在病的问题上要"放松"，不要"紧张"。太极拳有助于放松，望坚持。夜间陪客人长谈既然吃不消，坚决不干。能抽空出外逛逛对你可能有好处。我是什么地方也不想去，但你去过的那个虹桥小公园（似比"淮海""襄阳"二园大得多，尤其因为平日游人极少，更显得比上海的大。记得1938年逃难在上海一年，有次同几人上复兴公园，游人——大多为四处来到上海避难者，挤满了。有人提出，还不如到门外去透透气吧！）我有点空就去走一下，看看几棵可以入画的大树，心情为之一舒。

　　春节前，我译《缤纷》初稿，进度每日3000字，但字很潦草，许多用省写缩写。春节以来本想大干，保姆走了，家务又多，进度大减，有时只好停工。迄今为止，剩下未改与誊之稿约2万，估计再有十几天可以完，但全书如何编次，每篇的题目也费斟酌，所以恐怕要到月底才能寄出。对译文自己并不放心，粗，也只好算了。我在文字上尽量做到不欧化而近于白话，像清末民初白话小说那样。读者是否愿看，不得而知，领导上如对此稿内容文字不喜，请勿与之争论，出不出我是绝不在乎的。

假如能出，那么这是我写的谈乐小书的第八种（其他为《闲话》《如是》《钢琴300年》《笔记》《中乐寻踪》《乐滴》《莫扎家书》[1]）总计约百万字，似已可收笔了。但如不死的话，还有两本（即《忏悔录》与《门外导游》或名《读乐之道》）可写，凑成"十锦"，倒也不坏。但绝无出什么全集之想。最后那本《门外导游》我颇想把李皖之文作附录，让买书者勿上当。为写该书，我已作了两本札记，把平时的小想头记下了，但还须好好读一堆乐理书，看看如何把一些专业性问题通俗化。朗格的原著是一定要细读的，否则真对不起这本好书，也对不起张洪岛。从此书所附广告知道，他写的书真多，其中有一种《18世纪—19世纪的交响乐》，真想买来读。

今年第3期《万象》有我一文，写得还顺畅，第四期上可能还有一文谈自己的"钢琴梦"。此梦十年前圆了，如今又破了，手已坏，再无法弹，练出来的百十首小曲（不过也有《月光曲》之一、二章），全都报废了！最近买了《贺

---

[1] 即《莫扎特家书》。后同。

绿汀作品精选》磁带来"怀旧",其中不少都是从前爱唱的(如《垦春泥》《胜利进行曲之二》《上战场》《慰问信》《恋歌》……)。《垦春泥》曾有大后方出的"中华唱片厂"唱片,新中国成立后再未听到过。《胜利进行曲》,1948年我们文工团曾练唱过,很被那合唱的效果所陶醉,现在听,却觉得那和声未免陈旧一些。《恋歌》有百代老唱片,贺的同学孙某灌的,印象很深。现在这套录音(上海乐团)似乎独唱合唱都不是味道。

你想约严锋写书,已托小刘发 E 妹儿。但他未必有时间写。

可谈的太多了,以后再扯。又,《视听》来电问《笔记》何处有,据云他们选登后有几个四川、青岛读者说当地买不到云,他们可能会同你联系问函购事。

望宽心保重!

严格

2000.3.12.

李章同志:

这个夏天,我才发现自己真是已经老了,而且老得厉害,这是前所未有的。症状是:走五百米以上,两腿就疲软,买米超过十二斤,拎起来就吃力得很,看书二十分钟,不休息一下就看不清楚了。尤其可怕的是早上爬起来,白天坐久了站起,头里便一阵黑,头昏眼花,不扶什么便站不稳。平时我经常不午睡,现在是终日老想睡,昏昏然。今年病倒过几次,虽过几天又起来,始终没能完全恢复过来。

这是自然法则,无法抗拒的。经过"史无前例"能幸存至今,又看了那么多好书,听到了那么多过去做梦也想不到的音乐,这就该感谢上苍了。所以我并不颓丧,泰然处之,照旧读书不辍。只是家务多(特别是要照顾小孩),空闲太少,眼又坏了,看书很慢,买来的好书积压未看或未细看的不少,使人着急,有负债乃至负罪感。如朗格乐史至今未能通读,真对不起你为我借书和复印的辛劳!马慧元同我无一面之缘,今年不停地寄来或从网上发来好多资料,如克莱斯勒、埃尔曼、海菲兹、弗莱希的传记,总计有千多页,我只是浏览了一遍,未及细阅。前些时又传来一份极好的资料,是伯恩斯坦的《音乐是无限多样的》,看了很有启发,像他这样的为普及严肃音乐无限热诚,更令人遗憾于中国的出版界之不做实事只想捞钞票!现在的爱乐热是虚假的,正如市场经济之为泡沫,所谓"音乐散文",并不能代替切实的启蒙。也正像中国的"文人画",弊极多而利甚少。

唱片越聚越多,听的时间反而变少了!虽拥有了莫扎特的几套"全集"("钢协""提奏""弦乐四重""交响乐""小夜、嬉游"……"钢协",其中"钢奏"有两种),真是洋洋大观!然而并无时间通读,"贝奏"有阿劳、肯普夫的两套,"贝交"

也有了好几套，也只是偶尔一听，原打算好好听几遍莫扎特的三套歌剧的。《名歌手》只听了一两遍便算了。从 VCD 中看，其第一幕的舞台调度与表演呆板得很令人想睡，似并无革新。

前些时严锋带回用电脑再现的名牌钢琴软件，能听出斯坦威、波森多弗尔、雅马哈三种琴的真声，同 CD 上放的音响大不一样，真是一次享受！听过它，再听 CD 便觉失真，不堪入耳了。他为我买的电子钢琴键盘，声音与弹奏手感也近似钢琴，这可激发了我弹琴的欲望，极想恢复练琴，并试试能否通过这来改善手颤的问题，无奈没有时间！

希望你也对身体保持乐观，坚持练拳，好在你对旅游、摄影也有爱好，这是有利于健康的。

且谈这些。

祝好！

严格

2000.9.1.

2001年

李章：

　　来信悉。《鲁宾》[1]我想自费买30册。

　　原版书随便什么时候还我都行。

　　《忏悔录》恐怕没有希望单独成书，因为思索起来值得一谈的事不太多，顶多只够写个小册子。但我打算以此为题写篇长文，附在我很想试作的《搁笔集》中，那书专谈门外汉大半生听乐感受，向同我差不多的甘居门外而又不满足于当空头乐评者的人献一些门径。此书若能写成，拟取书名为《不够知己的知心话》。其内容不同于此前所写的那些东西。多数谈"如何听"的话题，颇杂碎，现在还无法列出大纲。

　　我已老态毕露，估计至多再活五年也就万幸了。这本书我要尽力完成，作为对乐友们的告别赠礼。古话说"人生识字忧

---

[1] 《阿·鲁宾斯坦缤纷录》，辛丰年编译，上海音乐出版社2001年版。

患始"，这话对半世纪以来的"老九"们真是说中了。而我还要加一句："人生识乐忧患始。"因为凡是真心迷于乐者，那耗费于听乐中的时光、精神，恐怕都是得不偿失的。

《格罗夫》出新版了，共二十九卷，这决非我辈能买得起的，可你想不到，我已读了其中几个词条：管弦乐与配器、门德尔松、戴留斯、雷斯皮基，还将读钢琴、贝多芬、德沃夏克等条目，此书全部上网，小吴从网上录下的，人家出版家真有气派，从网上还可免费获得一本120页16开本的内容简介，几天之后便邮寄来了。

我们将继续用此办法来占有其中的重要条目，你是否也知道《格罗夫》新版的好消息？

虽然急剧衰老，还是贪心求知，去年通过马慧元从 Email 中传来了好几本传记，还有一本伯恩斯坦的小册子:《音乐是无限多样的》，非常好看！可惜没人介绍它。陆圣洁总问我需要什么书，我怎忍心剥削他（钱与时间）！对"上图"也寄以希望，但除非住在上海，否则很不方便。

"人音"的广告中又出现了袖珍总谱，我要买《名歌手前奏曲》，请小吴先打电话问问，回答是还没出！

严锋为我从海外邮购了埃尔曼的老柴协奏曲，这是渴想再听的录音，可恨声音不佳，杂音太大。前些时买到门德尔松序曲集，阿巴多与伦敦交响乐团，乐队演奏绝妙，尤其是《平静的海与幸福的航行》，建议买来听听看，可惜《芬格尔山洞》

的处理嫌平淡。

《朗格史》，贵州社电话约我写介绍，我原想如写出便投《书屋》，现又想还是投《万象》，担心《书屋》不需要此种稿件，但此文能否写得出还是个未知数。现在写稿很艰苦，很慢，写了又作废。

祝宽心保健！

严格

2001.2.12.

李章同志：

来信收到。《笔记》之事，不必过分计较，书的价值主要在于内容，老实说我对自己写出的东西并不都满意，很少是经得起重读而不泄气的。《笔记》中自己觉得喜欢的只有《人也惆怅》等。《不必望洋兴叹》也还比较顺畅。

我的精力似已不容许再有更多更大的打算了。但有一个想法总想实现它：写一本《听乐之道》。完全凭一己实感所得来谈。力求实在（但不"专业"化），力求浅出。其中包括对几首我最爱之曲的"细说"（《芬格尔之山洞》《新世界》《贝九》《罗马松、泉》），还有"怎样通过自弄来享受音乐"等。

不管如何，明年要搞出来，有无用处不管它。另外还有几个题目如《莫扎特导游手册》《贝多芬导游手册》大概只好算了。

近日又被《柏辽兹回忆录》所迷，这本英译是陆圣洁君用在美打工（苦！）之暇为我买的，实际上既剥削了他的时间体力又剥削了他的收入。因为照价寄去，"拒收"退汇！

看此书才知，光是读读陈原译的罗曼·罗兰《柏辽兹》（三联），远不足感受一个真的柏辽兹。特别是，传记中有人而无乐。回忆录中有大量谈音乐演奏的材料，令人如退回19世纪听现场演奏，充满有趣的细节，尤其吸引我的是他对排练的记述，太妙了！外加许多乐坛人物的事。例如，在莱比锡，演《幻想交响曲》，找不到竖琴和演奏者，只好由门德尔松弹钢琴。在柏林，英国管也缺，虽有乐器而走音，只好以单簧管代之！又一次在德国某邦，演《哈洛尔德》[1]，竖琴手是新手，虽苦心突击练了几天，临场胆怯，把较难的一段空白了，中提成了无伴奏，听众也不知就里。

总之读此书使我愈加感到现在的音乐书刊中之偏向：谈乐大多虚而不实，以并不高明的"文学性"还有"新闻性"掩盖了对音乐美的不关心与无所知，爱好者们似乎只知唱片、版本、音响，有文无乐之书，而不去从更多更实在的方面去感受、认识音乐，我怀疑许多爱好者其实是同音乐天地相距颇远的！

假如明年还有可能的话，从《柏辽兹回忆录》中摘选的资

---

[1] 即柏辽兹的中提琴与乐队《哈洛尔德在意大利》，Op.16。

料可作几篇稿投《爱好者》。大概会引起兴趣的吧？

　　大剧院有好演出，如能去，当然是耳福，但能否去成很难预计，不过错过了也不要紧。今后只要有机会抽身，便去一趟，到时找你带去旁听一下"上交"的排练，那更有益处，柏辽兹排练中的甘苦真是令人神往！

　　祝好！

严格

2001.4.16.

2004 年

李章同志：

新年已过，春节又来。对我来说是向鬼门关挨近一步。一方面是衰老不饶人，另一方面还有意外事故等着我中奖，我口袋中放着一张自制卡片，一旦有车（像哈尔滨那个用宝马压死农妇与行人的女人所干的）把我撞倒于地，也许有助于家人早点来收尸。我宁愿一下子完蛋，那便是安乐死了。早死晚死我不在乎，不死于动乱，反而苟延残喘性命至今（81岁了！）真没想到。可庆幸者，"若使当年身便死"，我就成了个糊涂鬼。如今则不必为此自惭了。

2003年初，我下了个大决心，把绝大多数藏书散掉了。一大部分给了严锋，音乐书送了小吴，美术资料赠画家老余，还有些给小严。

留下不到百本，几乎都是历史书，2003年从上海回来后，一直在重读这些。

年轻时狂妄可笑，想尽读天下好书，近年来醒悟，于是决心重读那些以往虽读而不曾消化的历史书。鲁迅全集也要再读。

　　你也许会惊笑，我对音乐的价值也怀疑了。无论从西方音乐文化停滞不前的情况看，还是近年来我国爱乐大众的倾向看，我觉都是叫人失望的。从前曾想望有更伟大的乐圣降凡，有超过《贝九》的作品出世，也曾希望有中西融合的杰作，也曾有听尽天下好音乐的宏愿。如今，我已很难得听唱片，一是没空，读书要紧，二是没什么胃口，更重要的，我感到，处此乱世，音乐无用，是奢侈品，以乐消闲，问心有愧。

　　琴谱已收到，多谢！

　　祝春节愉快！

严格

2004.1.7.

辛丰年先生：新年好。

　　信收到，很惭愧，本该我写信的，可忙得连电话也没顾得上打一个。我昨天才从北京回来，而十天前才从马来西亚回来。这一年外出较多：一次国外，四次北京；天津、沈阳、临安、德清、成都各一次。弄得疲惫不堪又心神不定，可也放松了心情。还想试试自己的体力，让自己年轻。薛范先生都在跑，他鼓励了我。

其实这些年我工作得并不愉快，出版界风气很坏，谁人都讲钱，再也不觉音乐的神圣，只好将崇敬暗藏着偷偷自慰。我倒是羡慕先生您，可以不介入社会的形色人群，可以不为工作生活计，做自己想做的事情。身体不好便成了我懒惰的借口，我就对自己说，这个不好的时代被我摊到了，尽可能地不做坏事罢，偶尔地出些自认为的好书向责任交差罢。仅此而已。

还羡慕您读书快乐。我的视力大坏，平日看稿子，余下时间已读不动别的了，很多想看的书只翻了一半。而记忆力也大坏，那些读的一半，也都忘掉了。

去北京却是不得已，为了一本《乐理新思路》的稿子，作者舒泽池先生（舒新城的公子）作曲系出身，是中国音协的官员也是电脑高手，开发出乐理的软件，又加写了书，准备在我们社出版。按理说是个好事情，用多媒体的方式来学习乐理，颇有些像游戏。

我原来对马来西亚兴趣不大，但去了觉得挺有意思。两个星期跑了西马的东西南北（西部的吉隆坡是四进四出，其他是东海岸的关丹、北部的槟城及南部的马六甲，新加坡因签证问题没去成）。尤其是马六甲，是儿时就悬疑多多的梦幻之地，今次终得一见，领略了古老马六甲葡萄牙及荷兰的历史遗风。还有热带雨林和水果，皇宫和渔村，昔日世界最高（在电影里才能看到）的吉隆坡双子塔和昔日世界最大的林明锡矿，以及马六甲海峡航运盛景和南中国海的浩瀚无垠。见的人也有意思，有海外作家陈映真、焦桐、张错、黄子平等；有值得尊重的大马的华人同行；有中国劳工和印度学者；还有大款。总的感觉，马来西亚的华人很古朴，厚道，又很幽默，比我们文雅多了。当然，那里的华人也有一部血泪史，因为去了，看了，就也想了解，毕竟都是华人，同源同宗，没有语言、宗教和肤色的隔断，却竟是那么不同！林明那个小镇，大约不及南通虹桥新村大，一半都空了。锡矿早已挖尽，英国人弃之而去。林明的年轻人都去了大城市，只剩下锡矿的退休工人，凭了退休金在安度晚年。最最令我惊讶的，是初入小镇扑面而来的歌声，不是聂耳的《再见吧，南洋》，却是《江姐·红梅赞》！再和老人们聊天，发现他们更关心大陆而不是中国台湾和印尼城市；城市人却相反。吉隆坡最大的书店，少见中国大陆图书，都是中国港台地区和欧美的。音乐图书不能算不多，却全是吉他和钢琴的流行类乐谱。而颁奖会出演华人新作的音乐节目，仍是黄自们的曲风。

此行，我还是很感动的。

寄上几张照片给您看看这个回教国家，看看南洋风光。

看到您的笔迹很为您高兴，甚或不像以前那样抖。

祝健康长寿！

李章

2004.1.12.

辛丰年先生：好。

很久没给您写信了，现在想写了，为什么？您看下去便会明白。

2004年是我最苦的一年，春节过后就赶订货会，赶完订货会赶中国音乐学院院庆的丛书项目，接着歌剧《白毛女》总谱[1]是赶国庆55周年献礼，再接着是《昆曲大成》，赶政协献礼。1999年生病以后我曾发誓绝不加夜班，但今年加了无数个班包括夜班。

还有两件大事情我也参与其中。一是王安忆出面请台湾作家陈映真先生来上海访问，他的心脏装了支架，虽有爱妻悉心照料，但毕竟使人紧张。二是请北京作家史铁生来复旦讲课，他是高位截瘫的透析病人，我们须联系医院，安排在上海的透析，这是我第一次零距离接触透析，知道了其中的大艰苦。这两个人都是我们崇敬的人，唯恐忙中出乱，还好，天佑善人，平安快乐。

如此辛苦的2004，为了犒劳自己，便于10月15日两人飞往巴黎，在那儿度了半个月的假期，费用来自王安忆小说《长恨歌》法文版的预付金。

在巴黎非常非常的愉快和欢欣！这个城市我们都是第一次

---

[1] 五幕歌剧《白毛女》总谱，延安鲁迅艺术文学院集体创作，编剧贺敬之、丁毅执笔，作曲马可、张鲁、瞿维、焕之、向隅、陈紫、刘炽，瞿维总谱执笔，上海音乐出版社2004年版。

来,来前就决定哪儿都不去,就呆在巴黎,因巴黎我们过于熟悉,心向往之的东西太多,太多了。

您不会想到,很久以来我不再激动,不会激动了,听好的音乐会也不激动(这很糟)。可这次来巴黎,我是激动得不得了,每天激动亢奋得很疲惫,夜夜乱梦萦绕。真是没出息!自己都不好意思。

我们主要是看博物馆,结果后来因看得太累而削减项目,也看了十几个吧。卢浮宫、奥塞美术馆、中世纪博物馆、音乐博物馆及巴黎城市历史博物馆是印象最好的,另外还有蓬皮杜、老监狱等博物馆、雨果、巴尔扎克的故居,以及众多的教堂。

我们就住在左岸拉丁区,根本没时间去寻找《左岸琴声》[1]里的那个老朋友卢克。从下飞机的那一刻起,巴黎全新的海量信息就窒息了我,能和我大脑库存相呼应者,几乎遍地皆是。塞纳河,电影里看到过的,而蒙蒙细雨中车载我们在黎明前悄悄驶上百年老桥,第一眼则是,塞纳河逼仄了,巴黎圣母院拉洋片般滑过,像是在梦里,又像是在布景之中。巴黎的灯火也是略施粉黛,远非纽约那样雪亮炫目,甚至亮不过上海。但没过多久我就知道,这是最有风情的一条河,巴黎是最有风情的

---

[1] 辛丰年极力推荐的一本书。《左岸琴声》(*THE PIANO SHOP ON THE LEFT BANK*),赛德·卡哈特著,郑慧华译,商周出版2002年版,新星出版社2006年版。

城市。

我们旅馆一墙之隔便是奥迪翁（欧洲）剧院，博马舍话剧《费加罗的婚礼》的首演之地；一箭之遥是卢森堡公园；步行十分钟便是塞纳河；越过最近的铺着木板的艺术桥，是卢浮宫，中途会经过法兰西学院及巴黎高等美术学校；二十分钟可走到巴黎圣母院，是在河中心的西岱岛上。十来分钟步行所及还有索尔邦大学、先贤祠、罗马公共浴场，以及圣叙尔皮斯大教堂，也是雨果笔下的教堂，那里有这一带最大的管风琴。

我们第一天自然是去卢浮宫，没想到那么大，带着干粮去的，七个小时只看了它的十分之一吧，还是走马观花，根本没有时间停下脚步，只看油画和部分雕塑，也已看得眼花缭乱疲惫之至。维纳斯和蒙娜丽莎的周围，挤满了违规闪光拍照的中国老乡，挤不上不说，我有些害臊，还有些倒胃口（圣母院和埃菲尔铁塔也如是，索性我们便删除了旅游景点去兜巴黎街头）。后来去的奥塞美术馆则好得多，那里是印象主义作品的大本营，凑热闹的少了。

有一天晚上专门去圣叙尔皮斯大教堂听了管风琴专场音乐会，免费，听众很多，或是一家老小，或是一双情侣，或是单身旅客。大家如做弥撒一般就座，管风琴高居教堂顶端，为让听众看得清键盘，临时连接了投影屏幕。我才发现，大的管风琴要三个人演奏，一人负责四五层的键盘主奏，另两人专司两旁的音栓，踏板上的脚分不清谁是谁，蛮忙乎的。音响好极了——那音响，怎么说呢——陈丹青曾写过他在美国的教堂里听管风琴：要这么响么？就得这么响！其境亲临，我也会说，就得这么响！管风琴于教堂，就如瀑布于山峦，天造地设。这教堂花了一百多年建成，自然考究音响效果。这晚的音乐会，除巴赫外，居然有梅西安等的现代管风琴作品。

我们像看博物馆一样看教堂。您能想到么，我们还在巴黎圣母院完整地"做"了一次弥撒！大家拿着纽姆谱或五线谱跟唱诗班（真乃天使之声！）同唱，完了之后前后左右相互握手祈福。我们这两个外来的无神论者，突然被素不相识的人紧握双手，惊讶、羞涩之余感动良久。

去圣厄斯塔许教堂时，不料教堂维修，不得入内，门上还张着10月份的音乐会曲目单。门前是米勒的雕塑《聆听者》，石头大脑袋耳朵朝上，意指教堂的好声。无奈，只好从门缝觑向黝黑的内里，想象这儿几百年来的荣耀：路易十四在此举行第一次圣餐仪式；莫里哀在此受洗；柏辽兹在此出席950名音乐家演奏他的《感恩赞》；李斯特的《大弥撒曲》在此首演；古诺在此指挥唱诗班……教堂，多为音乐史的载体吧。

本来我们打算至少看一次音乐剧（国内不易看到）的，因语言不通买票不得要领，作罢。听一次歌剧吧，也是票的问题，还听说没有晚礼服巴黎歌剧院免进。我们在巴士底歌剧院周围兜来兜去，不得其门而入，看着德彪西、雅纳切克、理查·施特劳斯及梅西安等的歌剧海报干着急。退而求其次，参观吧。加尼叶歌剧院参观票同博物馆一样贵，要6欧元，看一个多小时便打烊了，但也让我见识了它的豪华奢靡。观众厅就是图片上读熟了的马蹄形，金色包厢一层一层旋上去，到处的红丝绒，将噪音吸尽，极其安静，似能闻到两百年前的气味。天庭油画打了灯光神采飞扬，也是不弱鲁本斯的。台上正在排练，什么戏却看不懂，想多待一会儿，观光的灯闭了。还好左廊有剧院的小博物馆可继续参观，满墙的油画，满橱的总谱（我真想送他们一册《白毛女》总谱），一些戏的舞台模型。右廊的枝形吊灯已经点亮，金碧辉煌，厨师们正布设餐具，没有演出的晚上，就租给宴会了吧。整个加尼叶无处不雕饰，抬眼即是大理石飞旋着的皱褶，柔若流水。外面高高在上的则是巴赫、莫扎特等一排音乐家头像，正面有卡尔波两组音乐女神群雕《舞蹈》（美极了）；里面前厅是亨德尔、拉莫、格鲁克、海顿等四位歌剧巨擘的坐像；正厅入口，两翼大理石楼梯环抱而上，沿阶手捧烛台的黑人少女像也雕得精巧活泛，整个歌剧院就是艺术博物馆。简短的参观却让我心情复杂，身子发软，出门在剧院台阶上小坐，眼前车水马龙，莫扎特的金色雕像在我头上反射着阳光，鸽子飞落在音乐女神的翅膀上、头上、乐器上，咕咕叫着，眼睛斜睨着我们这些俗界的人！

离开时我频频回望歌剧院。我突然不知道这些都与我有什么关系！

幸好我们在教堂听了一场管风琴音乐会，可以不算音乐的缺席。其实，到了巴黎，少点音乐会多点别的，一点也不会遗憾。

我们也去音乐博物馆泡了几个小时。最令我吃惊的是，每人发一无线耳机，你走到长笛前，便有长笛奏响，走到竖琴前，便有竖琴声，这设备太妙了！接着就是英文或法文的解说，您一定会喜欢。而且大多数古乐器是我没见过的：维奥琴、八根弦的低音提琴……有一个圆号的管道缠了几十圈；华贵而更像家具的古钢琴也有几十台，多为私人捐赠，可算开了眼界。当时我就老想着您，想着《辛丰年音乐笔记》里玻璃琴一节，我看到了玻璃琴！有五六架，各不相同，竟然在一台玻璃琴面前，耳机里奏出了它的泠泠真声。

很遗憾，在巴黎我没找到德彪西的墓，我第一要朝拜的就是德彪西（他早年写的清唱剧《中选的少女》我是那样喜欢），去了巴黎三个最大最有名气的公墓，却没找到德彪西。但在拉雪茨神甫公墓找到了肖邦，占地并不大，铁栅围着，白色大理石的天使张着翅膀，那天肖的鲜花最多，已然钢琴诗人的人气最旺。一名导游拎着录音机，领着三位北欧游客，边讲解边播放肖邦第二钢琴协奏曲。北欧游客絮絮叨叨地跟我说了很多，我听不懂。录音机又放莫扎特的《安魂曲》，我说出莫扎特的名字他们欣喜万分，暗号对上了。我用手指比画6、2、6（作品编号），他们则茫然。天很阴，滴起小雨，我们绕至68区，找到比才，墓，已很破旧，似少有人光顾，死者死也不会想到，他在中国是那么有名。正欲去寻巴黎公社社员墙，不料一场大雨浇下来，差点儿没躲到墓室里。在蒙马特公墓我们还找到了柏辽兹，他曾在蒙马特居住，喜欢来墓地散步，而黑色大理石的墓碑却是 1970 年新修建。这些墓地太大，虽有地图标记，但也不容易找，圣－桑斯就是的，知道就在附近，硬是没找到。去找钢琴家哈斯姬尔未果，找到的却是夏庞里埃。最好找的是萨特与西蒙·波伏娃的合墓，就在蒙帕纳斯公墓入口处，在巴黎冷辣的阳光下，大理石墓碑洁白坦荡。

去公墓拜访自己的偶像真是个好方式，可不分时辰，无须预约，双方都不会有心理压力，想待多久就待多久。墓地，我多少有点忌讳，然而王安忆是很喜欢墓地（她还喜欢教堂）的，静穆，环境美，雕塑多，很艺术很历史，也很适合思想。

雨果生前是很富有的，在亨利四世建造的孚日广场，租着两层楼宇住了二十多年，路易十三、美第奇王后（即罗马大奖出资者的族人）都曾是那里的主人。参观免费。当我们看到故居第二层时，有音乐院的学生进来，很安静地支开场子，架起谱台，一女生用小提琴拉起马斯内的《沉思》，一男生抒情朗诵起雨果来，整个过程有序而又顺当，显然是家常便饭。王安忆非常感动。

那天，我们也遭遇大雨，正好避雨的拱廊里有音乐学院的弦乐小组在演奏，阿尔比诺尼、莫扎特、布拉姆斯等的小品，边演奏，边出售自录的 CD，专挑漂亮女孩儿来收钱。

巴尔扎克就平民些，故居是小小的几间房，展品也很少，但上百块石版画的石头原稿（《人间喜剧》的插图）妙极，让人顿起盗心。

　　王安忆去过几次欧洲，她执意不买雨伞，果然巴黎的雨下下就停，顷刻日光明媚，大地如洗，那是拍照的好时机。半个月我拍了十八卷胶卷。虽然平庸，也是难得的私人记录。

　　信我写得啰唆，您看得也累了吧。就此打住，过几日（18—19日我们要去扬州开会）再写，您有兴趣我再寄您。

　　《白毛女》总谱出来了，自己觉得很隆重，外界却不。不过总算完成了瞿维先生的遗愿。要否寄您一册？只是，太大、太重。

　　您近来身体如何？还是只读书，不听音乐？偶尔听听吧，隔段时间会想听的。天老也冷不下来，不见得好。太阳好的时候，还是多出去走走，定要坚持走路。话虽如此，我也老大一段时间没打拳了。贵在坚持，难也在坚持。

　　顺颂

秋安！

李章

2004.11.16.

李章：

你信已让严、吴、余传阅，大家都很感兴趣，盼读续篇！

现寄上徐迟二书之序，给你看看，原书已旧，复印不清，只好如此。我又弄到一厚册《难忘徐迟》，其中有不少可看的，没想到沈亚威也写了一篇悼念他的小学老师！我很想多知道些沈的经历，虽然同他无甚交情，只是深喜其歌而已。

现正在为此二书作一稿（给陆灏）。其实我更感兴趣的是徐在写书的1936年在家乡向初识的金克木大谈音乐，要将正译《通俗天文学》的金拉回人世间，而金并未接受感染，终其身与乐无缘。但徐后半辈子的迷于高科技、宇宙，我怀疑是否又受了金的影响？因思考这些，便极想找《江南小镇》[1]一读。《难忘徐迟》网上买来，很贱，据云现已无多少人对他感兴趣了。

《白毛女》可不必寄了。改编的舞剧中插曲却时常怀想，朱逢博唱得极动人。此君现在怎么样了？

余容续谈。祝健！

严

2004.11.30.

---

1 徐迟所著未完成长篇自传的前半部分《江南小镇》，作家出版社1993年3月第1版，后以书名《我的文学生涯》由百花文艺出版社2006年再版。《江南小镇》由陆灏寄赠辛丰年，并声明看完可转赠严晓星。

辛丰年先生：好。

既然您看我的信不腻烦还"盼读续篇"，那我就接着写。

就在巴黎的制高点蒙马特，立着巴黎最高的圣心教堂，也称白教堂，是全白的颜色，新而好看。不知何故，几个白色穹顶中的一个，那天有红色液体淋下，似鲜血，任何的图片上却没有（必有宗教典故）。教堂门前的阶梯上，一男艺人怀抱竖琴，弄奏《绿袖子》之类的古典小品，聆赏者众，煞是好听。竖琴比乐队里常规用的小一号，但也不是爱尔兰竖琴。在教堂后面的小广场，我则意外地看到了手摇琴，一肤色黝黑的女艺人边摇琴边唱歌。记得美国作曲家 W. 克拉夫特《结构 II：最后的野兽》中的手摇琴，是同吉他、古大提琴成一组，离乐队独坐，如京剧的三大件，也如巴洛克时期的大协奏曲。

到了国外，包括美国，尤其巴黎，方知流浪艺人的音乐水准，是国内一些"专业的"都比不过的。去巴尔扎克故居乘地铁，从 Pasyy 站上来一位手风琴艺人，六十贝司的小琴，琴键发黄，风箱褴褛，声音出来却有血有肉，极富乐感。他把各色古典小品爵士化，差之分毫的节拍带来新的律动，就差那么一分一毫，全然就不一样了。他们有一点是统一的，就是演奏起来非常愉快，即使收不到一个生丁，仍是快快乐乐地。回来后，在我家隔壁宾馆的大堂里，看到一专业钢琴左顾右盼地弹奏，满脸勉强，不情愿，实在可怜。

我们一直看歌剧不得，竟也没动一点儿意念看红磨坊的康康舞。去蒙马特一出地铁站，迎面撞见脏兮兮的红磨坊，巴黎电影里的红色风车，早已熟识。清晨霓虹熄灭，仍有拉客叫诱，满地都是碎酒瓶、秽物，或一只鞋，或一条丝袜，突然一盆水从天而降，险些儿被浇到头上。这便是柏辽兹、雷诺阿、毕加索曾混迹于此的蒙马特，那是比拉丁区更草根、更颓废、更具活力的一个区，也极有意思。蒙马特高地的小山广场，如中国农贸市场那种密度，云集着巴黎的街头艺术家，摆摊、卖唱、杂耍、当场作画……我觉得他们画得非常好，油画，就画巴黎街头，画埃菲尔铁塔、圣母院、塞纳河等，笔触特别流畅，流利，只有母语才会这样吧。他们对色彩，感觉似更敏感。有一位大胡子画的就是圣心教堂，和教堂前的婆娑人影，A3纸大小，好看，问了价格，要400欧！这里的画家同上述音乐艺人是一类，不过他们不流动罢了。画油画的多有自己的摊位，铅笔人像速写的，就只能站着画了，他们要追踪着顾客，又得"速"写，所以都是打游击，短平快。那里看起来生意不错，人山人海，画家闲着的不多。周围多有餐饮，有一家是"钢琴酒吧"，传出震耳欲聋的爵士乐（我三年前在美国就发现爵士已摇滚化了，追求爆棚，不戴耳塞根本受不了）。

塞纳河左岸，从卢浮宫至圣母院这一段，有众多旧书、旧唱片等杂货摊沿河撒开，也有画摊，他们多作小尺幅的画，都是塞纳河景色。新桥桥端的一位画家，是"设色钢笔"，灵动飞扬，巴掌大的画，10个欧元。莎士比亚书店的对面那一段河岸，有两个东欧的女人在卖画，则是"酷"笔，直接用颜料管挤牙膏的那种。冷风中她们身着迷彩，鼻青脸肿地在画板上挤颜料，嘴里叼着香烟。据说塞纳河两岸的摊位，租约特贵，还须自制统一尺寸的大型铁箱，锁在河岸的石头围堤上安放家什。每日收入并不高，但巴黎的艺术家对攻占塞纳河岸还是趋之若鹜，一位难求，显见今天的"波西米亚人"追求的生活方式。

而我们旅馆周围的小街上，一家连一家的画廊，则有些主流的意味了。曾闯进过一家，看到一幅配了镜框的静物，锅碗瓢勺之类。就觉那调子好，暖心，挂我家墙上特合适。上前打问，小姐煞有介事地拿着计算器乱揿一通，眉毛一扬，给你八折，然后把计算器递到我眼前：3200欧元！

当初进入巴黎歌剧院即加尼叶歌剧院的时候，我就像被打了一闷棍似的，心里久久不能平静。这一次也同样，真乃文化与经济的双重打击。加尼叶歌剧院的一砖一瓦，都是艺术品，建筑的每一细节，无不艺术，我被打闷的原因，就在此。改革开放以来，我也曾为上海这座城市的喜新厌旧、拆除了很多弄堂、旧建筑而感叹惋惜。从巴黎回来，我就想，拆就拆吧。

可说是国际时尚前沿的巴黎，就连跐跆路，都广泛地保留着，巴黎的"长安街"香榭丽舍大道也如此。阅兵、游行、开汽车，谁不知柏油马路舒坦，但他们还固执地保留呵护着。我们住的拉丁区是巴黎的大学区，1968年巴黎的"文化大革命"

就在这一带闹腾，学生们将圣日耳曼大道和圣米歇尔大道跆珞路上的石块全部掘起来投入战斗，所以这两条现在是柏油马路，其余小街还是跆珞路。

在巴黎，半个月过下来，觉得他们的消费水准，比上海高十倍。本来旅馆是包早饭的，我们通过出版社联系给打了个折，这一折不要紧，硬是把早饭折掉了。想在旅馆吃，便一人另加 9 欧元，那是两片面包，一点果酱，一点黄油，一杯热茶或咖啡，可能还会有个热的荷包蛋。我们在自选商场里买同样的东西，外加水果，三四个欧元两人可以吃两天。巴黎人的正餐是三道，第一道是汤或前菜，第二道是主菜，第三道是甜点。一般请客也是这三道。我们总归是一天一顿正餐，一顿快餐或面条，早饭在超市里买。

价格于我们还算是其次，最要命的是语言，看不懂菜单，英文又极少，所以老是闹笑话。从卢浮宫出来那天，特别累，顺道钻进一家保罗餐厅吃晚饭，要的英国红茶非常好，Earl Gruy，伯爵茶，每人一壶，很快喝光，叫侍应生续热水，结果他拿走了壶，花很长时间洗得干干净净，端了两壶白开水上来——茶包给扔掉了，令人啼笑皆非。他们以为，泡过一道的茶就像咖啡渣，如何好再用？而我们则是，第二泡茶最好。还有一次，在右岸的一家意大利餐厅，随便点了一款，端上来吓一跳，很大的一块木板，上面铺满各种生的香肠和碎肉，量大的三个人也吃不完，就着面包和土豆条，吃两口还鲜美，紧接就觉肥腻,继而难以下咽,莫非错点了黑手党的下酒菜?结果剩下大半便落荒而逃。

  法国人请我们吃了三次,都是蛮有意思的经历。有一次是带我们去当地人午饭的餐馆,在索尔邦大学附近,挤满了教授跟大学生(法国人不像美国人那样身体之间要保持距离,他们死不怕挤)。饭前要喝一种苹果酒,小小的像飞机上的那种,一人一支,我认定这就是雷马克《凯旋门》里写到的苹果酒,但有股骚味。主菜是饼,不折不扣的山东煎饼,包馅有甜有咸,味怪。用刀叉吃煎饼更是头一遭,所以折腾得一塌糊涂还没吃饱。

  但他们的热狗比美国的要好多了,且便宜。上封信里说到,我们淋着大雨从拉雪兹神父公墓逃进隔壁的咖啡馆,吃的就是滚烫的非常好吃的热狗,同样滚烫的非常好喝的红茶,一个热狗下肚,餍饱餍足了。还有一次看电影前,买了新出炉的三明治当晚饭,也是好吃又便宜。

  看电影是因为没看成歌剧,就此见识了巴黎人是如何喜欢电影并将这传统保持至今的。我们旅馆所在的奥迪翁广场,立着丹东 DANTON 雕像(大革命时的三大角色之一),围着雕像便有好几家电影院。我们天天从那里经过,电影院每每排了长队,买票、进场。我们看的是最新的法国片 *UN LONG DIMAN*《漫长的婚约》,8.9 €(好贵)!说的是一战背景的爱情故事,恢宏壮烈,技术上可跟好莱坞媲美,思想上趣味上却略高，是部很严肃也新潮的电影。下午4点场，电影院居然客满。同时另外的厅放映不同的电影，也是长队。开映前，如一百年前一样——当然我是从电影里看来的——有姑娘脖子上系着绳子将竹篮吊在胸前，挨排挨座卖糖果（巴黎人喜欢吃糖），这可是卓别林时代的景象？

来之前就知道咖啡馆是巴黎一景，且多有故事。我们曾到过海明威的咖啡馆、狄德罗的咖啡馆，"花神""双叟"之类。奥迪翁还有一家就叫"出版人"咖啡馆，作家、编辑常常成群搭伙围立门外，就着月光清谈。咖啡馆之多还是出乎意料，是多中之多，而且人满为患。阳光下你坐在塞纳河边，手握咖啡，看河边遛狗的女人，扫街的黑人，烤栗子的中东人，拥吻的年轻恋人，穿马甲戴礼帽执手杖疾走的不知什么人……形色过眼，真惬意啊。

书店呢，往往不意中碰到，多是小小的，奥迪翁便有十几家，有一家专营古版本，竹节般圆形书脊老而弥坚立在架上，都是善本吧。著名的莎士比亚书店，从奥迪翁搬到了塞纳河边，《尤利西斯》就是他们首印。（我们去时刚开门，员工很古旧地下门板，让我大惊，小时候见惯徐州的小店铺上下门板，久违的景象，今日竟在巴黎巧遇！）里面的书多极了，密密匝匝塞满所有空间，王安忆扎进去就不肯出来。顾客多教授模样，枝形吊灯则如烛火。

巴黎的百年地铁世界闻名，公交更是车多客少，穿梭于宽街窄巷。于是巴黎全城十步一站，五步一埠，地上地下钻进钻出，方便极了。最后一天午后突发奇想，去市郊万塞纳森林，很远的路，居然我们就去了，又走很远的路找到了美丽的湖，在湖边小坐，傍晚时分，很顺利地回来了。这都多亏巴黎的交通便当，想去哪儿都成。

我们常在塞纳河边散步，王安忆就会背诵《约翰·克利斯朵夫》的句子：噢，巴黎！巴黎！救救我罢！救救我的思想！

她还说，现在中国的知识分子，可有这样的诉求？

现在回想起来，这情景不也很美么？

所以，回来后，我将这种美好的怀想过程尽量拉长，一格格闪回，细品。这信分几次写，也是故意而为之。

没料到不止您一人看我的信，反正都是朋友，也不怕见笑了。

徐迟的《江南小镇》肯定精彩。沈亚威的资料我当复制一盘寄上，他的传记目前还没听说有人写。

顺颂

冬安！

李章

2004.12.21.

上次我说的在巴士底歌剧院上演的歌剧剧目我也查到了，

除了梅西安（大约是他晚期作品），辞典还没收入。也许新版《格罗夫》里会有。

德彪西《佩利亚斯与梅丽桑德》(Pelleas et Melisande)

理查·施特劳斯《阿里阿德涅在拿克索斯岛》(Ariane a Naxos)

梅西安《　　》(？)(Saint Francois d'Assise)[1]

雅纳切克《卡塔·卡班诺娃》(Kata Kabanova)

普朗克《加尔默罗会的修女》(Les Dialogues des Carmelites)

---

[1] 梅西安唯一一部歌剧《阿西西的圣方济各》(Saint Francois d'Assise)，全剧演出长达四个半小时。

2005 年

李章：你好！

寄上《父母昨日书》中的两篇序和书中片段的复印件，给你俩看看（全书共 1050 页）。

新年春节以来，除了通读此书以外还浏览了前几年的《明月》[1]（1988—2004），细看了其中的五六十篇我感兴趣的文章，并复印以备重温。因刊物是小严搜购来作"金庸研究"的，必须早一点还去。其中有一篇黄永玉谈乐的短文，我评为"妙文"。下次复印供你们欣赏。顺便一说，我若干年来，于泛览杂览中一直在注意搜罗各种内容的古今"妙文"，很想编一小本《妙文共赏》。并不指望出版，只供友好交流。主要还是自己参考、享受。假如搞出来，当然送你俩一册。但恐时光与视力不让我实现这一小小工程吧，那也没什么要紧。

---

[1] 即香港《明报月刊》。

关于徐迟向金克木宣传古典音乐一稿，据陆灏说，将于《万象》3月号登出。终嫌资料不足。假如能在几年前上京向金采访，或向徐也细问一番就好了，悔之无及！"现代文人与乐"，也是我极感兴趣的话题，可恨有关资料太少。不过我也立了个笔记本，读书时有见必录，点点滴滴而已。去年买到台湾出的《胡适年谱长编初稿》共十卷，通读一遍，在这问题上所得无几（且是负面的）。

祝好！

严格

2005.2.25.

李章：

您好！《记孙冶方》今晨收到。上次你寄严晓星的《李霁野纪念文集》，我看了有收获。一是茅盾评李与伍光建译的《简·爱》一文，我在1940年代便已读过，大感兴趣，几十年来常想再读而不可得，忽然又看到，有意外的惊喜。可惜李译的《简·爱自传》与伍译的《孤女漂流记》今天即便从网上去搜求也难了！但对伍译的此书和《狭路冤家》（即《咆哮山庄》），还有简·爱作者另一部至今不见有中译的《洛雪小姐游学记》，我仍想再读。伍译的文风太有味道了！从《李霁野》中看到，台静农之不想回大陆，可能与中共对陈独秀的处理有关，对我也是新知。汪静之的新诗，我并无兴趣，但很想知道他的生平，中国的人物传记，似多而其实很缺，不少相当重要的人，至今无传。前些时我凑了一篇《青主岂可无传》，投给陆灏了。又经小严帮忙从网上弄到华丽丝的歌曲二首（《并刀如水》《帘外雨潺潺》）。五四以来的重要音乐作品，何时才能同今日的爱乐者见面呢？几年前书店中摆过印制豪华的《陈歌辛歌曲集》，价80元！近闻有价廉者，我想去买来看看。他"落水"前写的《春之消息》是文艺青年们爱唱并抄在歌本子上的。

你以游泳代打拳，是好办法，更适合当前气候。我游水没学会，况已衰年，想也不敢想了。天气转凉后我又抓紧看书，老陆帮忙在美买来一部莫泊桑短篇大全集，1003页，共收223篇（英译）。我将通读它，既欣赏文学，也学习英文。同时也读那本《中乐美学史》[1]以及其他以前未读过的书。

听说杨立青的书稿已写好了，可能你又要为它劳神了吧？

祝健！

严格

2005.8.30.

---

1 即《中国音乐美学史》，蔡仲德著，人民音乐出版社1995年版。

2006年

辛丰年先生：

好。

我上周给您寄去了两册《唐乐古谱译读》(《学堂乐歌考源》记得已寄过，但估计您上次搬家已处理)，一册麻烦转送吴维忠。这是因出版社改制，将积压的书作不良资产处理，其中便有这叶栋的遗作。我看书的品相颇好，便搞了几本。也给严晓星等朋友寄了。

我是乘夜车1号早晨回到上海的，徐州是五年没回去了，原因一是父母不在，住姐妹们的家到底还是不一样的。二是因为这些年的假期都用在陪王安忆采风、出国等上面了。这次回徐州积压的人情债，搞得我很累很累。

自然徐州同南通一样的，近年变化巨大。我参加了我的两个小辈的婚礼，婚礼做派已和上海相差无几：有主持人，用普通话，还有香槟酒塔、蜡烛台、迎宾车、伴娘、互戴戒指、鞠躬而不是叩头等西式的玩意儿。还算是文雅吧。传统的东西也死灰复燃了，比如新房里层层叠叠的缎子被，床上撒红枣、核桃、花生等，让小男孩儿滚床。礼金有双方父母给的改口钱，之前新郎用土话、国语、英文三种语言喊门，倒是未见未闻的时代创新。国人向来重视的红白喜事，从中倒也看得出生活的质地和人生的态度来。至于我本人，则不太适应这种场合。

徐州有山有水，均在市区，自然是城市发展的大好条件。山（云龙山）比南通的狼山要小，野；但湖（云龙湖）却比西湖还要大的。这山水的文章作得已初见成效，但无奈徐州总是北方，树长不绿，人却是猛浪。景观看起来有一种努力后的秀美，却带有瑟瑟之气。

徐州骄傲的是两汉文化，有些汉墓（如龟山）是非常好的，那种地下的气势让人惊异和倍感先人的了不得。汉画像石无论数量还是质量也是国宝级的。还有汉兵马俑，若非西安秦兵马俑出土在先，那徐州的名声是远比今天要大得多的。我去看望徐州博物馆的书记、我原来文工团的同事许一伶，她带我去了我们从小错以为并叫惯了的"范曾墓"的挖掘现场，墓已挖了两年，还只是端倪初露，但已肯定不是范曾的墓而是汉彭城王的墓了，这多少有些小小的失落。以前曾轰动一时的银履玉衣，就是附近一个王妃抑或王后的墓里出土的。专家跟我说，现在徐州的市中心，也是历代的市中心，偏移不大，六七米下面，就是明的，十几二十米下面，便是汉的。这是近年盖高楼大厦深挖地基所考。现在徐州的高楼很多,挖来挖去,还是在古人的地基上,还是在古人的肩膀上。

很意外地,徐州市中心彭城广场上多了一池音乐喷泉,规模和精彩直逼美国拉斯维加斯的那个著名景点了,一到晚上,四零五零闻乐起舞。而一些购物场所,也有香港的品质。但人,还是较为粗鲁,不讲卫生,尤其是饭馆里。

饭馆的肮脏,也没能挡住我吃的欲望。王安忆不吃羊肉,我在徐州就专去吃羊肉,环境脏是脏,但羊肉好吃极了。我们亲朋八九人,吃了羊的多件,每一件就是一道菜,还有啤酒,一半打包,总共是200块钱!说是如果多出平均数50块钱将饭店搞得卫生一点,就没人来吃了。

我曾在书上读到,台湾的国民党徐州老兵怀念家乡的小吃是,饣它汤,这个"饣它"字字典里没有,电脑里更没有了。据说是乾隆皇帝觉得好吃,便问是"啥汤?",由此而得名的。当然是杜撰。其实就是一种鸡汤,半夜起来煮,里边有麦仁、葱、姜等,关键是汤里有一纱布包,包里的几味中药是祖传秘方。我从小喝它,浓浓的,就着煎包或油条,也不觉特别好吃。倒是它的延伸产品辣汤,我和大多数的人一样以为是比饣它汤要好的,那是用鳝鱼烧制的貌似酸辣汤的一种,辣而不酸,汤里放葱、姜和胡椒,也飘有鸡蛋花、面筋、麦仁、鸡丝鸭丝什么的,关键也是要一包中药秘方,浓浓的,辣辣的,鲜美得很。

我插队的时候,如您一样,也干过砖瓦厂,时间也差不多。我干的是做三棱瓦的模子,是两个人面对面站在高高的台子上打大轮,螺旋升降的几百斤重的铸铁轮子,自由落体加人为的重力将瓦模压出。这个出大力的活使我回到徐州(插队的地方离我家只有30华里,每每步行)便用喝辣汤、饦汤犒劳自己。此次回老家,我照例每早必喝。

一种纸般薄的饼,叫烙馍馍,此非煎饼,而是烙饼,有小军鼓面那么大那么圆,用长竹签在铁鏊子上烙成,卷上各种菜来吃,很有嚼劲。经典的吃法是卷油炸的馓子,细细的掺有芝麻碎粒的馓子卷在饼中,香得很。烙馍馍也是徐州地方独有的风味,烙的技术,现在的女孩儿会的不多了,四零五零大概还会。我的妹妹是我们姊妹四个中唯一没去农村插队的,当年闲在城里无聊也学会了这门技术。

这都是别的地方没有的。别的地方有,但徐州更特别的,是青萝卜,"里外青",我插队所在公社的"蔺桥萝卜"为最好,在澡堂里是当水果卖给浴客的。上海文艺出版社前辈编辑王聿祥,是徐州老乡,有次开会我俩坐在一起,他低声用徐州话模仿小贩的叫卖:"萝贝萝贝,里外青的萝贝!"他离开徐州几十年没回去过。

还有一种地锅菜,也是大不如前。就是在土制的炉灶里,烧木炭,铁锅中间是菜,锅边周围贴死面(不发酵)的饼,煞是好吃。菜可以是红烧排骨,或是猪蹄,或是羊肉,或是各种烩菜,最好是以鱼做底。鱼都小,用面粉糊住红烧,要有多多的辣椒、葱、姜、蒜、花椒茴香八角等;面饼是手掌大,玉米面最香。我们插队时改善伙食就是这种地锅菜,当时并无名称,现在旅游业挪用到湖边餐厅,随便起了地锅菜的名称拿来作招牌了。据说大受南京、上海等地游客的欢迎。

其实我不是美食主义者,只求吃饱。但五年没回老家,能够释怀的,除了亲情,就是地方小吃了。我儿时烂熟的街道,巷子,建筑,学校,教堂,河道,桥,以及剪子股、回龙窝、金谷里、牌楼子等地标街名,如今却在我的记忆里搅和成一团,牛头马嘴,对不上号了。

按说徐州在物质文明上大有进步,但人还是土、落后呢。尤其是拼酒,年轻一代比前辈更凶。这是我最最看不得、姑息不得的。

巧的是,我在徐州的几天,正值徐州的二胡节,中国二胡界的风云人物张锐、刘文金、闵惠芬、宋飞等现身彭城。我因另有预约,两场二胡音乐会放弃了,但专门去看望了张锐、俞频夫妇。张锐老87岁,每天还练琴,思路清晰,常外出活动。我做《音乐爱好者》时,曾跟他通过信(我很喜欢他写的歌剧《红霞》里的几个唱段),但交往不多。跟他们女儿张卓娅却相熟,经常见面通电话,加上我岳父母跟他们是前线老战友这层关系,这次见面还是亲切热乎的。

当然,徐州的资源破坏,土地流失,贫富差距,是和全国一样的。我插队的潘塘公社，现在是徐州市的新区，大部分的政府机构在那里办公。我们当年挖的水库，成了景区。

好了，不多说了，怕您不感兴趣，打住。

最近社里忙着搞社庆，一片混乱。已定16日开个会，吃个饭。想邀请您过来，又怕车马劳顿对身体不利，记得吴祖强邀您去北京听音乐会您都不去，便作罢了。其实这种活动也真没多大意思。

今年秋天反常，老冷不起来，寒流似也无甚威力。这对老人倒是挺好。您怎么样？还常下楼走走么？歌剧《江姐》的总谱感兴趣么？只是没有CD。

就写到这里。

恭请

秋安！

李章

2006.11.5.

李章：

来信让我这个几乎足不出户的人广了"见闻"。例如徐州新派婚礼。有一条，是我早就知道但不够准确的知识，即"饦汤"。1948年淮海战役时，我们这个纵队（即军单位）据说本来是要在打下徐州后就进驻执行"军管"的，后来变了，空欢喜一场！只是到了宿县就掉头南下到了两淮。当时听到过徐州的人大夸"饦汤"之美,听了垂涎三尺,却难以想象它究竟是什么味道。看了你介绍的,才知大概,也不垂涎了。"地锅菜"未听说过,青萝卜,南通曾有过。"烙馍馍"也没有听过。倒是那又厚又大,又硬却有嚼头的"锅饼",小时喜吃,南通有,不知你何以不提,可能那是山东到处有的吧?

还是谈人更有意思。1946年春,我在"苏公分校文工团"当干事,因江南新四军北撤过江,粟裕司令到如皋,"前线文工团"要为欢迎会演出(后改为由三旅文工团演出)。沈亚威、张锐都到了。我们文工队也去了。有幸见到了他们两位。沈给我们讲了指挥法,以《义勇军进行曲》为例。我还见到张拉提琴。琴身脱了胶,他放在太阳下晒。当时,分区文工团有架钢琴,不知从谁家弄来的。张在琴上弹了一段舒伯特《圣母颂》的伴奏。看了那运用腕部弹连续不断的和弦的姿势,我大开眼界,也是我头一回见到人弹琴,可笑!张在提琴上拉弓不离弦的顿音,我也是头一回见到,可怜!张虽到解放区不久,我们已从偶然得到的大后方歌集上见有他作的《春风吹绿了大地》一歌,好听!他到"前线"后写的一首歌中有"毛主席当家家家旺,粟司令打仗仗仗胜"之句,后来便因"不可颂扬个人"而不流传了。

朱践耳也是那时来根据地的,他妹妹是我的同事,有一次听到她在自己房里唱"满园的花儿都凋谢了……"(《春,你几时归?》),很悲。问她,说到自己在上海听哥哥唱此新歌，而他病得不轻，不觉伤心。朱践耳一到"前线"便作一篇《1946前奏曲》，转调很多，难唱，比人们爱唱又难唱的贺绿汀的《1942前奏曲》更难唱，以当时中、小文工团、队的水平，无法演唱，只有望洋兴叹。不久以后，内战又起，他那首《打得好》大为流行，又因其可以轮唱，特别适合连队的口味，比沈的《狠狠地打》更受欢迎。

我一直是沈的崇拜者，虽然对他这人并无亲切感。新中国成立后我到了福州大军区，他在南京大军区，有一年他到海防前线"体验生活"并创作，写的《海岸炮兵》，是一首朴素而深沉的好歌。后来写的一些作品，似乎远不如抗战中的作品有味了。我们曾戏比他是中国的杜那耶夫斯基（中国的亚历山大洛夫则是何士德或章枚）。沈早期之作如《刺枪歌》《黄海渔民曲》《这儿是我们生长的地方》等，对于我仍有不灭的魅力。《红日》作者吴某（提笔忘了名！）在南京文化部长任上挨整转业后买了架钢琴赠沈。沈后来似乎并未进修攻专业，恐怕连和声对位也不曾掌握。这样，我们便少了一位有特色的大音乐家，岂不遗憾！不过，即便他成了专业乐人，除了"颂神"他又能怎样发挥所长呢？他有一首《龙岗夜泊》，我至今怀念不已，是一首不落套、很有个人风格的歌，作于他投身革命的前夕。后来出歌集，删而不收。晚年有人向他问起，他竟说记不得有此作。我现在仍在打听一个藏有老歌本（手抄本）的人，我当年便是从中见到的。

过去的老同事，近年又相继亡故几人，都比我小好几岁，有的还是在动乱中平安无事的，也是很注意看病、保健、无所用心、无忧无虑者；我却老而不死，可谓怪事了！

有件事不大好意思说，《咬文嚼字》你曾寄我三本合订本（1998、2000、2002），时常翻阅，发现自己吃了以往学习与写文不规范的亏，如今要辅导孙女，不能再以讹传讹。最近决心为己也为她订一份，邮局目录上没有。是否已被你社淘汰？假如是这样，望在方便时为我再补几本，弄不到就拉倒，万勿多费心力。

望多保重！

严格

2006.11.24.

辛丰年先生：好。

收到来信多日了，先是很高兴，须臾便觉不忍。不忍，是觉得您抖抖地给我写了那么长的信，可惜了。您有那么好的精力写信，应写能公开发表的东西让更多人受益。我说，今后您给我写信还是写短一些吧。

电话里我跟您说我最近看的戏，其中有一台 *I LOVE YOU*，是外百老汇的音乐剧，关于当代人婚姻爱情的伦理戏，搞笑得很（报载有"笑翻"字样）。戏由二十来个场景片段组成，演员为沪港流行歌手，两男两女，四人轮番上台。乐队也只是一钢琴一小提琴，在天幕位置正中所搭二层楼上，面对观众作全剧的伴奏，时不时还插科打诨，或唱一句，或念一句。戏很好看，很是干净，顺畅，翻译也到位，能够传达出内含信息。音乐稍弱，有点儿 POP，有点儿 JAZZ，绝大多数是咏叙调类的，没几段像样的唱段，更别说咏叹调或是核心唱段那种让人过瘾的了。比我去年看的美国音乐剧《旋转木马》的音乐，差老鼻子了。《旋》的音乐，那真叫好听，那个时代的旋律，有一种风雅是现在不具备的。而我个人始终认为，音乐剧最关键的，还是音乐，要好听，上口，过耳不忘。

而不久前看总政的民族歌剧（节目单上是这样写的）《野火春风斗古城》，作曲是我们的好朋友张卓娅和王祖皆（张锐的女儿女婿）。却是音乐剧的元素特别多，整部戏载歌载舞，连说带唱。有一场用了火车车厢表演，那车厢像极了真的车厢（而 I LOVE YOU 也有车厢，是四个演员坐在四把转椅上表演，惟妙惟肖，比《野》略高一筹）。金环就义前，对镜整装，背景用八面大镜子，每面镜子有一个日本偶人伴舞。舞美上也是现代和传统风格杂糅。音乐要比二十年前歌剧《党的女儿》（也是他俩的作曲）要好，每一段都很好听，这相当不易。

上周末，还看了一场浙江小百花越剧团的《藏书人家》。越剧我本来就不大喜欢，是冲着他们的头牌小生茅威涛去的（她很有思想，丈夫是名导郭小男）。说的是宁波藏书楼天一阁的故事，但故事牵强，说不圆，我就更叙述不清了。倒是前一阵看的昆剧《邯郸梦》(汤显祖的《邯郸记》)更好看,我已是看第二遍了,去年初看时,主演计镇华说是封箱戏,不想今年他又演,我便又去看。上海昆剧团的戏,我要看。平日里老是和他们一起吃午饭(我们社在他们团搭伙至今),台上他们穿着龙袍,台下和我等凡辈一样呼啦呼啦吃面条,看他们的戏心里特快活。再说传统戏毕竟千锤百炼,即使再是新编,再是重组,核心的东西是摇撼不动的,汤显祖还是汤显祖。计镇华的声音高亮,假声和真声间的转换自如,多听还真好听。小时候我曾极反感小生的假声,生理上厌恶,现在不了。很奇怪不是?《邯郸梦》其他角色也都是当下的昆剧名家,梁谷音、张铭荣、刘异龙等,他们都是俞振飞的弟子。然而舞台还是过于艳丽了,其实是俗丽,对声、光、电的偏爱就像如今的人偏爱装修房子,在今天的上海乃至全国的舞台上,这种高消费的俗丽被最大化了。这也是当前中国与外国的不同。

就比如外国的宾馆像家居,而中国的家居弄得像宾馆一样。价值取向不同吧。

奉上话剧《金锁记》的光盘,里面男一号是京剧名角关怀关栋天,我很喜欢他的演出,演话剧比演京剧还投入呢。这是王安忆的第一个舞台剧,她喜欢舞台,写写玩玩的,居然上演了。导演是黄佐临的女儿,编导都是上海人艺的子弟兵,剧院就打他们父女两代人的牌。曾请您的战友兼老乡李苍鹰阿姨看过首场(那天卓娅祖皆也去了,大家正好在剧场见面),她看过愤愤然。新四军遭遇张爱玲，两种话语系统。

奉上几册《咬文嚼字》，合订本再容我几日。

CD是上海小荧星合唱团的圣诞歌曲，美中带俏，您可和玲玲同赏。

冷了两天，又回暖了。今天我在游泳完之后，不得不脱了毛衣毛裤出去。游泳我已坚持了一年半，感觉四个字：通体舒泰！也不像往年那样怕冷了。双休日不游泳，我便打上两趟太极拳，作填空。

冬天，您要多在阳台晒太阳，太阳下懒懒地抱着热茶看书，何等惬意。另外也必须多多地走动，您年纪并不大呢。鲲西先生九十三了，每天到南京路上跑两趟，买面包，买碟片。

再聊。

再颂冬安！

李章

2006.12.19.

上周末又发了台历，音乐题材的油画，赶紧寄上；今天又寄了两册《咬文嚼字》的合订本，寄出后翻看您的信，发现2002年的寄重复了，这如何是好？重复的您就送人吧，送不出去再让小严寄还我。

另外您提笔忘字的《红日》作者是吴强。因我岳母跟他同事，我便有机会跟他一起吃过几顿饭。我也崇拜沈亚威，他旋律的气质高，即便如您所说"颂神"，也要颂得出来真情和美来。像《七律——人民解放军占领南京》《毛主席，我们心中的太阳》等是我最佩服的歌，为此宁可忽略他的"颂神"如莫扎特们的御用。

我去给朱践耳、鲲西二先生送台历时，已转达了您的问候。

12.25. 又及

2007 年

辛丰年先生：好。

我很久没有出差了，人懒得很，但最近出去了两次。

一次是4月下旬去了重庆，参加全国书展。每年的书展我都不大愿意参加，主要是怕人多，外地老朋友见面免不了都是海吃海聊，每到深夜，睡不好，又累，每每血压增高。年轻时还喜聚会，现在则有些怕了。不知道这种变化好不好。但这次领导上一定叫我去，说是住得很好，不需要做什么。像是一个待遇，不去就不识相了。重庆我从未去过，自己也想去看看朝天门码头，心里总有个《江姐》的情结在吧。

其实也没几天，4月23日至25日，飞机来回，因机票打折，比火车还便宜。若以我意，倒是返回时乘船沿江而下好，但又不会给你这个时间了。住是东家重庆专为书展新开张的星级宾馆，是我出差住得最好的一次。全国书展之前，音联体的会议便在这里召开。所谓音联体，即是去年由人民音乐出版社和我们，以及湖南文艺、上海音乐学院、西南师大、安徽文艺、四川文艺、文联出版社等十家音乐图书的出版大户，为联合营销而成立的一个团体。也就是以前的订货会，这几家出版社将新书（去年的书就算是旧书了，这点我特恼火）摆在那里展示，书商来订货。乱糟糟地，搞得人心里也是一团糟。

第一时间我就去了朝天门码头，歌剧《江姐》序曲就是从这里开始，幕后是川江号子，台上甫志高因错穿西装扛箱子被江姐批评了一顿，小贩到处吆喝着老刀牌香烟，背景音乐是《桃花江》（这是我们徐州地区文工团的版本）……再就是贺老的《嘉陵江上》。您知道朝天门码头便是长江和嘉陵江两江的汇合口，我想象是白浪滔天，江面浩渺，哪知去了很失望。首先是水少，长江都干了，两岸相隔倒是不近，却是坑坑洼洼，熄火的几艘江轮趴在泥窝里，更显无水的颓相，原先二十几个栈桥熙攘蒸腾的盛景不再了。倒是新修码头的水泥石阶，宽而高，颇有气势，众多游客散坐，被卖菠萝、卖小吃的小贩和乞丐叨扰。山城斑驳的建筑，高，密集，破旧，压抑。茫茫雨雾中，依稀能辨出远处尚待合龙的新桥和独行的缆车。

全国书展开幕那天，去逛了一圈，书山人海，眼花缭乱。有一位作家仿扮歌星腾格尔的模样在打书。作家雇来几个川农，高举像大字报一样的广告牌，用绳子围了一个圈，作家还斜挂了红佩戴，做几个孙悟空的动作，将新书免费发给围观者。书展我去得少，颇诧异，颇惶恐，紧问自己，如何才能跟得上时代呢？

　　最想去的是大足石刻，广告说，北有敦煌南有大足。还看过修海林写的文章，大足多有音乐的雕刻。无奈距离较远，时间不许。

　　而集体安排的一天市内游，被删除中美合作所、曾家岩、渣滓洞、白公馆等选项，只去了磁器口古镇。也是如全国所有的古镇一样，一样的格局，一样的旅游品，一样的仿古和伪古，一样的虚假繁荣。就是小吃有所不同，以麻辣主打，我却消受不了。

　　5月初，还去了一次大连开会。在瓦房店（现为大连的县级市）的一家个体书店里，发现了人民文学出版社1954年版的《白毛女》，剧本和主旋律谱，32开，硬精装，品相很好，要价20元。我犹豫半天，不舍得不买。其实要它也没啥用，仅仅为了自己的心情，为两年前做《白毛女》做得辛苦。我想把玩几天，然后捐给上海出版博物馆吧，我的老领导王秦雁（钱仁康女婿）现正在筹备出版博物馆，他负责音乐部分。

　　在大连，我就接到了上海打来的电话，是海归派留德作曲家朱世瑞，邀我听他的作品。6日中午回到上海，晚上便赶去音乐厅。这是上海之春的"海上新梦"新作品音乐会，有董为杰、叶国辉、陆建华、徐坚强、朱世瑞、徐景新、奚其明等沪上七位实力派作曲家。后两位很早走红，再次出山，有"调性回归"的意味。其他少壮，则仍坚持国际化现代化。七首作品,我只能说,我喜欢某些片段。

第二天的音乐会,我就很兴奋了,是香港管弦乐团,在香港就想听他们而未果,这次虽只来了一半甚至不到一半人马,却让我着实享受了一把。

来的只是个室内乐团,一位叫巴列夏的小提琴家,德国人,迪蕾的学生,首席兼指挥,边拉琴边用弓指挥的那种。曲目是海顿的《第三十九交响曲》,莫扎特的《第三十三交响曲》,贝多芬的《D大调小提琴协奏曲》。

乐队好极了!可想见他们平时就训练有素,每一个乐句都有表情,层次清晰活灵活现。尤其是海顿,使我觉得比莫扎特还好(指当晚的演奏),呈现出那么性感的表情。后来返场曲目只一首,重演了海顿《第三十九交响曲》的第四乐章,就像知道我的心思似的。原先我只看好贝多芬协奏曲的。当然,那协奏曲也是过瘾呢,巴列夏人年轻,琴也好,1730年的斯特拉底瓦里,我还没听到过那么饱满、纯质、油光光的E弦,哪怕在极高的音区都不会有一丝裂纹。巴列夏的处理跟海菲兹等不同,稍快,华彩段我怀疑是他自己写的,很长,甚至含有一段完整的乡村舞曲,还用了一个定音鼓伴奏,与引子呼应倒也顺理成章。这家伙技巧特好;没有一点负担。第一主题是贝多芬最优美的主题,大气,壮阔,壮阔中带着瑰丽,他用几乎是飘着的弓法若即若离拉出的,少有揉弦,但动人着呢。就像现在音乐剧里的那种非美声又非通俗的唱法,直白但动人,皆因唱者动情。这位小提琴很是动情,我被他深深感动。最后乐章的节奏比海菲兹们要平,因此就稳了(这里我还是喜欢海菲兹的)。

我回家再听我的音响,觉得难听极了。

这又让我想起十天前的一位大陆小提琴大家,来上海开独奏音乐会,是几十年来第一遭。他的太太钢琴伴奏。他是我儿时的偶像,现在自然不会当他的粉了。他演奏倒不是印象中的那般张狂潦草,尚说得上细腻,曲目安排却是哗众取宠,居然有当红电影插曲,改编也不高明。他比香港管弦乐团的年轻人巴列夏,宝刀显老了。听他的音乐会,就像瓦房店淘来的那本老旧的《白毛女》,仅剩下自己的心情。我还听到了久违的《新疆之春》,他拉得极快,儿戏一般。年轻时看重的曲目,这次听来像一根鹅毛。

按说4月音乐订货会以后,会松口气,但我不行,更忙了。杨立青的书稿终于杀青,全靠沈叶的帮助。书还有一些谱例没有弄齐,现在是八十万字,加上等量的谱例,我估计至少得做一年。再就是薛范的两本歌集,他总是编得很厚。另有从美国引进的一套小提琴教材,也得我做。《勋伯格和声学》还在初级阶段,而罗忠镕先生那里还在不断咬文嚼字精耕细作,这书总也不能顺畅进入流程,我心里焦急着呢。其他还有些书,佯装不放在心上。

又拉拉杂杂写了这么多,想给您解解闷。就此打住。

多多保重！

李章

2007.5.10.

辛丰年先生：这一段您身体好吧。

记不清多少时候没给您电话或信了，这一阵子忙极了，家事公事碰到了一起，两边都迁就不得。

先说公事。一个您已经知道，是薛范先生的两本书，《俄苏名歌经典》和《俄苏歌曲珍品集》，其实都是苏联歌曲，1917至1991年，十月革命至苏联解体。一本简谱的分上下册；一本五线谱的带钢琴伴奏、中俄文歌词对照。后一本较有价值，钢琴伴奏都是原作。虽有几首是巴扬手风琴，薛范请了一位冯姓教授移植到了钢琴上，和声、节奏、音型及织体等仍算原汁原味。薛范说，这些钢琴伴奏谱，收得全，完整，在整个苏联都是前所未有，其他国家更不会有了。

这我相信。苏联歌曲在中国比在苏联还流行，影响深巨，就因有了薛范这样的人。《小路》还是《喀秋莎》，在苏联已经没人唱了，而在中国却家喻户晓，连俄国人自己都很惊奇。

现在这两本书还在赶制中，原计划9月30日"世界翻译日"赶出来，开新书发布会，我自己是没有信心的。我和薛范在厂里已连加了几个夜班。

在这一忙中间，突然有一天领导找上我，命我担纲交响组曲《井冈山》的责任编辑。曲作者是同济大学音乐系从西北引进的作曲家张小平。领导很起劲不说，录音师不知为何也很起劲，一定要录成发烧片HDCD。现在这个音乐还在不断修改，9月15日却要正式出版。

这一次做CD的责编，进了现代的录音棚（这方面严锋肯定比我内行），然而我仍不理解这种分轨录音形式，即今天来两把小提琴，拉拉录好分谱；明天来两个合唱队员，录音后在电脑上将人声十人加倍成二十人，再加倍成四十人；后天再录竖琴什么的……最后在电脑上做后期制作，将所有的分谱合成，加工，行话叫做"缩混"。

虽然每个声部都很清晰，但我总觉得没有了演奏员之间、演奏员与指挥之间的瞬间交流碰撞出的火花，不可能有统一的情绪诉求，音乐情感必打折扣。

物理上，因是个别声部演奏录音，没有全体乐队在一起所形成的混合的、丰富的泛音，声音出来都是剥离的，干巴巴的，最终是越清晰，剥离越甚。

也许我在说外行话。但我宁愿接受拉威尔、马勒及理查·施特劳斯那种配器上的"极大的清晰性"。

还有一忙，就是我们社1980年代出版的钢琴协奏曲《山林》，是中国首届交响乐比赛首奖。今年要作为上音八十年院庆献礼出新版，新版《山林》是总谱加CD加两架钢琴谱。我倒是宁愿编这类一手作品，年初自己也承诺过的。现在，作曲家刘敦南从美国赶来校对，我便忙于他住旅馆、看封面、听CD、读校样这些事情。上周，刘敦南终于回了美国，我在付型样上签字发印。总算了断。

还有一本书，即我的同事、业已退休的姚方正老师所编撰的《汤普森·简易钢琴教程教学辅导》，姚是《音乐爱好者》的创始人，始终对我提携有加，此次挑我做他的第一本著作的责编。这书是他开钢琴课的心得，对初学钢琴的师生、家长都有帮助，也要赶上海书展，也是急件。急件最容易出错，这使我现在不敢再看这本书。

说到上海书展，我也去值班一天，一年一度的上海书展今年从展览馆搬到了虹桥世贸商城，更像了大卖场。那一天我牙齿开始痛，在冷得发抖的空调里坚持到晚上，第二天便开始发烧。

发烧因了疲劳加牙病，去医院两次，结果越来越痛，痛到今天已有三个星期。这也是心火上升，事多急出来的吧。

曾跟您提起过的、罗忠镕先生翻译的《勋伯格和声学》，倒是趁乱出来了，很漂亮，我喜欢。虽然罗先生的译笔我不习惯，跟他讨教了很多我想修改他却不允的地方，是文字、翻译方面的。比如，他将旋律小音阶上行时第六、第七音升高、下行时还原翻译成"第一转折点""第二转折点"……我有异议，但他坚持，我乖乖投降。

私事忙，就是想买房。这些年我一直在看房，去年看中了巨鹿路的一套二手房，定金也交了，但对方是个身份不明的炒房大户，始终躲躲闪闪，过程扑朔迷离，最终未果。您也许会从严锋买房的经历得知，今年上海的房价高成天文数字，交易环境也是陷阱多多。就在我最忙的时候，天最热的时候，希望一退再退的时候，碰到了一个机会。这个饥不择食的选择，交易起来又是复杂漫长，一直将我的精神吊着，牵着，今天上午，终于尘埃落定。如再不成，就是机缘不到，再不会去买房了。

紧张了那么多日子，电话都来不及给您打一个。很多信和杂志也顾不上拆。今天命自己休息，便给您写信。

下周，给您寄上我新编的两本书吧，算是这一节段的汇报。

天凉爽多了，这个夏天您还好吧！罗忠镕先生跟您差一岁，他这个月还跑去成都呢。您还是要多活动活动，这个气温可下楼走走了。

不知玲玲的钢琴还由您来教么？我还编了简单的钢琴谱和教材什么的，您需要么？也寄您看看吧。

顺颂撰安

李章

2007.9.8.

李章：

好！好久没来电、信，估计不是赶任务便是病倒，或是出国或出游，想不到大热天还加班突击，带病坚持，太苦了！

我今夏情况也不妙，比去年更糟。不但出不了大门，连坐着都支持不了，老想躺着，有时昏昏然睡大半天。主要是四肢无力，消化不良，视力已降到有时视而不见，衰老似在加速，我想，假如天凉后不能恢复正常，那就完了！近日气温下降，稍有好转，在室内加强了活动、锻炼。但愿能更好一点，多写点东西，多看点好书。至于听音乐，是基本上戒了。时间宝贵，要用来思考历史与现实。

来信中说的录音新法，令人不寒而栗！这样的"罐头食品"还能吃吗！

苏联歌集，倒还有兴趣重温，因为它是"史中声"。读读哼哼。最近听一个老朋友唱他小学时学的第一首苏联歌曲，歌题为《轰炸日军出云舰》，我是第一次听到。当时苏联志愿飞行员助我们作战，英勇牺牲者相当多。此歌很好听，不知歌集中有未收入？

《勋伯格和声学》我看不懂，可勿寄。"汤普森"我想看，但并非为玲玲，如今她已四年级，功课负担越来越重，哪有空练琴。我是想自己看看有何新方法。《山林》也不必寄了。其他你经手的钢琴谱，方便的话望寄我。

老牌大书店新印之书错字如麻。三联印的《曹聚仁文集》

是一例，中华书局也如此。他们印的经典古籍将会误人不浅，真是可怕！

9月1日的《南风窗》报道了台湾客家民歌手们大唱传统与流行乐结合的新山歌，报道很精彩，令人神往于那既原始又有新生命力的歌声，可惜我听不到，如有此类碟片就好了。你听过没有？

我觉得，你要设法避免健康的恶化，尽可能勿带病上班，那是不值得的。另外，牙痛务须根治，某些以"二甘醇"代甘油及含氟太多的牙膏，不可用。保重！

薛范、王勉代问候。

严格

2007.9.12.

2010 年

辛丰年先生：好！

此次出行共听了三场音乐会，我忍不住急着要将第三场说给您听，那是因为，于我可算是一次奇遇。

是在维也纳。那天上午我们早早起来，梳洗，早餐，步行去老城，欲赶上午十点钟教堂里的布鲁克纳《庄严弥撒》，几天前路过这教堂看到预告。曲目是我心向往之久矣的，自然记住了时间，却恰恰没记教堂的名称和地址，轻信了自己的方位感。不到九点，便到了附近，可怎么也找不到这间教堂。情急之中，忽有仙乐飘来，即寻声前去，是圣奥古斯汀教堂正在排练合唱的赋格，并有乐队！第一声印象，很专业，若天籁。我一向对赋格着迷，好了，不必去挂念布鲁克纳了。

教堂里只有三两个人，我们占据了最好的座位，反身向后，高高在上的巨大的管风琴之下，铁栏围起乐队区域。年轻的指挥及年轻的演唱、演奏员，正一小节一小节地细抠着赋格段。

第一次从下往上引颈聆听，感受很是不同，声音从上往下倾洒，淹没你的头脚，诚如一种浇灌。

邻座一位当地居民，留着舒伯特的发型，戴着舒伯特的眼镜，长得也像（画像）舒伯特，边读乐谱边听排练，想必是有备而来。电影《百万英镑》里看到的市民读谱赏乐的情景，今天碰到了。

我对宗教唯有尊重，其他一无所知。而宗教音乐，听是听了不少，但弥撒曲的结构，信经、羔羊经、慈悲经等等，背不全也说不清的。感谢邻座那位"舒伯特"翻乐谱给我看，才知道排练的正是舒伯特弥撒第六号，D950。庄严弥撒，这种大型宗教作品，舒伯特竟写了六首还多！

然而今天并非音乐会，而是一场完整的弥撒仪式，由圣奥古斯汀教堂自己的专属乐队及合唱队临场献演。这教堂的音响，好过大多数的音乐厅堂。

这一日，2010年5月23日，是哪一个宗教节？各大教堂都在举行盛大的弥撒，整个维也纳钟声、乐声此起彼伏。而"5·23"，我第一反应是《在延安文艺座谈会上的讲话》的代名词，插队时年年背诵，纪念，也像宗教节的。

教堂发至座位的"节目单"，印在鹅黄色的A4纸上：
弗朗兹·舒伯特，降E大调庄严弥撒，D950
门德尔松，作品52

莫扎特，KV47

海顿，Hob XⅩI：2

巴赫，BWV651

我心中暗喜，那么多的曲目，很像样的一场音乐会了。

人渐多，排排座椅很快满员。大多是当地熟客，迟到者去教堂主祭坛两旁加座，也是允许的。有折叠椅不断拿出，坐满，再拿出，再坐满。渐渐地，站立者多了起来。

10点三刻，乐队收声，排练结束。一位年轻神职人员挑出一杆金杖，渐次点燃周圈的蜡烛。燃烛甫毕，头顶上簇簇枝型吊灯刷一下华丽闪亮，众主教护拥着大主教（且让我作如是称，他们服装不同，等级分明，我不敢拍照，怕是查而无据了）从教堂大门处入场，缓步走向祭坛，前面有摇动香炉者开道，主教中有二人抬着一册巨大的《圣经》，最后是级别最高者，年龄也大。

钟敲响11点，场内肃静，舒伯特《降D大调庄严弥撒》肃穆启奏，弥撒仪式开始了。

整个弥撒约两个小时，主教的布道穿插着节目单上的音乐一一奏出。到了饮圣杯、领圣餐的桥段，很多信众排队上前，领到一牙小饼含入口内，个个虔敬幸福。有一位显然是远道来的信徒，人和行囊风尘仆仆，整个弥撒埋头长跪，看起来他有七十岁了。

弥撒结束，照例是，前后左右互不相识的人握手祝福平安。博爱在音乐止处生成。

舒伯特好听极了,教堂的音响尤为纯净。几位大作曲家风格相异,音乐在这里却那么统一,相像,让我吃惊。这就是传统吧。不知弥撒的曲目由谁选择,又怎样安排?

结束时,出口处始售CD,都是这个乐队这个教堂的现场录音,好多种。出门时我们照节目单提示自愿捐了16欧元,后来才知道,用买CD的方式,也是捐款。没带走圣奥古斯汀教堂乐队的声音甚憾。

回上海到处寻觅这首弥撒的CD未果,书面资料也是鲜见。2005年,我自己曾编过一本引进版《谈弹舒伯特》的小册子,只有一页《德意志弥撒》D872的乐谱片段。

真是太不应该了,对舒伯特了解得太少。他比莫扎特少活四年,却也留下近千部作品!在圣奥古斯汀教堂里我就在想,依附着格里高利圣咏、弥撒曲……从帕莱斯特里那、蒙泰威尔第、珀塞尔、斯卡拉蒂、维瓦尔第、泰勒曼、巴赫、亨德尔、海顿、莫扎特、贝多芬、舒伯特这么一路下来,西方音乐在教堂诞生、驻守又走出,发展至今依然嘹亮。而这些个音乐家,命运多舛,巴赫穷及一生服务于教堂,若不是后来门德尔松的"发掘"恐怕至今无名;莫扎特的故事尤让人心疼,活了短短的三十五年而尸骨无存,现如今维也纳遍地都是莫扎特,做足了莫扎特:莫扎特大街、莫扎特咖啡馆、莫扎特钱币、莫扎特巧克力……但凡能想到的,杯子上、包袋上、铅笔上……甚至餐巾纸上,都会印上戴着假发的那个熟悉孤寂的剪影。维也纳如何对得起他!舒伯特更惨,缺钱,多病,大多旷世之作自己都没听到。

几百年过去,幽魂飘散,教堂还在,音乐还在啊。

还想告诉您,圣奥古斯汀教堂有一组雕塑(宛如活物)令人心里一惊,是意大利雕塑家卡诺瓦为奥地利皇妃玛利亚·克里斯蒂娜设计的墓葬群雕,皇妃就葬在这间教堂。圣奥古斯汀教堂非常华丽,大约是天主教的重镇。弥撒结束,信众久久不愿离去。

出得教堂,托附近的旅游服务中心,曾给您寄出一张明信片,不知收到否?前次电话里您说纽伦堡、福森的两张明信片印刷不佳,说得对,这些大批量的明信片,不定是东南亚某国制造,有损德国的印刷美誉。维也纳印得也不好,权作纪念吧。

天开始热了,注意防暑降温。

再请

夏安

李章

2010.7.18.

2011 年

辛丰年先生：

知您摔跤住进了医院，很是挂念。严锋说检查下来无大碍，这是最好的消息了。老人运动少，晒太阳少，再无补充，很容易骨质疏松。严晓星说您从未住过医院。我想您还是随遇而安，委曲求安，权当一次人生体验吧。您胃口不好，就给您寄些小点心。记得上次您嘱我寄的万年青饼干，说味道今非昔比，此次看到更小的一种，看看能否有所长进；另一种西番尼，同是哈尔滨食品厂出品，是看它软，牙齿不好也能对付，倘若喜欢，再寄也是方便的。

不巧我也摔了一跤，东施效颦了。就在昨天晚上，家门口有隔壁邮局遗留在地的打包圈带，黑地里我像中套一样被重重放倒，嘴啃地，多处蹭破流血。歇了一夜，仍胸痛、腕痛，一动便痛。

依我生病的经验，吃还是要吃的，这样恢复得快。

最近赶《丁善德全集》，共九卷（其中一卷是纪念集），也是苦不堪言，更多的是有隐难言。给您的电话少了，不想您就住进了医院。既来之，则安之。住院最大的好处，就是强迫自己休息，任事不管，任事可以不管，多自在呀！

等我忙定，有时间整理出照片，寄您看看。

多放松，多吃饭，多保重！

李章

2011.9.18

辛丰年先生：

严晓星说您回到了家里，这也好。想来您也是不太善于同陌生、陌路人打交道的，不便之时，肯定先委屈了自己。医院里虽安全，也怕过度治疗，还不如家里自在。希望您能在家养得身强力壮。

摔跤，没啥办法的，只有休息，静养。伤筋动骨一百天嘛。我的摔跤，大体上算是好了，胸痛消失，腕部还不得劲。而您，行动要慢些，再慢些。尤其洗澡时，须采取防滑措施，扶手、防滑垫、塑料小凳子等等，都是必不可少的。一人在家时，就不要洗澡。也不必天天洗澡。行动不够灵活时，洗澡是很容易出问题的。

我这一段，赶《丁善德全集》赶得紧，现虽未最终完成，但也接近尾声，只剩下 CD 制作了。11 月 12 日是丁善德百年诞辰日，全集须在之前赶出，25日开纪念会暨首发式，26日余隆指挥上海交响乐团演奏《长征交响曲》和《降B大调钢琴协奏曲》，至彼，才算是全部完成。

其实，全集不全，除了遗失的谱子，也非全部都有录音留下。若重新录音，录全，要有大把的钞票，而如今国家或上海的有关单位，都无法拿出这笔钱的。丁芷诺老师一边新录几首室内乐，一边就在各处找录音。上周从陈燮阳处找到了1988年他指挥的几部作品，盒带充当母盘，音质不好聊胜于无。

全集由上海音乐学院、上海音协和我们三方合作，有个十人专家编委会，由丁老的两位音乐家女儿丁柬诺、丁芷诺统帅，并非挂名。他们做了一年，交到我手上是付型样，说可直接开印。丁家女儿"钦定"为法式软精装，但因分卷太薄无法"法式"，付型样冒险开倒车：将十一卷改为八卷，方得以"法式"。而同时的《丁善德百年诞辰纪念集》，亦由两卷并一卷。这下我苦了，光是目录页转换、页码重组、封面重做就将时间占尽，好多工序等于推倒重来。苦我是不怕的，最怕是出错，点页码时就发现有错，时间根本不允许重新校对，再加上拆分这样伤筋动骨的折腾，如何不出错？现在的上上下下，出版已像搞春晚，重场面，看豪华。其实鞭炮一响，四处皆空。我深陷其中，多有难言之隐，虽不是我的错，也难逃白纸黑字责编的骂名。所谓躺枪，今次轮到了我。

丧气的话不说了罢。

上次说起不太忙时，整理出几幅照片给您看看。先前寄您的一批照片，是"图说文字"，并非摄影的角度，您搞摄影的朋友不以为然也不足为怪。这次的几幅，是我这两年自己较满意的。我给自己定标，一是不可重复性；一是有趣。如若这些照片能让人看个两三遍，我就会很得意。

很惭愧不能如严晓星那样寄上自己的著作向您汇报，就寄上照片给您解解闷吧。我会按照片编号"文字说图"，看看能否合乎观者的印象。

胃口比前段好些了吧。多多保重！

李章

2011.10.30.

2012 年

辛丰年先生好！

这两次电话里说到雷斯皮基的《三罗马》，我也有很多话想对您说，写了一封信给您，说到我们去年在罗马听《三罗马》，由于自己的懒散和健忘，已忘记信发出没有。这里再啰嗦一遍吧。

初到罗马，机场至旅馆的路上，便看到罗马的松树，那是我从未见过的松树，树干很高，树冠边缘清晰，多呈伞形。自然就想到雷斯皮基。

到了旅馆稍作休息，第一时间便去歌剧院碰运气（通常我预订旅馆时，大都订在歌剧院附近，歌剧院总是老城中心。但不敢预订歌剧票）。所住的旅馆在四喷泉街，离罗马歌剧院（Teatro Dell' Opera Di Roma）的驻地柯斯坦齐剧院不远，踅摸过去，也就十多分钟。7月的罗马，傍晚时分太阳还很高辣，国家级歌剧院竟是灰突突地大门紧闭，一无华美雕饰灯火流泻，这座墨索里尼时代的建筑，很像上世纪中国内地的工人文化宫，据说内里还是奢华的。促狭的剧院广场上有市民闲坐或遛狗，一辆货车在装卸乐器布景。上前打问，反应格外热烈，先肯定当晚没有歌剧演出，又说当季演出不在此处而在卡拉卡拉，第二个"卡"，他们发出很重的第四声，还千辛万苦地绕进票房取来节目单，说是每天上午九点这里开始售票。

本季节目单很清楚：我们离开罗马后有两场歌剧《托斯卡》《阿依达》（阿依达扮演者是中国的和慧！）和一场老柴的芭蕾，票价25至135欧元分四等。我们的机会唯有7月2日的音乐会，雷斯皮基的《三罗马》，在卡拉卡拉。

卡拉卡拉，正是我想要的。因1990年代日本《音乐之友》杂志上，维罗纳歌剧节剧照撩人：古代圆形竞技场遗址被打上灯光，《阿依达》场景宏大神秘，心向往之经年了。图片上的卡拉卡拉就很像维罗纳的Arena竞技场，而Arena的好声有口皆碑。

在罗马听《三罗马》，倒是很恰当，且又在古代遗址，第二天即去将票拿下。

第一次听雷斯皮基，在1978年。感谢南艺作曲系高才生何山，将开盘带《罗马的松树》带到徐州我们团，他还顺便帮我们买来复印的袖珍总谱。那一年我们听到的多是哀乐，饥渴中耳朵正敏感着。当第一段《博格塞别墅的松树》突如其来的起奏——钢琴、钢片琴、钟琴、竖琴、三角铁与木管组弦乐组混合而成的装饰性音型劈头浇下，我们个个目瞪口呆，那是怎样的音色—音响啊！似阳光乍泻，又若流瀑般水花四溅。紧接着孩子们围着松树嬉戏，三支小号华丽、密集的平行进行让我们面面相觑：那是我们闻所未闻的小号的和声。

后来我就喜欢上了雷斯皮基，我常迷恋、迷失于他出神入化的乐队写作，精致精密的配器和超人的音色想象。他的音乐，就像意大利人，话多，手势多，表情多，极热烈极浪漫又极其性感。

罗马天长，音乐会都是晚上9点半开始。我们心切，早早赶往卡拉卡拉。方圆以公里计的大浴场遗址被铁栅拦起，为了保护也为了收费。进口是简陋的铁皮拱门，巴掌大的牌子上写着 Terme di Caracalla。售票处仍有散客光顾。铜柱红绳拦起的检票口旁，有桌叠放节目单和信封，不时有媒体记者自报家门索取工作票。观众渐多，气氛渐浓，盛装出席的当地人（有一家四口当场换西装，天太热了）夹杂着左顾右盼的异国游客。终于，8点40分，检票开始，七人一排，红地毯引领我们隆重入场。红毯分为三路，一路通向高高的观众席，一路通向音乐的附庸——酒吧，一路通向——很搞笑——洗手间。

我也不客气，生平第一次，踏着红毯去了趟洗手间！

进入搭建出来的坡形观众席，有漂亮小姐领座，一排排塑料椅子连成千余座位，每个座位都配有印着罗马歌剧院华贵LOGO的坐垫，看、用都舒心！再看舞台，由钢铁框架在高耸的拱门废墟前构筑而成,背后夜蓝,正是旅游手册中卡拉卡拉的经典图像,很历史,又很现代,这就是罗马了。

灯光转暗,天幕上打出罗马的城市LOGO:一只母狼奶着一对双胞胎兄弟的雕塑。首席小提琴起立,乐队定音。

我心里不觉一沉,怎么双簧管的声音几乎听不见?

曲目这样安排,先是《罗马的节日》,再是《罗马的喷泉》,最后是《罗马的松树》;《三罗马》一气呵成,无中场休息。

乐队指挥着白色西装踱着方步入场,鞠躬,全场肃静。当《罗马的节日·竞技场》奇峻的引子呐喊出第一声,我心里又是一沉,就似体育场高音喇叭里的《运动员进行曲》,电声啊!与此同时,天幕上开始变换不同影像,油画、雕塑、摄影、动漫一锅馀,直至终了。

常常是,眼睛跑到耳朵前面。音乐,熟视无睹;画面,目不暇接。

最过分的——真委屈了百年老团的那些演奏员——得忍受激光频闪和干冰侵面的骚扰。

还有更吊诡的呢。

您还记得《罗马的松树·乔尼古伦山的松树》中的鸟鸣么?雷斯皮基播放预录的夜莺鸣叫——配器大师说,任何乐器也代替不了夜莺的真声。这在首演的1924年,播放鸟叫的录音加入乐队,已是惊世骇俗之举,虽遭非议却沿用至今。然而卡拉卡拉的夜空,时有鸟群喳喳飞过,结果整个《三罗马》中,鸟叫不断,不该叫时叫,真是大煞风景。当《乔尼古伦山的松树》再现黑管主题的 Solo 声渐弱,录音中的夜莺鸣叫着出场时,那感觉真是神奇,还真好听。

千真万确,录音的鸟叫——假的,比真的(夜空中飞过的鸟群)更好听。而(电声扩大后的)真的乐队演奏——倒像是假的了!

高科技害人哪,后来我跟沈叶抱怨,这算不算异化的典型例子?

说实在话,天幕上的画面,高清的高速的高显微的黑白摄影和电脑制作还是美的,高明的,显示科技进步的。记得《罗马的节日》用了油画名著《提着水果篮的男孩》,作者卡拉瓦桥和雷斯皮基一样,眼下都是罗马旅游的文化名片。《罗马的泉水》中,黑白高速摄影,泉水与雕塑般的女体共舞,叠加的影像明澈剔透如雷斯皮基的乐队织体。最后《罗马的松树》,三个舞者两手各执一蓬松树,千手观音般伸展出万千松枝,这些松枝突然"木刻"为人的五指,转而变成士兵的队列(《阿庇亚古道的松树》),随着定音鼓、钢琴固定音型的渐强,由少及多,由远及近,浓烈绚烂的全奏迎来全曲也是整场音乐会的高潮。

演出结束,指挥一改平时的褒奖方式,不请出演奏员,而是引上两位青年男女,估计是多媒体策划者和电脑制作者。

您喜不喜欢这样的音乐会？我觉得那晚的音乐会更像是旅游项目。旅游手册上说，全意大利由国家资助的十二家歌剧院中，第一个创下收支平衡奇迹的，就是罗马歌剧院。

其实反过来想想，艺术是最大的八卦，本来就是吃饱了玩的，凡是人需要的，何为不可为？何乐而不为？

此信又写长了，打住。

天渐暖，于您我都是好事。多晒晒太阳罢。

李章

2012.3.29.

辛丰年先生：春天好！

关于我出去听的那些歌剧和见闻，上次电话里说不清楚，还是写给您罢。

今年春节，我们挑选去布拉格，一是给自己本命年的生日礼物。一是人人都说"白色布拉格"（指雪）最美，冬季正逢时。再者，布拉格是音乐的重镇，早就想去看看了。我们在那儿待了七天整，运气还算好，碰到了雨、阳光、雪，以及最值得的——莫扎特的《费加罗》！

您想不到，我们入住的波西米亚大酒店有多周到。一进房间，但见茶几上的冰桶插着一支香槟，一盘鲜红欲滴的草莓，以及经理亲笔写给我的生日贺卡！敢情是曾经的社会主义"同志加兄弟"，感佩之际顿生温暖。

中欧的冬天，冷且天短，早上9点才能算天亮，下午4点钟，太阳就疲软了，顷刻天就黑了。加上室内外冰火两重天，在外活动不能超过一小时就得逃进屋，暖透了再出来。如此，我们决定早餐从容享受，晚出门，主要在午间活动，冷了就钻博物馆或咖啡馆，然后回旅馆睡午觉，重点放在晚上看戏听音乐会。

短短七天，看到的肯定是表面。然而任何地方，没有个三年五载的，也是表面。就表面看来，布拉格还是美。疏密有致，色彩怡人，满街高帅靓的捷克男女。一眼望去，画面不用剪裁，必定协调。那几日没有不顺心不友好的遭遇．心情自然就好，自然就与布拉格泡出点感情来。也许历次战争的双方都不忍破坏，布拉格完好无缺，各种风格的建筑保存得光鲜，亦可见维修的勤勉。后来去到的布达佩斯就不然了，城市和建筑格局比布拉格大得多，但很多楼宇呈颓败像，显见维修资金的捉襟见肘。

去到一个地方，有自己的偶像，见到见不到，感情上都有一种满足。我们在布拉格闲逛，伏尔塔瓦河边、胡斯像前、鲁道夫音乐厅的草坪，到处都是莫扎特、贝多芬，以及斯美塔那、德沃夏克、雅那切克他们的影子，飘散着苏克、马尔蒂努、诺瓦克他们的气息，你不会无动于衷。比如火车总站，报站的铃声响起，你会认出，是斯美塔那《伏尔塔瓦河》的两声竖琴的琶音，毫无歧义。

但我参不透卡夫卡"布拉格是个带着魔爪的小妈妈"的说法,是少年就知愁滋味的卡夫卡冷眼望出去的"变形"?如何解读卡夫卡"布拉格不肯走,也不让我们走"?

1980年代才知道卡夫卡的名字。另一本土作家哈耶克,儿时便看过他的电影《好兵帅克》了。唯一记忆便是,穿着军装的帅克滑稽面善,每看到一个痰盂便举手敬礼。几十年过去,再无任何帅克的信息。这次在布拉格,看到那些打着帅克画像的酒幌、咖啡馆的招贴画,将我唤回上世纪五六十年代老家徐州的电影院,虽小而旧,多热闹啊:门口小贩嘶声叫卖,报纸卷成锥形装满瓜子递给买家,炭火烘烤笊篱里的白果嗞嗞冒着香气,五颜六色的电影海报贴满了墙,什么捷克斯洛伐克的《好兵帅克》、印度的《章西女皇》、苏联的《根据法律》、匈牙利的《离边境几步远的地方》,等等,每晚每场的影片都不同。

而米兰·昆德拉,他的国家捷克并不像中国那样看好他,他们更认可赫拉巴尔、斯克沃瑞这些名字。有一种观点是,不喜欢他对女性的态度。我倒是欣赏他对音乐的态度,看《被背叛的遗嘱》,他对斯特拉文斯基和雅那切克的思考,颇受启发。罗曼·罗兰在法国,也非一流作家。这是为何?是意识形态的关系,还是好的翻译如傅雷,提升了罗、昆们在中国的地位?您怎么看?

剧作家瓦茨拉夫·哈维尔作为总统前后,常去同市民聊天的咖啡馆，就在伏尔塔瓦河边，民族剧院（捷克排名第一）的对面，我们朝拜性地去喝了咖啡。那是殿堂般气派的咖啡馆，光衣帽间就能开一间小咖啡馆了，伏尔塔瓦河及城堡山的美景镶嵌在落地窗里，很像布拉格人阿芳索·穆哈（Alphonse Mucha）的新艺术画作。哈维尔不再来这里喝咖啡了，他于2011年去世，他的座位，现在是一架钢琴在演奏了。

倒是在瓦茨拉夫（瓦是波希米亚最初的国王）大街上，国王雕像周围堆满了哈维尔和那位自焚学生扬的肖像图片，鲜花、蜡烛，悼念的人群络绎不绝，那是1968年苏联坦克碾进布拉格的主要大道。

喜欢布拉格的理由有一条，布拉格是那么善待莫扎特。不像维也纳，对莫扎特不好，贡献巨丰，却让他穷困潦倒，彼时尸骨难寻，今日穷尽所能用他的名义赚钱。是布拉格向莫扎特敞开了最热情的怀抱，是布拉格发现的莫扎特的价值。您知道，莫扎特的《唐璜》《狄托》都是在布拉格首演。当年《费加罗的婚礼》在维也纳首演时略遭冷落，而在布拉格却大获成功，当时布拉格的街头，几乎每个人都唱着或用口哨吹着《费加罗》，布拉格当即用重金委约了《唐璜》。

那天我们举着雨伞去找莫扎特歌剧《唐璜》的首演地，埃斯泰特（Estate Theatre）剧院。之前汉学家李素告诉我们，伏尔塔瓦河边的民族剧院（《狄托》在那里首演）那些日子都是话剧，只有埃斯泰特剧院有歌剧演出——那剧院正是我们计划内的重点,看过多遍的捷克导演米洛斯·福尔曼的奥斯卡获奖电影《阿玛迪乌斯》,就是在那里拍摄。您还记得不,片中披黑色斗篷的莫扎特拎着酒瓶,深一脚浅一脚地往家赶,寒风卷着雪花……丈母娘喋喋不休数落至歇斯底里处,《夜后》女高音的花腔华彩呼哨而起紧贴而上,这声像的蒙太奇(电影才能做到)天衣无缝精彩绝伦!……莫扎特弥留之际,太太康斯坦策从巴登赶回,K.626《安魂曲》急促的音型模进配奏月黑风高马蹄疾的画面,真是忧伤啊……

名胜剧院本应在一个广场中央,不料当我们千转百折地觅见时,它却绿盈盈地挤在短街窄巷,突兀,促狭,甚至碍眼,不像其他歌剧院在广场上煌煌"供"着,而是,窝在民居里。

大门告示上说,售票在对面一家旅馆的隔壁。有箭头指路。时间尚早,我们便绕场一周,好好看看这家剧院。建筑是新艺术风格,长方,并不雄伟,前廊也是小小的优雅,右前立壁上有一古铜铭牌,捷克文,估摸写的是莫扎特歌剧《唐璜》于1787年10月29日在此剧院首演云云。前廊左侧有现代青铜雕塑似曾相识,后查资料那正是法国著名雕塑家安娜·高美的名作《心灵的外衣》,也有纪念《唐璜》首演的字样。《心灵的外衣》共八件(罗丹的《思想者》就是八件),埃斯泰特剧院的是其中之一。安娜·高美近年常来中国办展。她说《心灵的外衣》受了莫扎特《唐璜》中石客形象的启发。这尊雕塑放在埃斯泰特剧院再恰当不过了。

剧院的另一旁，是古老的布拉格查理（李欧梵译查尔斯）大学的后门，门口有现代雕塑喷泉，后来李素带我们去拜访了东亚系的汉学家萝然，并参观了庆典大厅，内有小小的管风琴，木雕，创始人查理的像，族徽之类……还有胡斯（德沃夏克的交响序曲《胡斯圣徒》！）像，他也做过校长。想象着毕业生们戴着学位帽（隔壁的衣帽间就挂着那些学位服）隆重拨穗的盛景，管风琴会骤然响起么？那天真是安静，学校已下课，从窗里望见校董们正在开会，管理员为我们开了"后门"才得以入内参观。

扯远了。布拉格让我语无伦次了。下回再谈《费加罗》吧。

祝好！

李章

2012.4.28.

辛丰年先生好！

上信写到了首演《唐璜》的埃斯泰特剧院，容我接着往下写。

我们来到售票处，满屋都是音乐会、歌剧、话剧的节目册，不能悉数收藏颇感遗憾。有几位市民也在购票，他们礼让我们优先买到了当晚的《费加罗的婚礼》歌剧票，票价比上海便宜多了。

依旧是先睡个午觉（哪里睡得着），在"北海鱼"快餐店囫囵晚餐，早早地来到剧院。华灯初上，布拉格夜空如洗，那种透明度，是能透出声音来的。像一个休止符。

剧院虽不如维也纳国家歌剧院宏伟，也有五层包厢。客满。除我们两个中国人外，尚有几个东方面孔，听来是韩国人。这两年日本人都少见了，各自经济状况使然。当地人则是拖家带口，盛装出席，仍是，老人居多。连我们的领座员，也是一位白发苍苍的老太太。

想想自己的运气真还不赖，平生第一次亲聆高水准的歌剧便是《费加罗的婚礼》，那是1984年，柏林墙尚未拆除，西德慕尼黑巴伐利亚国立歌剧院空降上海，在市府礼堂作中国首演，还是沃尔夫冈·萨瓦利希的指挥！座位非常好，一楼8排正中，可清晰看见萨君时而挥棒时而弹琴——指挥兼任羽管键琴伴奏宣叙调。那么好的座位票价人民币8元，当时觉得贵了点儿。

上海市府礼堂的《费加罗》别是一番氛围，专程前来观摩的南京军区前线歌舞团的大腕不少（我是那么崇拜他们），心里便热热地。那天是我第一次近距离看见羽管键琴实物，特别惊诧它的键盘，竟然黑键是白色的，白键是黑色的，并有两层键盘！那天也是我第一次听到羽管键琴的琮琮真声。《不要去做穿花的蝴蝶》那首费加罗的名曲倒是很熟很熟了，源自插队时被我翻烂了的《外国名歌二百首》自己的默唱（似译为《大丈夫去当兵》）。当然，印象深的还有歌剧中的二重唱三重唱，以及妙不可言的六重唱！与我们的《苗岭秀》《洪湖水浪打浪》是多么不同啊。那些宣叙调，也字字珠玑，自然又好听！

那年代鞋盒子[1]般简陋的市府礼堂，朴素的军民观众，消费时代之前瘦削严冷的中国面孔，与舞台上西方巴洛克/古典的华丽繁复的服饰、假发、做派、乐器和千回百转的俏妙美声，形成极大反差，现在想起来还是匪夷所思。

而在埃斯泰特剧院，是我时隔三十年再次亲聆现场版《费加罗的婚礼》。厅堂里的华丽吊灯、壁灯、包厢雕饰和红毯，乐池里热身的乐器声，已然是歌剧序曲的序曲。乐池不大，乐队也不大，弦乐是8+6+4+3+2的阵容，木管各2，圆号、小号各2，外加两个小小的定音鼓，正是莫扎特的原始编制。声音甫出，稍有些干，序曲过半，演奏热了，耳朵也热了，便觉得，还是不错的。

这个乐队的前身，抑或就是斯美塔那指挥、德沃夏克拉过中提琴的国家剧院？！

第一幕开场苏珊娜和费加罗的小二重唱，脑子里便叠出福尔曼的镜头。就是在这个舞台上——电影里用来冒充维也纳的舞台，经常弄得我布拉格维也纳不分——莫扎特行云流水地弹着羽管键琴指导排练，费加罗跪在地上量尺寸，苏珊娜在试戴

---

[1] "鞋盒子"是音乐厅建筑的一种样式称谓。

帽子。事先莫扎特说服约瑟夫二世皇帝批准他的《费加罗》,电影台词精辟地表现了莫扎特复调思维的天才。其实音乐以外,《费加罗》的戏剧情节发展、人物性格交错的设计,也是复调啊。

这天的演出有了较文明的床戏。从电影蔓延到舞台,床戏已是 21 世纪的流行色。2010 年在维也纳国家歌剧院看马斯内的《玛侬》,那床戏更甚。我很佩服当红女高音安娜·涅特布克和当红男高音阿兰尼亚躺下来唱美声的功夫,音不乱,气不泄,声不抖。今次捷克国家大剧院版的《费加罗》,布景灯光素若中国传统京剧,奉行极简主义(也可能为节约成本),就在地上铺了毯子当作床了,而《玛侬》里是一架真正的铁花大床。

我个人偏爱并不崇高的角色凯鲁比诺,和他(她)的几段唱,总是被吸引被感动,自己都觉得不好意思,是不是太堕落?您以为如何?如第二幕那首好听的小咏叹调《你们可知道》,莫扎特真是妙啊,他用小二度音阶的四次上行奠定曲趣,再信手拈来三两变音,顿使旋律变化多端又不离其宗,调性游离出去再回转过来,其间便生出新鲜,翻出花样,由女中低音唱来自然、上口又贴切,风流少年凯鲁比诺多情略显滑头、懵懂带着躁动的万般情状,尽在其中了。而捷克的这位凯兄,倒没留下太多印象,可能是我喜欢的卡尔·伯姆 DVD 版中的 Maria Ewing 饰演的凯鲁比诺,先入为主了。

接下来苏珊娜和伯爵夫人罗西娜二重唱,她们跟伯爵周旋的那段戏,紧张、害怕,各自不明就里,两个女高音平行进行的轻快跳音,大珠小珠地拾级而上再顺阶滑落,还有那些翻来覆去不超过五度的小回环(是来自钢琴的五指练习么?),足让你屏住呼吸。莫扎特总能用小把戏玩出大气象。

中场休息时很有意思。邻座是一双老迈夫妇,先生鹤发蓝衣,使双拐,见我们留影不便自拍,先生双拐一丢,健步如飞,一定要为我们拍照,并建议这儿,那儿——埃斯泰特剧院是布拉格市民的骄傲呢。

第三幕中,为是谁跳窗而争执的那段多人重唱,乐队的帕萨卡利亚伴奏(伯爵的动机),以前在碟片中听不真切,这次现场指挥夸张处理,倒是听得层次分明,颇露机巧。

第四幕该是花园的,变成了高尔夫球场,颇让我意外。其实也不必少见多怪,前年出品的莫扎特歌剧全集《M/22》DVD,萨尔茨堡音乐节版,《费加罗》的演员西装革履在台上滚来滚去,饰演苏珊娜的又是如日中天的俄罗斯大牌安娜·涅特布克;纽约比德·塞拉斯的现代版,伯爵成了摩天大楼富有好色的房东,费加罗成了他雇用的司机……不一而足。制作"现代版"已成现在的共识,为推陈出新,也为争取年轻观众。

谢幕时,观众掌声热烈,但并未像两百多年前那般热得非要返场唱几段不可。自家剧院演出老戏码,在布拉格很日常吧。

　　看着现代美质的苏珊娜和伯爵夫人，看着满满当当的观众，想着莫扎特。法国大革命的前奏曲——博马舍的话剧《费加罗》还在上演么？在这里，埃斯泰特老剧院，经莫扎特音乐点化的四幕喜歌剧不知上演了多少场！今天我来看《费加罗》，革命性和共济会的立场已退到更远的边缘，吸引我的还是音乐，还是莫扎特用音乐真诚表达的人性。是人性比革命性更长久，还是我获得的愉悦浮于浅表？

　　印象中，《费加罗的婚礼》的常演常新或长演长新，该列歌剧的前茅。正如说来说去，说好说坏，音乐会上演出最多的曲目，仍是贝多芬，不是巴赫，也不是莫扎特。而歌剧，还是《费加罗》吧（当然还有《卡门》）。在布拉格听过《费加罗》的几天后，我们在布达佩斯国家歌剧院，又碰到了《费加罗的婚礼》！前年去柏林国家歌剧院观光，当晚就是《费加罗》！因有人请了夏宫的巴赫《勃兰登堡大协奏曲》音乐会，失之交臂。偶然的概率，忝作旁证。

　　《费加罗》就说到这里吧。免得您看得累。

　　天暖和了，于您的健康一定有利！还是多多晒太阳。

李章
2012.5.2.

辛丰年先生好！

上次电话里您问起过我，在国外的吃，会不会不习惯？

西餐我倒是能接受的，而且喜欢。喜欢它的简单。普通就是三道菜，隆重时也就五道而已，包括了汤和甜点在内的（很好玩，一次参加品牌卡迪亚的招待会，法式大餐，第五道菜，女士是甜食，男士是一枚雪茄）。国人的吃法，叠盘累碗，极易浪费不说，一桌菜我还吃不饱。是"插队后遗症"，不吃粮食吃再多菜都不饱。至于西餐中大量的奶酪，连吃几天后我会偶尔想到一碗酸酸辣辣的中国汤面。

都说德国菜不好吃，我觉得还行，比美国的好。美国的任何东西都是中看不中用，肉类，水果类都好看极了，吃起来像是塑料。而德国的咸猪手，像上海枫泾蹄膀，很入味。比较起来法、意的菜最好。东南亚也不错，有异类之色。当然这是我的个人口味。出去嘛，吃是重要项目。一是享口福，二是看看别国人家的生活，生活细节体现文化。所以每到一地，我们总找那些地道的当地餐馆。依我的经验，若无卫生问题，路边摊最好吃，当地小餐馆次之，大餐馆和宾馆贵且未必好吃。往往是反过来的。还有，离自然越近越好吃，也是我插队的经验，同样蒸一锅米饭，用生铁锅柴火烧最好吃，其次是炭火，再其次是煤气，排名最后的是电。

而且，美味同美声，会留下很多记忆。往大里说，是时代记忆。

今年春节在布拉格，第一餐便见识了他们的配菜，是老城区一家普通的捷克餐馆，菜上来后发现主菜是红烩牛肉，配菜除了土豆、花椰菜，码了很足量的一排的，就是我们的蒸馒头片，亲切啊，像回了老家。有一家餐馆叫"1543"，在查理大桥桥头的弯弄里，是好朋友陆震伟（《辛丰年音乐笔记》的美编）推荐我必定要去的。那是一家豪华餐厅，古堡式穹顶（这建筑大约是1543年的），古典装饰。方一入坐就给你点上蜡烛（点得我心惊肉跳），桌布上的餐具全是银器，酒杯就摆了三种。经老板推荐一种前菜，是用生牛肉末调制的，做成厚厚的一个圆饼，上面打上一个半生的太阳蛋，搅匀后吃，那真是非常好吃。餐后那里的私家调制的卡布基诺咖啡，也是我所经历的最好的一次。说豪华，比起上海的餐馆，根本不能算贵。但我们也遭遇了布拉格最昂贵的餐馆，是汉学家李素请客，她也是第一次去，中了招。那是形式大于内容的现代概念饮食，将捷克本土菜先锋化包装，每道菜是用十厘米厚的各色方体花岗石当盘子，上面只有纽扣大的菜肴，一口算数。大概足有十多道，每一道服务员长篇大论地介绍，滴滴答答，倒也吃饱了。其中的一道是鹿肉，生平第一次吃到，当时心中多有不安，以为野生动物，后来在去布拉迪斯拉发的火车上，发现雪地里就跑着鹿，看来无论是野生还是圈养，中欧国家的鹿总是富足的。那天也吃到了"一纽扣"的鱼，是来自捷克南部的淡水鱼，当然好吃。李素说伏尔塔瓦河已污染，鱼都不好吃了（说到鱼，还是意大利的烤三文鱼最好吃，比上海的好吃多了）。

我们在国外，大多的旅馆都有早餐供应，全是自助餐，都很好。在国外早餐很重要，因你不知道午饭什么时候能吃上，欧人通常是下午2点吃午饭，晚8点才吃晚饭，因此早饭一定要吃好吃饱。好的自助餐里，荤素冷热生熟干湿咸甜，脆糯，种类繁多，常常吃几天都吃不过来。但我仍以为，新出炉的面包最好，通常都有五六种甚至更多，都比中国的好吃，我百思不得其解，是因为小麦品种还是烘烤方式所致？按说上海也有外国人的配方，面包的味道就是有差别。在布拉格我们住的波希米亚酒店，自助早餐的同时，还可以点餐，比如现煎杏利蛋，价格都包含在房价里，这点是独此一家，通常点餐是要另付费的。配面包配酒有各种奶酪，以巴黎品种最多，很多是农家自制。我对奶酪同葡萄酒一样，接触太少，知识太少，不足以得其美，得其深，一般说来还是觉得好的。德国呢，早餐有一种白色的芥末酱，专门吃生熟鱼类，酱的调制也各有不同，数西北部小城奥尔登堡的芥末酱印象最深。回到上海千百度地觅这种白色芥末，硬是没找到。

极个别的旅馆不包早餐，我们就去超市买面包，那倒是很便宜的。西方人习惯喝冷水，而我却不能，买来面包自己烧开水泡茶。慕尼黑的旅馆没有电热水壶，我们千辛万苦在一个中东人开的小店里觅到，17欧元，只用了一次就被旅馆收走，留下一封很花哨的致歉信。店家怕火灾，这也是对的，壶呢，退房时才一脸讪笑地还给我们。有了那次经验，我们换了更小的热水壶，用好马上藏起来，很搞笑，很狼狈，也很抱歉。

萨尔茨堡的早餐，老板亲自出来服务，他一面用一两个中文单词聊天，说他的弟弟在云南香格里拉开宾馆云云，一面不动声色地给我换了一把更小的调羹——原来是我吃白煮蛋用错了调羹——服务专业又不让客人尴尬。弗洛伦斯的一家餐馆，服务生（也许是老板）是位老者，他推着小车上菜，双手用刀叉（！）将一条鱼的刺挑得干干净净，真是绝活儿！我们从未遇到过为客人挑鱼刺的。

最让人沮丧的是看不懂菜单，歪打正着是很少的，多半鸡唇不对鸭嘴。巴黎、布拉格、布达佩斯很多地方菜单不用英文。我们在布达佩斯看芭蕾《关不住的女儿》的那天，怕迟到，就近闯进一间餐馆吃晚饭，坐下来方知尴尬了，菜单看不懂，且奇怪地没有面包，每点一个菜店家就说一点点。看上去有个单词像是鹅的，上来果然是一点点，但不是鹅肉是鹅肝，且不便宜，吃不饱还腻味——原来是家酒馆！

还有，就是欧洲的餐馆经营随意悠闲，营业时间不确定。在罗马我们碰到一家很地道、很好吃又不贵的意大利餐馆，就在我们的旅馆附近，吃了一次还想去，结果我们在罗马住了十二天，专去了几次都吃了闭门羹，实在搞不懂是怎么回事。他们用菠菜、奶酪做成的面，他们的烤三文鱼常使我想念。

不过欧洲人的食量比我们大，口味比我们重。要么过甜，要么过咸。尤其是汤，除巴黎稍好些，其他地方的汤实在是咸，得用大量的面包过汤。布达佩斯的菜量特别大，店家会主动提醒两个人点一份就够了（我对此特赞赏）。萨尔茨堡郊外农家餐馆的甜点，很好吃但量太大，两个人半份也吃不完。

其实不止是吃才有意思，各种大大小小的餐馆，建筑，装潢，摆设，气氛，腔调，服务，等等，是那么不同。包括许多小礼品。维也纳的莫扎特咖啡馆，临走每人送一根棒棒糖，那糖漂亮得不忍吃掉。真是五花八门，百人千面，很有意思，都是难得、难忘的经历。

这些小细节是不是体现文化？

这信写得随便，拖沓，您大概读得要烦了。就此打住。

记得第一次去南通，是您带我去吃了新鲜的刀鱼，是我生平头一遭见识刀鱼！

天暖了，您一定感觉身心轻松精神大振了。我以为还是能吃就多吃些，能动就多动些，看书的时间不宜太长，中间经常起身活动活动。

顺颂大安！

李章

2012.5.9.

这几天正值上海之春，去听了开幕式，有刘敦南的钢琴协奏曲《山林》等。昨晚是"金复载作品音乐会"，大多是听过的老作品。这两场都是作曲家赠票。此届上海之春以"炒冷饭"为主,看来创作光有钱也不行,光"抓"也不行。闭幕式是俄罗斯的音乐剧《基督山伯爵》,新建成的文化广场现在专演音乐剧,离绍兴路近,我便自己买了票。等看过再向您汇报。又及。

辛丰年先生好!

上次通话后,我生了一场病,出了几天门,把您托我的事情就给耽搁了。甚歉。

病不是大病,是病毒性感冒,居然两个星期才好,口鼻周围生出大堆燎疱,像被一枪打烂,自己难受不说,也见不得人。这之前之后,没有心情做事。

出门是陪王安忆去了永嘉的深山采风,也算我病后入山野休养。我岳母茹志鹃和导演谢晋四十年前曾在那里搞电影《苍山志》剧本,我们便沿了他们的足迹,走温州(瓯江,雁荡山)、永嘉(楠溪江)和苍南(玉苍山、渔寮海滨),一路的人和事,风物野趣,多有惊艳,多有与南通相近之处。苍南跟福建的福鼎交界,那是您熟悉的地方,您要有兴趣,以后跟您慢慢说。

上次电话里您问我,马斯内的《沉思》那首凄美的曲子,是在歌剧的哪个部分——和您一样,《沉思》虽很是熟悉,但马斯内的歌剧我只看过《玛侬》,《泰依斯》并没看过,包括碟片。只记得《沉思》是首幕间曲。我抄录些资料给您吧（附后）。

还好，我给您淘到了DVD《泰依斯》，是我喜欢的弗莱明主演。现寄上。您可清楚地看到，《沉思》是一首幕间曲，位处第二幕第一、第二场之间。首席小提琴完整地奏完，观众报以热烈掌声，像跟歌剧无关似的。在歌剧中，为单个的序曲、单个的幕间曲或单个的咏叹调鼓掌，都是传统的吧。

整场《泰依斯》结束谢幕时，演奏《沉思》的这位年轻的首席，也被请上台来谢幕，这倒是少见的。可见《沉思》的人气。由此想起，前年上海大剧院演出瓦格纳《尼伯龙根的指环》，当第四晚的第四部《众神的黄昏》结束谢幕时，整个乐队被请上台，演奏员们各执自己的乐器一字排开，很壮观地谢幕。而通常是，乐队在乐池里拍打乐器谢幕，只有指挥上台。那是我第一次见到整个乐队上台谢幕。我告诉罗忠镕先生，这阵势，他也没见过。

前年看《指环》时，瓦格纳给了我的新的感觉，浑然一体，密不透风。他的音乐是真正的宏大叙事，大气、霸道、富丽、雄奇、汹涌，无边无际。四联剧中，高潮一波波迭起，觉得已是最高潮了，到顶点了，不料，更高的一波还是来了，让你吃惊，抓狂。还有切身的感受，便是瓦格纳的乐队真真与人声同等重要，都是叙述主体。

调性音乐在他这里（听杨立青讲过，《特里斯坦与伊索尔德》的泛调性，是一个界碑）发展到极致了，后辈只好走出调性了。

听《指环》时，竟有一刻联想到，"纳粹美学"的出处，社会主义革命音调的出处（听肖斯塔科维奇也常作如此想），以及先锋派极"左"的表象。在《指环》里，我还听到了贝多芬。当然，我深知自己思路的混乱，但我很想理清这团由《指环》而起的乱麻。

那次科隆的乐队将上海大剧院的乐池塞得满满当当，连续四个晚上下来，虽然瑕疵不断，但整体情绪饱满，指挥能适时调整乐队和台上演员的平衡，并未形成"音墙"遮挡独唱。几百人协力完成音乐的任务，表情、意境、均衡、层次、高潮和戏剧性。

以前我们团演出歌剧，导演（总是和指挥相左）总是抱怨乐队太响造成音墙，遮蔽了演员的唱词。其实，多是配器的原因吧。好的配器，不会吃掉唱词的。高潮时，乐队全奏强力烘托气氛，唱词自然听不清楚，但此时唱词已不重要，将高潮掀起，令人心激动才最重要。有时，音色、音量、情绪、意境等更为重要，是杠杆，是翅膀。瓦格纳便如是。《沉思》也如是。无词的《沉思》让我们沉思，让我们遐想，让我们激动，也能说明这一点罢。

说到马斯内，又让我想到2010年在维也纳国家大剧院看《玛侬》，下封信再跟您细聊吧。

祝平安！

李章

2012.8.22.

辛丰年先生好！

真是抱歉，前次寄上的《泰依斯》竟是空壳！以前我很自信不会犯这种低级错误的。这里再次奉上，希望您能够看到完整版间奏曲《沉思》的现场。

国庆期间，我陪王安忆去了香港，她新的长篇小说《天香》，得了浸会大学主办的"红楼梦奖"。躲开上海长假的喧嚣拥堵，清静七天，也是好的罢。去香港，总想去海边。有一天，我们便自己乘公交车去了赤柱海边，大巴会经过邓丽君故居所在的浅水湾，很美的地方。2005年，香港诗人也斯在赤柱给我们聊起邓丽君，我也曾顺着他的手指，遥遥地张望过邓丽君故居的方向。若非死得过早，邓再唱十年二十年没问题的。这次去赤柱，阳光普照，海面帆影点点，有青年男女在游轮甲板上大放摇滚，声震海天。岸上则游人如织，一派蒸腾，纵然人多尚能各得其所，我们也乐得看"西洋景"。披着海风，我们还顺道去了一个英军墓地，那里埋葬着二战殉难的官兵。墓地南洋风格，白色墓碑耀眼，花草树木鲜亮，很多模特在拍照。

在香港碰到一位《南华早报》的记者，叫周光臻，原来学音乐的。周先生多年来经常到内地采访音乐家，下个月北京三联将会出版他的《中央乐团史》[1]想来会很有意思。

回来后，上海国际艺术节开场，看了一场上海与萨尔茨堡联合制作的歌剧《波希米亚人》。这戏我看过几个版本，这次是个现代版。舞美强化装置艺术风，用了巴黎地图（正是左岸奥迪翁区）、高速公路、红绿灯指示牌等软硬景，用夸张十倍的超巨钢窗和二楼门廊划分表演区，演员着现代服装，鲁道夫则用摄像机做道具。乐队是上海歌剧院的，指挥和男女一号（鲁道夫、咪咪）是萨尔茨堡音乐节的，表现都不错，有些段落还相当好。

我却还是保守，更喜欢2010年来沪的、带着自己乐队的意大利都灵歌剧院的原作版。

艺术节中，我还去听了一场悉尼交响乐团。听"悉尼"是第一次，阿什肯纳齐指挥。上半场，贝多芬的《艾格蒙特》演奏平平，充其量是二流乐团水平；接着德沃夏克的大提琴协奏曲，王健是非常好的大提琴家，可那天似有些过。下半场是肖斯塔科维奇《第十交响曲》，却让我吃惊不小，乐队像换了一个，各声部都表现出色，非常过瘾。"肖十"我听得少，没有对比。肖的作品也不是十分喜欢，大约受了《见证》一书的影

---

[1] 《中央乐团史》(1956—1996)，周光蓁著，三联书店（香港）有限公司2009年版；《凤凰咏：中央乐团1956—1996》（全二册），周光蓁著，三联书店2013年版。

响,总觉他刻薄,神经质。但你不得不重视他,他仍是一座大山。他身处二十世纪,不顺应先锋新潮,坚持自己,肖氏语言格外鲜明,而且强烈,而且,好听。我想起一个说法:北京中央音乐学院推崇的是理查·施特劳斯,因此而不屑上海音乐学院推崇的肖斯塔科维奇。您听说过么?是不是很有意思?

还听了一场朱践耳的室内乐作品,奇怪,全是首演。一组艺术歌曲,是他1940年代病床上写的,赵元任、黄自们的旋律风格。第一首正是您常常念叨的《春,你几时归?》,初始四个小节的钢琴引子,居然用了很新潮的和声,此歌从未正式演出过,而您,却在六十多年前刚出炉时就尝鲜了。另有两首木管独奏,小有趣味;一部钢琴组曲,素材是西南的民歌,很好听,也很"钢琴化";一部弦乐四重奏,是他弦乐合奏《弦乐三折》的四重奏版(我喜欢弦乐合奏版);一部琵琶与弦乐四重奏《玉》,以前演过的是琵琶与大乐队;一部童声合唱。也很奇怪,新上交的少壮演奏室内乐,非常好!时代在进步?!

那天是朱践耳先生的九十大寿,安排了个人作品音乐会,大家都很高兴为他祝贺。我们社还会出版他的这些室内乐作品集,已批下来一小笔钱。

刚要结束这封信,昨晚我又听了蒂勒曼指挥的德累斯顿国立管弦乐团,再跟您多说几句。曲目是瓦格纳《特立斯坦与伊索尔德》前奏曲、爱之死,以及布鲁克纳《第七交响曲》。都是重中之重的作品，像泗染浓稠的黑白摄影。弦乐为主，慢板为主，很是彰显有四百多年历史的超级老团的功力。在长长的演奏时间中，眼见蒂勒曼/布鲁克纳像盖房子，一块砖一块石垒起一座巨厦，和在家听 CD 根本没法比，格局大多了不说，音乐是活的，你能感觉自始至终，有个灵魂在。这是一个正统的、没有火气的团，略显笨重，但声音的细节和全局，把你的整个身体都控制了，捆住了，并不断抽紧，令你不能动弹；而心内，却是倒海翻江波澜壮阔。也许，这就是交响曲的德奥正统，这就是布鲁克纳。

2006 年德累斯顿团来上海我曾听过，那是韩国人郑明勋指挥，贝多芬第五、布拉姆斯第四等。他比蒂勒曼外向、夸张、锐。我本人更喜欢蒂勒曼，蒂勒曼非常的专注。

天气转凉，您多注意保暖。还是要尽可能地多吃些，多晒太阳，多多走动。哪怕躺在床上，亦可抻抻胳膊弯弯腿。看《泰依斯》时，可用热水泡脚，一举两得。

多多保重。

李章

2012.10.31.

附录：辛丰年发表在《音乐爱好者》的文章一览

篇　名	栏　目	刊　期
乐迷话旧	音乐与我	1990年第5期
钢琴文化片影——漫议《钢琴名曲270首》	音乐笔记	1991年第2期
对"乐普"功臣的感谢——听布伦德尔弹《迪阿贝利主题变奏曲》随想	音乐笔记	1991年第3期
唱片这本书	音乐笔记	1991年第4期
莫扎特三题	音乐笔记	1991年第5期
我心中的德沃夏克	音乐笔记	1991年第6期
学会倾听音乐	音乐笔记	1992年第1期
怎样倾听音乐	音乐笔记	1992年第2期
学会倾听音乐	音乐笔记	1992年第3期
学会倾听音乐——博览与精读	音乐笔记	1992年第4期
学会倾听音乐——眼见为虚，耳听是实	音乐笔记	1992年第5期
学会倾听音乐——弦内之音弦外听	音乐笔记	1992年第6期
同题异曲　异曲同工	音乐笔记	1993年第1期
改编曲功大于过	音乐笔记	1993年第2期
技—艺—名利？——读《西盖蒂论小提琴》（上）	音乐笔记	1993年第3期
技—艺—名利？——读《西盖蒂论小提琴》（下）	音乐笔记	1993年第4期
寄希望于中国的钢琴文化——赵晓生《钢琴演奏之道》读后	音乐笔记	1993年第5期

（续表）

篇　名	栏　目	刊　期
奇妙的和弦——无师自通的爱乐者、乐评人萧伯纳	音乐笔记	1993年第6期
盛宴如何安排？	音乐笔记	1994年第1期
乐史留名—过客——为梅耶比尔构像	音乐笔记	1994年第2期
微妙的速度问题	音乐笔记	1994年第3期
请勿买椟还珠	音乐笔记	1994年第4期
"圣经"内外	音乐笔记	1994年第5期
弦上语　诗中乐	音乐笔记	1994年第6期
不必望洋兴叹（连载之一至之六）	音乐笔记	1995年第1—6期
不必望洋兴叹（连载之七至之十二）	音乐笔记	1996年第1—6期
听音乐与看音乐——《幻想曲》观后	音乐笔记	1997年第1期
可信赖的导游人	音乐笔记	1997年第2期
直言　快语——萧伯纳乐评摘	音乐笔记	1997年第3—4期
遥听上世纪末的"大复调"	音乐笔记	1997年第5期
兼听则明　冷暖自知	音乐笔记	1997年第6期
向太阳——漫说莫扎特的钢琴协奏曲	音乐笔记	1998年1—4期
乐史浮雕——读乐良友《协奏曲》摘介	音乐笔记	1998年第5期
一双复杂的存在——维努斯谈李斯特与布拉姆斯	音乐笔记	1998年第6期
鲁宾斯坦缤纷录——阿图尔·鲁宾斯坦自叙剪辑	音乐笔记	1999年第1期
鲁宾斯坦缤纷录——他眼中的霍洛维茨与海菲兹	音乐笔记	1999年第2期
鲁宾斯坦缤纷录——阿图尔·鲁宾斯坦自叙剪辑	音乐笔记	1999年第3期

（续表）

篇　名	栏　目	刊　期
鲁宾斯坦缤纷录——键盘上有欢乐有烦恼	音乐笔记	1999年第4期
鲁宾斯坦缤纷录——阿图尔·鲁宾斯坦自叙剪辑	音乐笔记	1999年第5期
鲁宾斯坦缤纷录——阿图尔·鲁宾斯坦自叙剪辑	音乐笔记	1999年第6期
彼得堡争雄记——阿图尔·鲁宾斯坦自叙剪辑	音乐笔记	2000年第1期
花都亮相——阿图尔·鲁宾斯坦自叙剪辑	音乐笔记	2000年第2期

中编

友人书信

陆　灏[1]

一

陆灏同志：

信、书收到，回想不久前的晤谈恨短，而又印象深，感到是平庸生活中难逢的快事，而我与严锋都以此行能与君相识为幸事！一见如故，又蒙慨赠我求之不获的好书，将何以报之！

嘱我写稿，敢不应命，拟即从平时的想头中取一题试作一篇寄上，可用则用之，文字瑕疵望斧正，无所用其客气。盖不佞只是一介书迷，为文不过习作而已。新旧文学皆嗜，既历沧桑，又耽读史，然皆浅尝而不求深解，我疑故我学，"我思故我在"而已。不愿读的是高头讲章，新文艺腔。先锋派的哲、文、艺皆无所知，不知还来得及补课否？总之是不薄今人爱古

---

[1] 陆灏，1963年生于上海，曾任《文汇报》《文汇读书周报》编辑，参与编辑了"书趣文丛"、《万象》杂志等。

人。我也是鲁迷，您刊纪念鲁的做法我很欣赏，"周报"既有生气又有雅颜，在铜臭熏鼻的鸡群中越显得鹤立了！虽文摘版上时亦被恶玷污，然借其文以彰当代史中人物之嘴脸，又不失为一种曲折的皮里阳秋了。但此乃我之妄测，近于姚文元的用心了，也许？

最新一期（370）有看头的文字不少，大作叫我想到，"鲁学"之弄得人厌倦也正如"红学"之无聊，然"红学"文章也实在做之不尽。"红楼启示录"颇多妙文新意，此公善读，确是可儿！才人做官，其实是害了文化学术的。"话外之苦"引朱文中有"上好的上识丝"，不知为何物，查"你我"才知为"皮丝"。恐今之青年人仍会茫然的。贵报上的"鲁鱼亥豕"比"读书"干净多了。此次在沪才知谷林是义务校对，虽是义务，似也不能辞其咎吧。"乐迷闲话"中错字极多，贻误读者，思之汗颜！

承询有何要办之事，非常感谢！足下如有兴来小城，我当充蹩脚导游，去岁赵君来访，一餐便饭也不肯吃，这回又坚拒我们的诚心邀请，大有魏晋人不近人情的遗风，其实既深知我无所求于编辑，又何惧受赂之嫌乎？我也向不请人与被请，只为了补去岁之怠慢，求心之所安，且可借进食之时多听京华文人之轶事，而竟落空！无已，只好等今后去京时以拒"宴"报之了。

敬问

编安

严格

1992.4.3.

二

陆灏同志：

您好！几次想去信问候，又想，凤鸣那边的事够劳瘁的了，不宜再增加您写回信的麻烦，乃罢。今得来书，为之欣慰，而也有愧，愧无以答君之盛情与雅意也。《莫扎家书》一稿，早已试作，自觉无甚新意，又以俗务干扰，未能重写。今另信寄上一稿，请看看有没有一点意思，如尚可用而嫌冗长，有红笔处可删，您看有多余的话亦请"削则削"。不堪用，望得便掷还。因我有史癖，对此类伪人之事有兴趣，存之以代摘录之资料耳。

凤鸣的活动、书目，我都以佩服的心情注意着。盖自出版官行化以来，"三闲""生活"式的有心人、好事者的出版、卖书事业便绝迹了。凤鸣之兴，怎不令人额手！如居沪上，恐将日日上门，买不起，站在书架前翻翻，只嗅书香，不闻铜臭，也是好的。但如终无效益，打烊了事，也不必懊恼，处此人造沙漠中而欲护一泓清泉，岂可得哉！有此一番尝试，知其甘苦，对足下与读者都是相濡以沫了。

"周刊"亦期期必读，且向熟人绍介之，黄裳、何满子、马云贵、顾颉刚,记者报道王同忆丑闻,黄文更读得津津然,也可助对历史与现实之思索。薄一波的书,此地买不到,阅文摘也可掂其书之斤两。后见其书,我想,"高饶事件"一节你刊未摘介大可惜。那事从前原听过传达,只是淡化了的,今见薄文,虽也留余地,已大开眼界了。又周黎庵云《厚黑学》是他先在上海介绍的,读者指出其不确,周无下文,何也?

承问需买何书,盛意极感!老实相告,想买的当然多,然而不能买者,并非只由于阮囊之故,室中局促,书无处再堆,更成问题的是要补读、重读的书太多,而时不我与,目力也不继了,即使买来,已无力细读。近年来常过书店之门而不入,怕见可欲而心乱也。

但仍想顺购几种:一为《知堂集外文》。始终买不到。不论新旧,请见即为购之。

二为"文汇外语俱乐部"之《第二次世界大战传统图片史料》,倘可购得,我即将款汇上。书请存君处,我叫严锋往取,惧为洪乔所误也。

《读书》上拙文中错字多,令人不知我所云。《周刊》上也看见有错字,可喜的是不多。

暂谈这点,祝好!

严格

1993.12.7.

三

陆灏同志：

信、书皆到，很感谢！此书虽是普及性的，对我却有用，其中有的资料，别处还不易查到。

现再奉上小稿一篇，不知你觉得有可取之处否？我是据实感而书，也不管它同目前颂神曲的调子不合拍了。如无用，以后掷回可也。

你喜读何碑何帖？盼告！说不定你想觅的旧碑帖，我处倒有，若然，必持赠以答几次赠书之雅意。否则实于心有愧！

此地事事皆俗，欲寻一稍为不讨厌的贺年片竟不可得，即以此信聊表贺年，祝在凤鸣、文汇两条战线上都取得新的进展！

严格
1993.12.21.

四

陆灏同志：

承您又赠好书，又饷我以本帮名肴，又同我抵膝长谈，又介绍与陈君相识，等等，所惠实多，而不知如何回报。真令人既感且愧了！但盼不久能在南通碰头，让我有机会补偿。可恨者此处不仅是沙漠，而且是"垃圾"狼藉的沙漠，除了仅存的前贤故址，一无可看可游可赏之物，至于人，则更无可访可谈的对象了。但鱼虾蔬果与点心还是可以带您去一试的。

附信请便中能致陈君，因手头查不清华师大地址，只好烦您了。

且谈这些

祝佳！

严格
1994.4.8.

严锋对足下极为倾倒，认为乃上海滩上一奇人，但他对旧学无知，故不敢与您对话。

又及

五

陆灏同志：

信悉。"卡沙诺伐"当改写一稿。

您高兴来此小游，我们又有闲话的机会了。虽然您不能多留，但"又得浮生半日闲"也可喜！

为免浪费问路时间，说明如另纸。

我起身早，届时当在室恭候。

祝佳！

严格
1994.5.12.

中编　友人书信　　　　　　　　　　　　　　　　　　281

从南通港乘车（7、4路均可）到长途汽车站下，换12路，到虹桥站下，对面是"税务大楼"与"华能大厅"，从二厅间往南，第三排房子，略向西走，即154幢，从最东一门入，103室在最靠西一侧，有电铃可按。

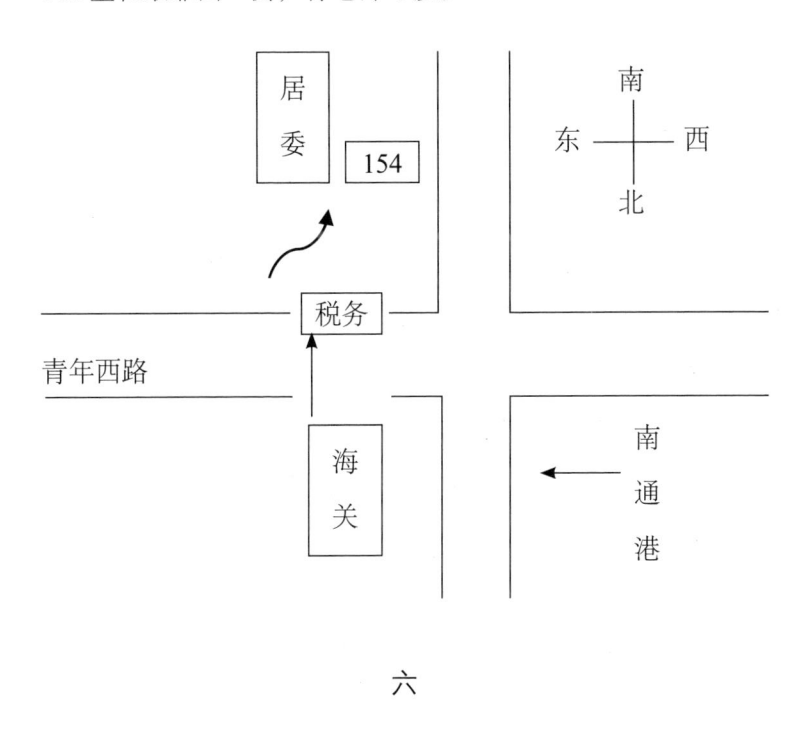

六

陆灏同志：

暑热蒸人，喜读来示，可以清心，甚感！您从北京逃暑到上海，难道南方的夏日不可畏？我处虽在底层，周遭多绿荫，近日这一段仍炎热难耐，只好以读书来转移注意了。

"吴集"不着急，待天气稍凉再烦你便中一询。

你在文中提到朱元璋的文字，曾见文物图片中有此人写给驸马的信，口语体，颇滑稽。我想如有资料可利用，抄一本"古代口语文抄"看看，一定是有趣的。其中，雍正的"密摺"中有不少语言叫人联想曹雪芹的语言，不知有没有人研究过汉化了的旗人的语言与"红楼"文字的关系？

昨见"周报"上黄裳文，才恍然于柯灵所说的是他，不管这件事谁对谁错，坦然地交锋于报刊上，还是有意思的。"五四""三十年代"的笔战，公平的笔战，久矣夫失传了！从前，似不大用不点名的办法，今则盛行，读了气闷。（如周黎庵文中未点名的一人，不知是否陶亢德？）柯文也不点名，但仍无济于事，黄文直呼柯名，似乎大有火气，但总比隐约其词痛快，但你将黄文发表，是否将招来反感？想来你也是有思想准备的。

假如在西文旧书中发现房龙的书，恳即代为留下，我喜欢读他的书，而从译本不足以知其文风，且颇有误。

你熟悉的老辈人中有无了解朱谦之（闽人）的？恳为留心此事，我很想知道此公的事，他那本《中国音乐文学史》，我已翻了不止三遍。

《每周文艺》收到，"老唱片"稿，如能写得出，即当寄上，目前还不敢肯定。

《周报》5月28日的一期，我订的未收到，能否为我搞一份？但不忙，随便何时都行。

希《书趣》能早日见到。

祝好！

严格
1994.7.19.

七

陆灏同志：

前后二信与书二册收到，甚感！浦氏日记收到后一口气看完，大大增加了对这位江南才人的了解，是只读其文集所无法揣想的，你是否可以劝施蛰存写文谈谈他？

从日记中知道了关于朱自清与吴宓的一些情况，也颇有价值。但他对陈女士追求朱"过于热烈"不以为然是毫无道理的，而他说徐志摩"肉麻"，更是荒唐。

攸里西斯[1]还没读，恐怕读了也不懂，就如我听现代派音乐也听不懂一样。

此二书之款稍后当汇上，请勿客气。否则今后还将请你代买书就难以开口了。

承告两本书征订的消息，多谢！"钢琴文化"一书是另一位编辑接头的，长期无音信，我只当是他们不出了，今不知何以列入征订，因我并未收到合同也。这当然也随便。

我因颈椎病原因，手战甚苦，毛毛为我弄了台电脑叫我

---

1 现通译为尤利西斯。

练，现在刚起头。尚不知何日才能以机器代笔，倘能学会，我想用以抄存读书中遇到的可用资料，以后也许可以编几种东西，如"古今妙文杂纂""古口语文抄"。自己读，也让友人奇文共赏。

黄柯二公之笔战，不知有何意义，似不如省此精神写点别的文字，黄写的晚明人、事我是感兴趣的。

上次你曾说有熟人可代买便宜唱片，不知现在还行不行？如可，待秋凉时拟开出目录烦请进行。此地买不到什么，不过此系不急之务。

台风对上海、江北往往起好作用，一雨便成秋，想你近日也脱离了苦境了。

即颂
编安

严格
1994.8.13.

八

陆灏同志：

沪滨一别，竟已越岁。我这种年纪的，又朝火葬场跨近了一步。别后所以迟迟不写信，主要有几个缘故。首先是寄在您处那捆书，本叫严锋去取走，奈因他平时极忙，离得又远，一辆破车又遭窃，所以未去，深感不安，此其一。家事颇烦，此其二。

生性疏懒，人不来信，自己也拖着不写信问候，此其三也。

影视中写国民党或军阀的事，闹矛盾常以"误会"这老套话作解释，人写人似也颇易无端而生误会。您疑我有何意见，诚无端之误会。您对我的多次帮助，常以无从回报为憾，哪能有意见！

《雪莱传》早已读完，很有味，似比《拜伦传》高明，不知您意云何？此书也只好等有机会再奉还了，叫严锋办事总有点不放心。

您的年卡早收到，离开"周报"后工作是否顺心？假如您再负责什么报刊，我仍当努力献稿，虽然近来作文越发感到困难了。

上次利用严锋回校之便，去探望贾先生，只待了二日便回，时间紧、路又远，遂未便同您联系，失礼请勿罪！

蒸糕又出现了，已买下在此，苦无人带去耳！

夏济安选注的"英文选"，如已暂时不用，能否借我一读？

《梁启超年谱长编》已搞到，快将看完，此书极有看头。

预祝

春节愉快，诸事如意！

严格

1995.1.18.

九

陆灏同志：

信悉。仍旧编副刊，很好！

写稿当然义不容辞。20日前保证奉上一稿。还预想了若干小题目，将陆续写出。不过新中国成立前我自己能买的唱片寥寥无几，借听的也不多。"文革"前才搜罗了一点，却已是 LP，不算"老"了。所以货色有限，更不是什么珍品。

夏济安编选的那本好书，已用心通读完毕，怕遗失，不想邮寄。待有便人去申时再奉还。

《如是》出后即寄陈子奋先生一册，便中乞代询是否收到，如未可补寄。

祝好！

严格

1995.12.14. *晨*

十

陆灏同志：

两信与特刊皆收到，感谢！

承邀到新居听乐，很感谢！如再有机会去申，当去拜访。但自去岁以来，已急遽老化。近来的活动半径已缩到从住处到小菜场了！（约300米）

问我选听唱片之事,殊不易简单作答。可听者虽极多,必听者又是有限的,还要看各人的所好与时间条件。你最感兴趣的是哪几人的作品?

我愿极力推荐的首先是莫扎特,尤其是他的"钢琴协",共27部,但最最可听的是21、23、25、27这几部。

其次是德沃夏克,尤其是他的"自新大陆""第六D大调交""美国四重奏(作品96,F大调)""狂欢节、大自然序曲""大提协"。

非立普片有双片一套的,价廉物美。拿索斯更便宜,品种多,有的演奏质量不凡。有上海版(正版)斯特恩小提独奏集,值得听。水片鲁兵士坦[1]弹肖邦夜曲19首,一套2片,其声绝佳(与原正片无别),诚水片中尤物也!不知你见到否?

老百代真可感谢,当年收集的有价值之乐很多,仅以寡陋如我者所见已可举一堆。

《北平胡同》(阿富夏洛莫夫、工部局乐队)

《阳关三叠》(卫仲乐古琴)

《天伦歌》(黄自曲)(郎毓秀领唱)

《满园春色》(刘雪庵曲)(郎毓秀、蔡绍序)

《病中吟》《飞花点翠》(刘天华本人奏!)

---

1 现通译为曹宾斯坦。

我不知的必更多，盼于碰到收藏家（或与百代有关系者）时动员其作文报道。这也是老上海史影的现成配音。太珍贵了！唱片商何以未注意这一宝藏呢？（西方对老片翻新十分起劲）

便中烦一问陈子善君，寄他的"如是"有未收到，及知堂集外文何时再出。

祝好

严格

1996.1.30.

十一

陆灏同志：

信收到，前一时期未寄稿，甚歉！原因是：眼病，手也病，目昏昏而手摇摇，作字甚苦。又自疑当今举世为 CD 发烧之时，这东西还有谁肯看？

今寄一稿，备用而已，另有二题，改好以后再寄。

Biber 之作，从未见识过，可见其孤陋矣！此公比巴赫还古，据云其乐是有特色的，不知你有何感受？

虽目不从心，仍力疾读掉大半部《知堂集外》，现只盼 49 年后的速出。

便中请向陈君致意，问他是否收到"如是"。

还要相烦的是，请一询陈君能否帮忙借一部西文书，即：

P. H. Lang 所著 *Music in Western Civilization* [1]。此书的中译只有 19 世纪部分，而我极想一读其前面的部分。

如可暂借，准于一个月内还去，如不能外借，可否由严锋去复印？

《读书》换人，已有所闻，沈公能就此下野，恐怕还要算是轻松的。然而往后的刊物会是什么面孔与气味，则难言之矣！

余容续谈，即请

编安

严格

1996.5.7.

十二

陆灏同志：

昨收到来信，先说正事：您叫我写的题目我不可能交卷。因当年还年少无知，好乐刚开蒙，又居南通，难得上一趟孤岛，音乐会听的机会极少。（抗战中到沪演奏的名家与乐团恐亦绝无仅有也，所以这文章我无法写。恐劳空等，尽早告您。不过我想，这种掌故，您在上海是可以找到人写的，是否可钉一下徐迟？还可找李章问问看《音乐爱好者》编辑，认识吧？很热心的人！）

---

[1] 保罗·亨利·朗《西方文明中的音乐》。

《圆明园》之事，原来如此！

《万象》您去干，我想，有利条件是有的。当年柯灵编的这刊物，我几乎都浏览过，但除了张爱玲的东西，都无甚印象了。希望早日看到新《万象》。

近日因严锋之弟要结婚，家里翻修装潢，天下大乱，几似"文革"后抄家的日子，看书、听乐都不成了，连日常生活都无法维持原状，其苦不堪言！

信中所云《Sketch》，待他日去申时向您借看，那本《英语文选》(夏编)，也是要奉还的。

祝好

严格

1996.11.7.

十三

陆灏同志：

10月22日寄你一稿，误寄虎丘路，不知能否收到？

如查不到速告！重抄一份寄去。

祝佳

严格

1999.10.28.

十四

陆灏同志：

虽然杂凑了一篇，也改了两遍，仍然不像样子，拿不出去，这回只好交白卷了。五月中如果有时间有材料，当努力另写一稿。抱歉！

来信与复印件都收到。

有两条小建议：原是上海人，后去美，成了"院士"的画家程及，专工水彩，抗战时上海出过一本画册，画了许多本地风光，非常令人怀想。前些年国内印过他另一本画集，印刷不精，不可赏。

关于此人与其画，似乎很值得在《万象》上介绍一下。

另一值得介绍的是郎静山。

聊供你参考而已。

祝好！

严格

2000.4.23.

十五

陆灏同志：

生病，带小孩，杂务，稿子屡作屡废，实在为难。

三四日内将寄一稿，约三千余字，用不用你随便处理。

祝好!

此图片是严锋叫寄的,我看不如用画,如雷诺尔有一幅《二女抚琴》,不难找到也。

严格

2000.8.29.

十六

陆灏兄:您好!

前寄一稿,谅早收到矣。

现又作一篇谈"新格罗夫新版"的"杂感",写定即寄上。你寄我的那篇纽约时报上对此书的评介,颇精彩,促使我写了这篇稿子。甚感!

新年将到,敬祝

诸事顺遂!

严格

2001.12.18.

十七

陆灏:

11日收到两本书与信,昨又收到12月6日信。

此稿对我来说,难写得像样,改了又改,终不满意。只好以此塞责,如不能用,不须退稿,如用,当然只能放在后面补白。笔记体的稿子，一定努力试写一批，也是供你作补白之用。

《万象》11月号至今未到，想系因故延期了？

新年将到，祝诸事顺心如意！

严格

2004.12.15.

十八

陆灏：

17日信悉。

徐因施的介绍到京访金，我稿中似提到。如漏了望代添上。你在书中夹的两个条子，我都注意到，但《小镇》中记南浔之事，只有"因为他的建议，我开始写了一本书…一本《歌剧素描》"，没有记为何谈乐。因此我用了金的回忆。二公都未详写，实在可惜！

五四前即已开始的西乐东渐，其实也是"启蒙"中的内容。中国文化人何以知乐爱乐者不多，是不是也和"救亡压倒启蒙"有关？

徐那次在港挨批，可能是他后来再不"普乐"的原因之一吗？！

祝好！

严格

2004.12.21.

十九

陆灏同志：

　　信与复印件收到。恢复身心健康，可喜可贺！近期刊物中钱伯诚那篇大文我仔细看了，并将朱正《1957两家争鸣》找出重读了一次。

　　两月来我曾以息夫人"无言"之事试作一篇札记，改了三次，仍觉不行，只得放下，另觅可写之题，又是开了个头便写不下去，遂拖延至今，惭愧之至！现决心另作一题，谈谈青主（廖尚果）这位"其人其事皆足千古"的才子乐人，为《我住长江头》《大江东去》谱了可以传世不朽之曲的奇人。恐仍写不好，但为了不愿他被遗忘，一定写出寄上。

　　祝好！

严格
2005.5.16.

二十

陆灏：

　　来信收到，关于莫扎特的那篇书评，信息不少，值得一读，多谢时常寄来此类资料。

　　近一年来，我已难得听乐，耳朵并无问题，只是为了要抢时间看书，现已83岁，视力极糟，看书慢，不能连续太久，看一会，歇一会，记忆力更坏，实际上等于白看，可悲也！有时连常用字也忘了怎么写，不得不翻字典。

最近查了一下身体，医生诊断我：脑萎缩、动脉硬化，实际上已"小中风"云。

然我视医院如仇，非急症危病绝不去受其骗、斩也。

稿费我无所谓，望不必费心。老板如此黑心不讲道理，实实可气！

我的"新书"大半是旧文，没看头，随便翻翻，随便处理，不值得存。

祝好！

严格

2006.6.5.

沈昌文[1]

一

沈先生：

来信收到，令人高兴！自从您离开《读书》，我同几个老读者经常谈起您领奏的"四重奏"的独特风格。我们也引领而望《万象》。至于《书趣文丛》，我已买、读到第4集了。

您叫我译这本东西，我喜而又惧。莫扎之乐，与贝多芬，同为我心中之两轮红日，为宣传他，我是极愿出力的，所惧者，自修至今，英文的理解能力仍然有问题，有自知之明。虽然若干年前参加译了斯特朗文集，其实是多亏斯文之平易通俗，才没出笑话。

不过我对有些人太无音乐常识，又不请教内行乱译一通，

---

[1] 沈昌文，著名出版家、文化学者，曾任三联书店总经理兼《读书》杂志主编。

深为诧异。例如近见"三联"版列维·斯特劳斯的一本小书，其中有关音乐部分，竟可谓不知所云！文人不知乐，不怪他，但岂可害读者乎！

反复思量，我愿努力一试。此书虽未读过，但《莫扎家书选》（英译）却有一本，几年前陆灏君从旧书摊上觅得寄赠者。莫扎之人与乐，我还有所了解。

您主张选译，我赞成，从附寄之导言与目录看，有的部分似可摘可略。

我又想，也许还可附录一些书中所无之资料，为重要曲目等。不知您意云何？

因手抖、目昏，译书速度必慢，恐怕至少得四个月吧，如须速成，那就困难了。

盼早日收到复印件。

此问

近安

严格

2.19.

南通虹桥新村 154/103 （224006）

二

沈昌文先生：

您好！

《莫氏家书》稿昨已付邮寄上，请审阅。

要说明的有几点：

1. 原书中书信部分全部译出，只删掉几则，有几篇则据另一种《莫扎特家书选》(Dover版) 作了些补充。

2. 原书中的"说明"文字，只利用其一部分，大部分重写，作为"译读札记"，附于每一书信之后。

3. 此书最可惜的是分题与顺序，烦而无当，但打乱重编，我不能利用电脑，单靠手工，且又是一双时时发抖的手，则时与力又所不及，无奈，只好基本上按原顺序，简化为三编，而每信之前加小题，以便阅读。

4. "附录"的"大事记"与"听赏曲目提要"，乃自编者。

多承您给我一次操练读、译英文的机会，从中增加知识不少，感谢之至！

由于手颤时时发作，稿上的字不大清楚，歉甚！

敬问

近安

严格

10.15.

扬之水[1]

一

宋远同志:

您好吧?今另以挂号寄上《读刘鹗小传》一稿,请过目,可以凑在《品书录》里否?如可,逻辑不顺、文字欠通处,最好提笔一改,"笔则笔,削则削"。

交出此稿,稍可安心,下一次可能交一篇"有关音乐译文的献疑"。

陆君想已在京,他赠的《莫扎特家书选》已寄到,如获一宝!虽非精装书,也属于一种印、订讲究的平装,插图精良,真可喜!正在读,有所得,当试作一稿以报之,不管有用没用。

---

[1] 扬之水,中国社会科学院文学所研究员,曾任《读书》杂志编辑,曾用笔名宋远。

你对散原有兴趣，近重翻《许姬传回忆录》，提到陈在徐致靖处听昆曲，要徐谈"红"事，不知你注意到否？书中关于梅郎事我无兴趣，忆戊戌一章则颇不坏，有绝妙细节！

祝好！

丰年顿

11.16.

二

宋远同志：

信昨下午收到，庸友忽来，虚耗不少时间，未能即复。此文初读再读都有一种杂乱之感，事杂而理乱。有的议论无味，而有"庸俗社会学"味。有的描叙竟有新闻腔。总的感觉是比《泊定》差劲，甚至不如《……九江》有看头。这恐怕是您文字中的粗疏之作。我想不如另起炉灶，会比修补挖改为好。但您当然不必只听我这一家之言。

我觉您触及的问题颇嫌过多：经商发财并不带来有价值的文化，老房子与政、经、人变动的离合，旧文化瓦解败落与被破坏，旧农村文明中的可取之处，等等。

这都像是很可深思的话题，却都只"点到为止"，一带而过，议论嫌多，又无力量。从头看到尾，感觉不到一个清楚的逻辑。其中还有重复处（如第二页上我用铅笔画处，是否不必要重复）。

读此文后，对那个地方的老房子、房中人，并没获得一个清晰、有特点的印象，有些描叙似具体而实空泛。为何不利用您的实感与书中资料把那特点"传感"给未去其地也未见此书的人呢！

朝奉、盐商、华侨们似制造了不少庸俗文化，我地也有徽州帮开了许多老店，小时到一同学府上，只见重门复道，敞厅、套房、天井，一进又一进，皆有曲廊连通。有几间居室，从墙到地都铺了五彩瓷砖，滑溜溜，冷冰冰，时方严冬，见之不由得身上起鸡皮疙瘩！还有闽南人祠堂里布满了"封神""三国""西游"中故事的壁画。陈嘉庚墓园中也有这些。我想今人之大搞居室装潢是其来有自的吧？

您文中提到"文明中的野蛮"，极该提，这是在凭吊旧文明的废墟时不能忘却的。所以在今日之中华，一谈这些话题，就会令人有乱麻般的复杂感。这是光知道赏玩古董的洋鬼子、暴发户与不深知中国史、中国社会的文人所不易体会的吧！

空白也是一种历史，您说得很好。用音乐来说，休止符也是音乐。

服饰词典之事，我是期期以为不可行不必弄的。其说见下一信，此刻要去发此信。

祝好。

严
1.24. 晨

三

宋远同志：

终于弄完了这篇东西，寄上你看看合用否。肯定太长。我不反对小号字排，或分两次登。前有前例，后似《读书》上未见。如作小量修剪，请你下手。其中如看到语病，也恳代为改削。如不合用，便中退还甚好。总归有用处的。

你写的婺源一文，此地"摄影家"借去复印分发，做他们采访报道的参考了。

近购《留梦集》，尊楷派了用处。我觉你那风格并不适合作标题，嫌软，压不住。当然也还好看。见此书才知为人编选也可列名，似乎活人文集未见其例。张中行这类文字我嫌其感伤。我想，像他这样博学的人应该是"知识中自有乐地"的，何必如此消极。还是金克木没包袱！

近期《读书》上读了有所得且生艳羡之心的文字不少，看了有的文章，感到自己的知识、文字功夫都太不行，顿然扫了写此稿之兴。今人不相及，无可如何，好在自己并不靠它安身立命。

在地摊上得一本好书：《延安情》，英人林迈可爵士夫人李效黎作，上海远东版。原价四块八，而卖二元，新的，九一年出。印数一万。这书名一看令人不想买。很可能也为此大量上了地摊。我早就想知道林迈可如何助八路军建立无线电通讯之事。今读此，可感动、激动的事更多，还有叫人恍然大悟的史料，文字极平淡自然而味永。虽然是译的，图片多而珍。即不管文字部分也值得时常翻看。我看后立即又去买了三本赠同好。我劝你见到时最好也看一看。还可拿给李运昌看看，林迈可是在过他们的地区的。听听他有何说法。我很想为它写个广告，但恐写不好。

时已不早，被子还未叠，要趁早去寄，只得停笔。

祝好！

严

3.17.晨

四

宋远同志：

信收到，昨又收到《贝魂》，感谢感谢！

一路奔波中想必也在重温《梦忆》《鸳湖曲》《临河序》？但也一定被许多讨厌的景象大扫其兴。所以我是没有什么游兴的。本地的名胜如狼山之类，已多年未去了。但我倒颇喜到住处附近绿化好的地方去走走。用读画的眼光看看那些树木。不过这也一半为了活动活动身体，让眼睛歇歇。因为视力已更恶化，看书只能每十几分钟就放一放，而且总是两眼交替使用。

近来主要看《胡适口述自传》《胡适杂忆》《胡适传》，也看了《胡乔木忆毛》。从陆灏君借来的夏济安选注的英文选也通读完毕。这书很有味。不但对学英文大有益，夏的中文评注也很妙，文风、文采都可学。多谢你的激将法，我已经决心坚持把英语搞好。

近日除了从一爱乐青年借了不少CD来听以外，又结识爱画者，借给我《魏碑百种》《汉画砖》《中国美术全集·敦煌卷》《列宁格勒美术馆藏画》等，都是我无力购置的，大饱眼福。

现在等着看你花了心血催生的《书趣》。如收到《脂麻》，可否即赐一册，先睹为快？其中有很多是我尚未读到的，恐有妙文也！我近有一想头：你既然读史甚多，对人物、典章、服饰、文学又那么嗜爱，似乎不妨酝酿作历史小说，恐必能有成果。尤其近读朱自清《李贺年谱》(在全集之八中，也是借来的)，其中涉及他同当时才子们的交往，唐代风流，令人神往！我常觉得许多文学史中往往只见个人，不见群像，更不见才人间的交游影响，而那却是更能引发史感的。读《世说》也早有此感。

所以，具体建议是：何不运用你对明史的知识与感受，写一本晚明小说，把许多人物组织在一起，像画中长卷，或西方雕塑之群像，也不限于写人与事，把文章诗词书画都带进去，夹叙夹议，仿闻一多之《宫体诗自赎》与鲁《魏晋风度》而又放大、展开之。可作小说读，又可作文学史话看。这不是很有意思的事吗？

有位福州老友曾为我写了一幅唐诗《春江花月夜》，近请人裱了。那小楷颇秀雅不俗，拟赠足下，恨无人带去，上次所托非人，不能再冒险了！

先写这些，祝好！

严格

4.20.

五

宋远同志：

天热，人昏，疲于动笔，迟复为歉！

合写一书的动议当然是令人振奋的。但也惶恐：关于中乐的问题所知、所闻实在有限，即以使你大感兴趣的那些资料而言，恐怕我就未曾接触过。你能否摘取若干让我看看？我早就有搜罗"史中乐"之念，惜至今所获甚少。

服饰这一大题目下面肯定可以做出许多大小文章，然而那麻烦之多也是不难预计的。我想此事是你的名山事业，必会沉毅地执着地做下去的吧？

北京看不到东洋的资料，又难以买到，这倒出乎意料！也可能是没找到线索吧？有无可能从彼邦留学生中结交一二研究汉学之士？可惜钱稻孙已亡，他是懂美术的。范画家倒是一个渠道……

看到一段资料，颇能激发对服饰的史感：

"正殿施流苏帐,金博山,龙凤朱漆画屏风,……坐施氍毹褥。前施金香炉,琉璃钵,金碗盛杂食器。……御馔圆盘广一丈。为四轮车。元会日,六七十人牵上殿。……以绳相交络,纽木枝枨,覆以青缯,形制平圆,下容百人坐,谓之为'伞',一云百子帐也。"(《南齐书·魏虏传》)

此处所写似是南人眼中印象,我觉得这种从对立一方所得印象比自己人的记录更有趣。《酉阳杂俎》记魏使入梁所见,所举宫殿、仪式等,颇详,为《梁书》所无,盖(段氏)从北朝记录得之,也有一种现场报道的真实感:

"北使乘车至阙下……门下有一大画鼓……左有高楼,悬一大钟……梁主着菩萨衣……太子以下皆菩萨衣……"

还有的史中记载有"动感",便比静止的描述有味:

"唐天子坐朝有合扇之制,天子出,先索扇合之,坐定乃去扇,将退,又索扇如初,此制自玄宗始。"

此场面不知历史剧中利用了没有,那效果一定是不坏的。又:"外命妇朝会至西阶,脱舄于阶上,然后升殿。"也有趣,不知你以为如何?又如"金步摇"的随步随风而摇,一定是非常好看的吧?能否以此为中心,搞一个特写镜头呢?

以上随手抄引,聊供消遣,但也想借以说明我想读的服饰文字是那种"具体"的,具体到有立体感、动感的,能唤发复杂史感的。

听说《武则天》又上了电视供人消闲了,我绝不愿窥一眼，以免做三日恶。不知其中的行头能否从反面触动你对服饰史的想头？

近日继续看汪荣祖《史传通说》，忍不住要再劝你抽空翻翻它，如其你未读过的话。文字之古雅而又顺达，真不多见，很可以同《汉文学史纲要》《中国小说史略》相比，有些方面又似钱锺书。当然首先是他谈得有意思，真正是把古与今、中与西的史学情"通"了来谈，而又巧妙地用《文心雕龙》中的《史传》一篇来贯串。读时也越加惊佩刘氏的了不起，他不但懂文学，而且也精史学。华土古人中真有伟人，今人有愧于古人多矣！

看《书趣》二辑书目，其中有几种是很想一读的，也有几种则主观地不大想看。但不管如何，此地是休想买到，秀州据云进了八十套第一辑，此地据云只进了三套（而且是在本市属下的如皋城一家小店里）。

从《周报》广告中见有一本新书是讲西方近代服饰的，我想你看了说不定也有助于联想。

《15—18世纪的物质文明》我正在看，这种具体再现历史的写法我感兴趣，但已发现，其中一涉及中国之事便好像有搞错的地方，西方人对复杂的中华文化是弄不大清楚的！

祝佳！

严

8.10.

六

宋远同志：

信收到，今寄上一稿，用否听便。几年前你为我从"人音"库中挖出只余一册之《贝多芬论》，曾说只要写篇介绍就行了。今即以此抵之。

《经典》虽未全阅，已感到无法写什么介绍，老实相告，我对这类万宝全书式的唱片"广告"颇有反感，很怀疑它对真想好好听乐者（无经验者）有什么好作用。而我既不能像此君那样泛听了如许多的"经典"，且能一一予以评论，又何能妄加评说！其中有大量作品是我未听，或虽听过而不懂或不喜的。此君据说也只是近几年才听的，这种狼吞式暴饮暴食，我认为绝不可能消化得了。只能像罗马贵族那样边吃边呕吐吧？

对于如何考虑选听的曲目，我在《请参加……》中说了，你有暇可否翻翻看？

"封泥"乃本来取的，与 symphony 之音更贴，后因老板说"何典？也不像个名字"，懒得多说便改了。此回乘机恢复，不想你也不赞成！"封泥"有典，"请以一丸泥封函谷关"即一例。急于寄稿，不尽。

严

11.3. 上午

七

宋远同志：

昨（14日）上午寄上《逆耳之声》，请查收。年前拟再作一稿，题为《文人与乐》。这两稿，能用则用，不用也毫无关系，但望退我。

《跋》已再读。把服饰之变迁同舞联系起来展开想象与思索，颇有启发，似可以当一个大题来大作一下。不过，汉族之舞，唐代登峰造极，随后似即急剧下跌，衰落到近现代，据说西人竟以为"中国人无舞"。唐以前之舞，可资印证之形象资料我所见甚少，形不成较完整连贯的概念。

说舞随杂剧之兴而隐，为何不考虑中土之戏曲实为歌舞剧？西方歌剧中的动作同中国戏中的载歌载舞一比，太拙劣可笑了！

我对芭蕾，从前未见时想象得美极，及至饱观《天鹅湖》之类，又觉甚无谓，还不如闭目听乐。

现在"银屏"上、舞台上常见之中国古舞也是毫无生气的老一套，看不下去。

说"那时是歌与舞的时代，……女子的美，是飞动的舞容"，似还应考虑其他中土传统，居主导的受礼教制约的中国古人"审女观"是否不尽如此？宫廷的与民间的是否又不一致？

道学，三寸金莲化，对服装的影响如何？

《跋》的文字，虽然辞藻富丽，曲折地表达了微妙的想象，但还是觉得不免使人"隔"，联想到梦窗词与何其芳那本《画梦录》式的文风；非不可赏，但读与体会都相当吃力，恐只可偶一为之，置于文集中；还是多作些平易畅达的文为好吧？这仍是个人的狭隘之见，不足为据的。如果自己觉得怎么写最舒服，那么可以无须多管别人的印象。得失寸心知，读者不喜欢只好随他去了，不然，写作成了苦事便无谓了。

《文物丛谈》已收到，正与《论丛》交替阅读。此中文字似比另两种随便些。

王得后说"鲁博"附书店有《鲁研资料》卖。惜我不知其址，望便中查得告知，以便函购。

此地迄未降雪，不大冷，无须呵冻翻书，但恐将有更不好过的春寒吧。

祝好！

严格

1.15.

八

宋远同志：

《评〈辞源〉插图》稿收到，看了两遍，很有价值！

外国工具书极重用图，印得清楚精致且"艺术"，法《拉露斯插图词典》,英、德"图解词典"更以图为主,对读书(尤其史)与习外语,极有用处。我们从老版《辞源》《辞海》《日用百科全书》(你可能没见过),到后出的这类辞书都可怜极了。其实与其无力(学、财)弄,还不如不弄,免得无用而且误人。看了你的评,才知他们如此不认真,可笑又可气!你文一出,有责任者将丢脸,此书也将跌价吗?然会不会遭反扑,如《世界诗库》编者那样跳起来大骂呢?

如有一部可靠的有考证、有图为据的古史名物词典,那对读史读诗都太有用了。孙先生应该把这担子挑起来吧?你的《诗经名物考》,希望能早日完成,或可先小写一下,再加详细,务求有物为证,不取空谈。但又建议:文字不要古奥,以利普及。

你文的口气都并不盛气凌人,不尖锐,留有余地,留了面子。

筚篥一条,他们在管下加喇叭口。可能因此器后演变成"唢呐",而唢呐是喇叭口的吧?

文中最后一句"更质当世……匪不逮焉",似有语病,可能有脱漏吧?

此件是否须寄回?

给品正信已寄出,他的情况我知之不全,也记不大清了,所以要其自己提供为好。你如等不及,我意不妨问一下陈昌谦,他最了解,他是新华社、摄影协会的离休者,同沈也熟。

回信望告：前一稿（《逆耳》）收到否？再寄一稿是否赶得上？

（赶不上就不忙写了。）

祝在新考据学中勇猛精进，但不宜"骸骨迷恋"，"今人化古"。不知今，也不利于知昔也。

严

1.30.

九

宋远同志：

前复一信想已达览矣。昨收到《书趣》二辑，感谢之至！因为在本地至今见不到，我又得先睹为快了。这一辑的装帧似较前十种还更庄而雅，惜目录页不大理想，油墨浓淡不匀，且反透纸背，不过也无伤整体之大雅也。看了《出版小记》，写得好！无广告气而有杂感味。

现已开始浏览，谢兴尧的一本中有不少是以前读过的。不过《逸经》是看的旧杂志，而《古今》是当时一出来便看了。此集中公然标出原刊于《古今》字样，又有谈到此刊之文，难道已不用忌讳了？谢文中似偶有文句欠顺处，也许是誊抄旧稿致误吧？

我想二辑中最可读的应是舒公的一册，如此之厚，更可喜！

《书趣》再出几套,然后适可而止,这是高明的策略!

……

祝好!

严

3.12.

十

宋远同志:

昨接来信,知将调动。从一个已熟得像家似的天地中陡然移处于人面人心皆陌生的环境,确是不舒服,但也没大不了。你又复归于那种有资料也有空闲读的环境,不也很好?何况这单位对你的新爱好如此合适。

稿,必尽力而为。《文人与乐》一稿正在改,不知能否改得像样些。这些天被《堪隐》等新书所迷,故将作稿之事放在一边了。《书趣》收入此集,我以为收得好。此类真正有价值的掌故书,嫌少不怕多。《花随人圣》我近又重读,也难放下。该书文字更胜他人,不知你可曾细看过?

买了部岳麓版《百子全书》。其中有《金楼子》,是常见人征引而思窥全豹的。还有若干"子",也很想补课。只是读书欲与读书能力成反比发展,愈想多读,眼力愈坏,时间也不够用,因兴趣杂,如闻一多之所谓"五马分尸"也!且不断听到旧同事作古,皆少于我,又比我境遇强十倍者。自己并不惧死，但也日益觉得有安排后事的必要了。这不是说笑话。祝你早日完成大著！

严

3.18.

忽忆：七一年之今日，正我在二名解差押送下来到乡间一砖瓦厂当一名每月发二十四点五元生活费之工人之日。今犹未死，亦奇事也！又及。

十一

宋远同志：

文稿、《石语》收到。文稿反复看了，对所感受的印象也反复做了思考。首先感到的是：此事艰巨！最后的想法仍然是：此事不简单！

我没有用心通读过《诗》，所知少得可怜。然而又一直想补这一课，因为读过的诗篇对我有极难言状的吸引力。

所以我是以普通读者然又对《诗》有向往的心理来读你的文稿的。所期待的，首先是"助读"，但还要"助赏"。

我还以为，你的这种新探索将是新在用实证"助读"，用实证唤来实感，引发史感，从而也就起到"助赏"的作用。

从初读的印象看，"助读"的效果是有了。如果未见你文，仅仅靠《集传》或今人的解说，《小戎》读不通，莫名其妙。

但是这篇"诗说"同我原来期待的好"诗普"(仿"科普")仍相去尚远,虽说已高于时下的"赏析"文字多多。言之有"物",言之有文。

我觉得,"实证""有物为证"的逻辑不那么明快,常常是"物证"被淹没于烦碎的"文证"之中。于是实感、史感也便变得零碎了,生动不起来了。

有几段,即便从文章写作来看,也问题不少,读来思不畅而文不顺,似乎想说的很多,生怕来不及,一义尚未交代明白,忽又插进并不须马上说的话,自己同自己抢着发言!

再提几点具体的:

一、枯燥的解释同形象化的描述随便放在一起,似乎不妙,这样会把后者的效果损害了。例如释"俴"一节中。"超乘"像个漂亮的特写镜头。但插在该处,读来反觉不大舒服,因为同上下文都不顺。似不如调到"如此轻小"那一段中去。

二、一开头的第二节中,"其写车,无一不确"同上文"则虽……"全然接不上。似可安到"几乎在在可征"的后面。

三、"五楘"一节中:"梁辀,《毛传》谓'梁上句衡'。"这里的"梁上……"看不懂,应加以解释,尤其那个"句"字,如不说明它=勾,则像我这种水平的读者会更加莫测其义。

四、同一节中对"楘""历录"的解释,似乎纷乱不清,有越说越糊涂之感。一连几个"历录",还有"历历录录",到底这"历录"又是何义?

[顺便查到,有本书("齐鲁"《诗经译注》)里引闻一多《诗选与校笺》中说"五桀(午鼜)":"束革交午成文曰午(鼜)。"又引《正义》云:"历录者,谓所束之处,因以为文章历录然。历录,盖文章之貌也。"]

五、同一节中,有些话无引号,也不提出处,初看以为是你的话,再看注,则又似引别人的。

总之,我认为你应始终突出"以'物'证诗"这一条。不然的话,也便无多新意了。事在人为,不必丧气!

祝佳。

严格

4.11.

十二

宋远同志:

近因事冗,心身皆疲,未能即复,真抱歉!《车攻》一稿,看了第一遍就有好印象,比较顺畅,"实证"发挥了作用,原诗中的意象、气氛确实被开发、强化了。皇天不负苦心!

文中引《孟子》关于田猎一节,漏掉几个字,不知你可曾校读出来。

关于"獸"字的几句,显然只能用繁体字,否则今之读者可能搞不清。

蓝印花布是唯一值得赠人的本地土物，用处则至不济可用以做包袱、窗帘吧？

这两张CD，都是好听也不难懂的，希望赶快把唱机修好听听看。小提琴那张非水片，不会唱不出的。附去介绍，可参考选听。听后感觉盼告。《陈……二十年》从《周报》上所摘部分看……不想看，请勿买寄。

祝佳！

严格
5.9.

再提两点小建议：

一、不是非用不可的文言词汇、句法，尽量用白话代替为好。

二、解释、引证、形象、想象、议论，如何安排得更顺当，更明白，更有效果与味道，这里面似乎既有逻辑问题，又有"蒙太奇"的剪接、组织的问题。似乎值得注意。

三、文中头绪多，读时往往觉得眉目、条理不大清，是否在某些部分（往往是较烦琐处）多用分行列举，而不必一口气连下去讲？

如能告我如何与朱正联系，不胜感激！又及。

十三

宋远同志：

样书收到，《爱乐》也一齐寄到，指痛，不便写字，故未即复。《如是》已仔细看过，错字只有一处，难得！装帧、编排，都清爽可喜，只书脊不十分居中，有点微憾。我最感谢的是吴公的序，当然是你的情面。

真是太辛苦你了！你是既参与了策划也做了许多无名无利的事。

那笔钱仍请便中取出，再等有空时代买一部《帝京旧影》吧。原想另外汇上请代买的。

附上照片，是我处门旁景色，一友用傻瓜机拍的，不太理想，尚不火气而已。

等着读《脂麻》，指痛，姑谈这些。

祝佳！

严

5.15.

十四

宋远同志：

二十四日信收到，几天前，《如是》二十册，《书趣》十册，稿费统统到了，效率真不低！但人亦劳矣！即便包包扎扎，写与寄，也耗了多少精力！

样书共五十册（稿费单上开的），那么还将收到三十？

指疼疑为关节炎，未去诊治，待其自愈，但写字是更不行了，眼昏亦加剧，看书须看看停停，苦矣！

连日将《脂麻》通看一遍（"脂麻"部分），有一部分以前未见，固有味，已见的也有不少新感觉。你大可继续捡芝麻，是否可写成以往的"历史小品"那样，但不是小说。议宜少，能以春秋笔法处理亦妙。引文应考虑效果（看不懂），有些议论嫌天真，或老生常谈，不如删之为妙。马翁《波那巴政变记》盼闲中一阅，我也未读通，只觉他那用事实说话，寓论于史的风格惊人地可佩！

《恋栈》《民意》《议大礼》《遗诏》《禅让》《春秋笔法》《汲黯》这几篇较有味，不知你自以为如何？

《蜗角》最好看，《都市茶客》也有意思，《饕》有报章文字气，《剑桥》文不佳，其他还未翻。

这十本排在一起，确有点气氛！不枉策划者一番辛苦！但看市场反应如何了。第二、三批书目？

承问电脑事，实因没空练，至今还未入门！我也怀疑我写作的习惯不适合电脑。

前些时从"人音"书目上发现了柏辽兹《配器法》下册，大喜如狂！此下册盼了多年本以为无望了，急函购来一气读完，真是近年读书快事。想写一文，写成当寄去。

还有快事：也是相思多年（三十年！）未能如愿的一曲斯温德生《浪漫曲》，忽于拿索斯唱片目中发现之！拿索斯（Naxos）是一种中价片，每片约五十余元至六十元，我辈还买得起，且可函购，很方便。

《钢琴三百年》是否作废了？你能否侧面了解一下？我打算将稿撤回另觅主顾，否则白费了一番心力，冤枉！不如另卖掉，换些CD听，你看如何？

盼注意勿过于劳顿！

严

5.27.

十五

宋远同志：

二日信昨收到，多亏你的关心，可以早日见到《钢琴》这个难产儿了。也可能已赶不上"钢琴热"的发烧高潮，我至少可用来分赠所知的可爱的琴童及其家长，使之对这乐器增加一点点知识与兴趣，自己再来翻翻它也会有点趣味。因为虽然是酝酿和写都耗了不少脑汁，却也淡忘了许多，如今可以重对当日之我了。

六月一日忽接耿信，要我在合同上签字，还询问有何"建议"。这才知书已印出。这似颇滑稽！先付印而后签合同！我当然低头照签不误。至于"建议"也无可提。只是要买五十册，请其早日寄出而已。

但不免有史的联想，有所悟：当年生活书店是最进步的，但鲁迅感到"他们太精明"，后来终于为《译文》一刊等事而闹翻，他们要鲁撤换黄源等等，那日，由邹韬奋（！）、胡愈之（！）几位出面请吃饭，就于席间提出这些，并准备了合同，要他签。鲁也真太不留情面，据当事人回忆："把筷子一放，站起身来走了！"此后便仍用黄源自办新的《译文》。

这段鲁轶事不知你以前注意过没？

"生活"尚且不免有此种不高明之事，当代的，即使是它的苗裔们，有什么商人气，而且是官商气，又何足怪！

这只是同你当有趣的事说说而已，并无什么牢骚不满。如果对此类事有心计较，也未免太俗了。

另有一事也不过同你说说，去岁陈思和叫毛毛来拉我为台商的《青少年图书馆》（丛书）写一本音乐欣赏书，却之不可（怕贾、陈不高兴），勉力弄出一本《请参加音乐的盛宴》，谈"听什么"与"听乐之道"，共约十五万字。前几日收到了样书，虽不似《对照记》那么印得精美，却也令人悦目，纸白，字黑（且黑得均匀、醒目），页边有小标题，天地留得宽，封面也不俗。总之放在面前是很不讨厌的。可惜仅得一册，不能赠你了。

指痛渐缓解，也可能习惯而麻木了。

近来耳福好，听了不少以前听不到的音乐。还有曾听而失落几十年之曲。于饱听之际也寻思着写一本像葛传椝"详注本"英语读物的东西。选若干曲子，细说其听法，不知写得出否。倘能成，也不知有没有人要。（《怎样读通英文》已重阅一过，收着待有人带去，或寄去，放心！）

耳福多谢一种中价CD，即Naxos牌的，这种"拿索斯"收罗宏富，约五百种，其中值得听之作极多。演奏是相当好的，声音也不错，当然在有钱的"发烧友"眼中是看不上的。你如还能抽点空听，不妨从其目录（他们有目录赠阅，上海还有"拿索斯之友"，入会可九折）中选一些。例如歌剧全剧即有《卡门》、《理发师》、《蝴蝶夫人》、《弄臣》、《茶花女》、《艺术家生活》(《绣花女》)、《托斯卡》、《乡村骑士》、《丑角》等，惜无贝里尼之作耳。中价即五十至六十元一片。这价格比书是贵了些，但在唱片是显得便宜了，不过像我辈穷酸者也不能想买便买，只好分批来，每次买都反复研究目录，煞费脑筋！

近来继续翻《脂麻》，发现五十八页注中一误：作《东周列国》的"蔡东藩"，应为"蔡元放"。前一人编的是"廿四史演义"……

《风月谈》末尾一节读了觉得似明人小品之末流。

《去视无以见则明》读后的直感是"莫名"！

看了《读书》五月号上王蒙再谈日丹诺夫，对他又大为敬佩！

贡献一则明史资料，也许是你未之前闻的：

徐青山，大仓人，善琴，属"虞山派"。尤善《汉宫秋》

一曲，京师掌管礼乐之陆符闻而激赏，并告之曰：崇祯帝会弹三十多曲，皆蜀人杨某授，尤爱《汉宫秋》，但远不及汝。陆拟向主管琴事大监"琴张"荐徐入宫，以次岁明亡未果。（"人音"《琴史初编》P127。）

崇祯又有自作琴歌等事，见此书P128。

祝佳并盼节劳。

严

6.7.上午

退汇前已到，单上注明"本人拒收"，邮局问何故，我只好吞吐其词，联想到别人大可疑为行贿也。

十六

宋远同志：

正盼读来信，《帝京》已安然寄到，两层牛皮纸毫无一点破损，还可收着备用。一面解开扎得紧密的绳线，一面深感歉疚：这下子又劫夺了你多少时光、精神！本来我已嘱咐毛毛，要他最近去京出差之际务必到府上去取这本珍贵的书，以省你邮寄之劳，没想到这样快便寄出了。

毛毛出差之事我是前几天才知道，所以未及通知你免寄。他到京后，你可否将你的一套《鲁研资》检出交其带我？如一时没空找，那也不急。

近日来我是"富"得发愁。一是聚了一堆新书来不及读，二是添了不少新CD，来不及听。毛毛为我借到一部详尽的瓦格纳传（英），正埋头赶读。还有几本梁任公的书也叫人一拿起便不忍放下。何况还有早就渴想听全的莫扎特的《唐璜》！

先谈这些。盼善自珍摄，诸事顺遂！

严格

6.13.

十七

宋远同志：

今日上午先收到大信封里的寸笺，随后才有"特快专递"邮车来送那包书。本来午后即去寄，邮局二时才上班，正回家办其他事，忽有山东我妹远道而来，有事须谈，只好明天上午去寄了。

手颤，越是紧张越厉害，因此签名写得很不好，还写错，幸赠书还剩一册，换上。书中有几处我改了。不知人家会不会嫌我破坏了"签名本"的外貌？若然则请另取三册随意照我笔迹代签一下如何？假如不是足下之命，本来对此种事无兴趣。

但未能从命赴辽，心实不安！只好反复请原谅了。

最近目不从心，读书如蜗牛爬，而又不能不读。《书趣》十种，除已作皆已浏览一过……

同时却在《周报》上看到好文字一篇，一读之下，既佩且羡，自愧写不出！此即周翼南谈鲁/梅之文。周何人？你了解吗？

前曾抄下"史声"一条，提供给你备用：

"顺治遗物火焚时，焚珠声如爆豆。"（《中国社会史料丛抄》下 P772）

几日来随手再翻《颜氏家训》，又被迷住，不能放下。不知你对它感觉如何？我认为即以文字之"自然美"而论，在汉魏六朝中也是除了陶诗与文以外最可爱的。唐以下更无论矣！于是有一建议：你大该为此君此书写一篇"脂麻"，一定可以比《大、小谢》更有得写。我总想着他生于乱世，真心崇儒，而又不得不事夷狄之君，与北朝许多一身腥膻之气的老粗周旋，那内心之悲苦恐不下于受辱之蔡文姬吧？但从《家训》中看，北方文化与民间风气也颇有比南朝可取的。（如南北妇女在家庭社会中的活动。）你看得多，必可从中发掘许多可以将那个大乱世的历史"人化"的资料的。此书有不少处即是北朝"世说"，而文风又不同《世说》，对比联想，更是有味。是否已有人写过其人其书？

这里且抄一条可入"女苦史"的资料：

"吾有疏亲，家饶妓媵，诞育将及，便遣阍竖守之，体有不安，窥窗倚户，若生女者，辄持将去，母随号泣，使人不忍闻也！"

当今之世，中土溺女婴之风又大炽于农村了，中国传统这百足之虫是永远不死也不僵，死了也会活转来的！

"民亦劳止，汔可小休"，我一直很爱这两句诗的人情味。我想你这一向可谓"编、写、通（通联）"合一［以往在小型报纸工作的即如此，叫编采（访）通合一］了。那辛劳是可以想见的，至少在读自己想读之书的时光被剥削这点上是真正被"劫财"不赀了！似乎那位张君的一卦算准了。望尽可能摆脱俗务，节劳省心，尤其要注意保健。否则我们这种欲设不能的苦境你也会轮到了。

我虽不景气，也有快事。听到了以往想听而不可得的音乐，一是挪威人史文生的一首《浪漫曲》，小提琴曲，四十多年来一直苦念，现在终于又听到了。二是克来斯勒的老录音，也听到了旧片重录的片子。以上这些，照例是不如回忆中之美，不免惆怅，但所唤回的昔年感受与当时听乐情况仍是享受。

暂话这些，请多保重！

估计此信与快件又将同时寄到。

严

7.1.晨五时

十八

宋远同志：

来信收到，迟答了几天，抱歉之至！

尊稿已初读一遍，总印象似较前两篇好，连贯舒畅一些。仍将细看，再提意见。现先提一条建议：是不是抽空再浏览一下闻一多有关说诗的文字？我觉得他那文字之美可能会把你对注诗的兴致与热情进一步煽动起来，这是我近日耽读《闻……年谱长编》中不断想起的。最可惜的是他没有你的福气，能接触如此丰富的地下地上文物。但他也注意到以文物证诗，主张在释诗的著作中凡是有关的实物要尽量以图代文。他还想编一本《诗经字典》。我因此想到，你不是曾有编《服饰词典》之想吗，那么倒不如编一部《诗经文物字典》吧？我又想，你在写这些《新证》之际，似应同时随手将资料储备起来，以待他日利用。其实这可能是多话，你想已这样做了。

闻一多的文风之热烈，朱自清文字之洁净，似乎都可能促动、调剂你作《新证》的思维。《朱自清全集》中说诗的文字亦多，都是读之有味的。你当然早就读过了？

《闻……长编》编得好，真、活，史料丰富，读了放不下来。我也更崇拜他了。这部书，还有《梁启超年谱长编》，都是近年读到的好书。《吴宓自编年谱》也有味道。与其看十部无味的传，不如通读一本哪怕是编得杂乱的长编。

毛毛去不成了。因为那件搞电脑动画的事又变卦了。所以《鲁研资》不能去取了！

我已几年未向"读……周……"投稿了。不知你怎么会看到？

写稿之事，当即努力试作一篇，但能否写成，无把握。如成，当于下月初寄上。

罗曼……《莫斯科日记》，是惊心动魄的好书，有生之年能看到他这"遗言"，对历史真相增加了了解与实感，深自庆幸！

祝健！

严格

7.14.

十九

宋远同志：

《宝马》为你所未读，而又于你有用，令人欣然。没有白寄。其实老早就想介绍，这次的直接动机却是希望能激发对汉史文物的综合形象思维。此诗原收于其诗集《宝马》中。（五十年代吧？）我最早惊喜地读到则在四十年代，从一本抗战初开明版《月报》上，此刊即《新华月报》之先河也。这次却是从"上海教育"七九年《现代文学史参考资料》中《新诗选》中复印的。盼告你对此诗印象。

《跋》细看几遍，总的感觉为：一、抓住一个"文物考据不易"的话题（又以灯具为例）发挥，比空洞的敷衍其词有意思。二、对《灯具简史》一举再举，似易叫作者吃不消。最好将人名隐去，口气再婉转些。孙机书中此类问题措辞颇温而不厉。三、第六、七行举带缟、绊为例，似可如前举之窗一样再具体形象点，以增实感。"荷叶白光灯"似可换个不是灯的东西，留给下文大谈灯具新鲜感。四、铅笔打"？"号处，

"珍丛"何意？何典？"即"是否误字？"先民饮食……"是否成立？体臭是否来自蔬食还是肉食？薰香之风由南向北与进口香料多在南方之关系，可以点明，孙著中说了。五、文章读起来似欠明快流畅，有点黏糊糊的。

已收到王得后复信，他告我鲁博有书店可购资料，但我不知其地址，仍烦你便中告我如何？

严格

19.

二十

宋远同志：

抱歉之至，这回竟无法交卷了！硬着头皮试作了几次，还是写不下去，恐劳误等，只好先向你报告这情况了。真对不起！尚祈勿罪！实因入夏以来，健康恶化，头岑岑而眼又隐隐作痛，近已被迫辍书不读，乃陷于书痴之绝大恐惧中，诚如你有次病目时所发之言，有书无从读，生不如死矣！

因此，大作《新证》亦未能再看，这更是非常抱歉的！一俟眼情缓解，仍当细读也。

此外可谈欲谈之话题尚多，且待下回吧。

祝健！

严格

8.3.

二十一

宋远同志：

久不见来信，甚念！是否又出门？抑事冗？

前承告眼药可试，感谢之至！但我的眼花，根子在脑与颈椎，仅用治标之药，不会有大效。

已决心俟秋凉后去医院查治矣。

近日虽不能多看书，仍断续地看了些忍不住不看的书：《弘一书信手迹》《文化厄言》即其二种。后一种虽有不少已初读过，再读仍极有味。可惜上海三联出的《书城独白》《文化猎疑》《无文探隐》三种竟见不到！奇怪！

听乐虽可补读书之缺，但因如今头脑不正常，听不多时便昏然欲睡，此亦前所未有之衰征也！总之是不行了。

你是否已卸仔肩，专心注《诗》？为了注《诗》说《诗》，再贡献一条：是否重温一下翦著古史？他有一种鸟瞰全景与倾听中西古史中的"复调"的眼光，而文笔也甚精彩，不知你有无兴趣？至少，于苦读苦思得十分疲倦之时，翻翻他、郭、闻、梁（任公）诸公之文史论述，松一下神经，不会无益的，你以为如何？

《读书》上是否用了那篇《惆怅……》？不用无碍，寄还我再去卖两个阿堵物。如已用，则请速告财会，稿费务寄新址，用真名，前此几次寄旧址，用笔名，害我挂杖跑原址邮局，几乎拿不到。笔名与身份证不符，邮局不认也。烦神！

祝健。最好拨冗谈谈近况为盼！

严格

9.18.

二十二

宋远同志：

来信收到，得悉已将退出"朝内"，遁入"汉学"象牙塔，从此免除种种烦杂事务，岂不甚好！

日语似不难入门，如仅为了利用日文学术资料，而不搞译述，肯定问题不大，梁任公们早就利用过了。他的"和文汉读法"，虽未必仍可施之于今天的日文，但只要你的日文阅读水平超过梁与观堂，那便没有大的困难了。可惜我虽在五十多年前一度试学东语，后来丢开了，对于今天有关日语教学资料的情况更是茫然，无从贡献己见。那时我有两种编得极好的教材，一本似名《详注日文自学读本》，另一为日本文学作品选读，也是详注。二种皆一位俳句大师所编，此人在日极有名，虽是中国人，日人十分敬他。直到十年前吧，才以高龄逝于上海。可恨此时连他的大名也记不起了。那书是三四十年代"开明"版。倘能从何处寻得此二书，则入门有望了。那详注的做法同葛传槼之于英文自学书如出一辙，皆能真正为自学之人考虑而又能引人入门者，今天似再无此种好教材了！我极赞成你毫不迟疑地学起来。学下去，无所用其顾虑。东瀛汉学界中，有些人也是值得与之交流的吧？前几年有一研究张謇的学人来此地搜询有关资料，诚心且朴实，却大受我方官吏与所谓"张謇研究中心"机构之冷遇，连起码的礼貌都不讲，听了真令人愤叹！也不怕丢中国人的脸！

北京之行一直在期盼机会，因我已失去只身旅行的能力，非有伴不能行。故想利用毛毛出差机会跟着走。他自暑假以来都在沪上忙写书，与我信息不通，所以如非你谈起，还不知他将去京。假如健康允许，我是要践此夙愿的。

陆与《圆明园》之事是怎么回事？祈告！我已又写了几篇"老唱片"，正准备寄给他，既如此，可免了。

前日收到《读书》稿费（九月），又寄到老地址了！烦你便中告诉有关者：最后一笔稿费务必寄新址，尤其必须用真姓名，否则我就不好办了。

祝健！

严格
10.1.

二十三

宋远同志：

十月六日信到。《图说》收到后，稍一浏览，便大惊喜！如此好书，我竟到今天才看到，倘非你寄我，岂不错过这本好书！我觉得他这种写法好，详征博引中既达到了考证的目的，又给人以丰富的联想，激发了史感。读时常常自恨不能也占有这样广博的知识，否则我一定要写历史小品、小说了。孙君不知何许人，他的文字好，达而雅，更增加了读的兴味。只不知这一丛书之"一""三""……"是否已出？盼早告（并告书价），以便函购。

此书有味，不大舍得一下子读完，但我一定要通读细读，以助读史。

《钢琴艺术》编辑尚未有信，稿子是要写的。另外打算写篇柏辽兹《配器法》读后感投你刊。

《音乐经典》尚未到，读后如有感，当写出寄上。

最近买了多年来渴想的《丘吉尔二战回忆录》，几天来不顾眼坏，终日耽读。是老译本重印的，所以那译笔不坏，如是新译，肯定糟。又买了汤因比主编的《二战史大全》共十一厚册！对二战史我有极大兴趣。真希望你有一天也对它感兴趣。

《读书》八、九期同时出来，何故？（但我却未收到九月的）。

电脑已被人借走，我暂时也无暇及此。要读的书太多了，而且还有一大堆唱片要仔细听。

近读罗尔纲《师门五年……》，据云，鲁迅当年从上海回北平看望老母，曾去胡适家。我深疑此事不可能，而且也从未见人提起。你是否能便中向王得后君问一下,此事有无其他资料可查。(他在《中华读书报》上谈陈白尘忆"文革"后《XY是谁》很妙。)

你如对山水画仍有兴趣,有一本好画册快去买来细读。《郭熙·王诜合集》(上人美,十二元)。你有一次信中说"四王"也是写实的,其实你如多看看宋元人的画,便悟"四王"之画,其弊正在于不知师造化。还有一本《荣宝斋画谱》中的《黄秋园山水册》,也值得买看,那真山真水的气韵是很可赏的,虽然比起宋元人来又显得提炼不够了。

《如是》能不积压,我当然感到安慰。此地与如皋听说也卖掉几本,《钢琴》也在济南电视中被列为"畅销书"云(!)。

祝好。

严格
10.10

二十四

宋远同志:

来信悉。你终于能读到全套《文物》《考古》,快何如之!我这几日也终于把《钢琴艺术》的约稿弄出交了卷。其实从它那编辑方针看,所需的大约是专业性文字,我门外汉哪里作得出,不过我作的这篇还不是一点没有意思的无聊文字。你可能没看报道,沪上琴童已达四万,而真正合格能教琴者才

"大衍加一"之数耳。钢琴泛滥竟带出这等怪现象……好在我们也见怪不怪了。

《汉……图说》仍在仔细读,用朱笔标出特别可注意之处,以便于重阅。读完它想乘热读《史记》等书,必有新的感受。

冯友兰《中哲史新编》是新发现的好书,虽然是王国维所谓的"可爱而不可信"。不知你可曾翻翻?我觉得它也有助于读史。例如看过其中论魏晋玄学部分,也就想再去读读《世说》了。恐怕你的服饰史研究也不能离开对传统思想史的了解吧?

近接范笑我一信中云,他们进了百二十套《书趣》,《如是》已销四十云。但从《中华读书报》上又见免费邮购《书趣》广告,则似销路不甚佳欤?

适才门铃忽鸣,《舆服论丛》寄到,甚喜!后记中对新出此类资料之不可靠说得很宽容,你那篇文章写得也巧妙。如此看来,考证之事仍大有可为,将来你即使编不成词典,总可以搞一本"论丛"出来。不知于狠读资料之中已形成了什么新想法?

金克木《圭笔辑》《雨雪集》,何处出版,你知道吗?我对金的文字太感兴趣了!

如有便,能否代为请教一下朱正、王得后关于罗尔纲《师门五年记》P172所云:"(胡)思杜告诉我,有一次,那是个冬天,鲁迅来北京,到胡适家探访,在将进书房时边笑边说:'卷土重来了!'"到底有无可能?

暂谈这些。祝佳!

严格

11.20.

二十五

宋远同志:

收来信,但愿只是"河鱼"小恙,不过几天便恢复正常。恐还须经常注意切勿过劳,积压成大病爆发,什么事也办不成。

接信后深感有负吴君雅意。原也想早去信的,又因想乘此提些问题请教,而又不知从何说起;再加后来身心不适,便拖了下来。今已去信谢罪,你告诉我的地址是光秃秃的"中音",我只好写了他院学报的编辑部试试,另寄去《如是》《钢琴》,只得仍寄你府上,烦便中转交了。

我连日细看《图说》,已过一半。有味之处太多了。最好的一点是他举史中人、事为证,或"有诗为证",不仅起了证的作用,而且那史证本身也变活了!例如在释着裈之动作曰"缠"时引《魏志》:韩宣受罚前"豫脱裤缠裈"。真使史中人、事活灵活现!

读此不禁史兴勃发,重看秦汉史,处处添新感。其中,蔺伯赞的《秦汉史》很注重运用地下史料，写法也重形象化，不知你以前翻过没有？可惜他"文革"遭难，不能见到孙著这样的好资料了。

不知你是否已有什么进一步打算？将来写一部《唐代物质文明图说》如何？以此为题，似乎在实物、文献、诗文旁证等方面不愁无资料。其中，唐诗、传奇、壁画尤其是一种资料库。

《图说》虽琳琅满目，然而终究是散的。读它不断诱发一种如何使之化零为整的欲望。你已接触了如许多资料，能不能描述一下汉代人日常一天中衣食住行的具体情况呢？可不可以取一篇《史》《汉》中的列传，把布景、行头、道具一一细致安上去，使那史剧栩栩然展现呢？

我有"文革"中于砖瓦厂做工的宝贵经历，故读书中有关秦砖汉瓦的说明特感兴趣，其中如汉砖之长、宽、高比例从无序走向合理、统一规格，利于组合搭配，这一问题以前不知，也从未想过，虽然那年间不但天天参与砖瓦的制作，后来初步平反，一度很滑稽地当了管售砖的小组长。

汉墓砖上所刻"作甓正独苦"（！）、"为将奈何，吾真愁怀"（！）、"五内若伤，何所感起"（！），读之震惊！像是远古之声，冻结其中，简直是古代受苦人心声之化石！以前见《流沙坠简》中有残片，上书"春君幸毋相忘"，其字绝美，然又令人欲为之一哭！建议你在追踪往古之文明中时时留心与文明共生之野蛮，或者可以说，文明所由生之野蛮！

祝勿药！

严格

12.6.

二十六

宋远同志：

盼信不来，疑为过年事冗，或头痛又发作，今知无恙，可慰！然而高寿双百之刊物终将走向名存实变，而编辑部之"四重奏"也将解弦更张，这却又不能不叫人为之怃然了！天下没有不散的筵席，况生于老谱翻新古怪又不奇怪的斯时斯地哉！

前已说过，你大概总是会有自己的园地去躬耕的。借此机会，换个更方便治学的差事，甚至索性当一名 free lance（不受雇佣的自由武士，自由撰稿人），也省得再受那些大班、康伯度、官商们的气！

嘱再作稿，一定放下别的事赶写出来。力争于一月十五日前快邮寄出，赶上末班车。能用与否，非所计也。

这一向一直把读"孙著"排为晨兴（我总在"丁芒"前起床）之后头一课，《图说》已初读完,《论丛》也看了小半部，真如入了宝山，读史之兴更浓！垂老之年还幸读如此好书，是可以作为平生快事而感到兴奋不已的，而很快又将收到他的另一本书了，何幸如之！请便中代致敬意。但拙文竟蒙他欣赏，则又不禁"脸上一热"（鲁翁喜用语）。《跋》待细看后再说感觉。祝好！

严

1.8. 晨

你说稿须在"年前"寄，是否指春节？若然，我想凑一篇较长而话题更有意思的。又及。

二十七

宋远同志：

昨奉手书，心感心感！

近日或以气候转凉之故，头昏稍有缓解，看书甚少，视觉亦未进一步恶化，俟秋凉后拟鼓勇去医院查治，并试按摩推拿，看看能否减轻症状。但到这年纪，况又积劳积伤，要想无病无痛是妄想，唯有听其自然而已！

《新证》之三、四、五已读，印象是后二篇比前一篇有味。《韩奕》考释甚烦，有的如"鞹鞃"条更是一层套一层，名物一大摊，都是字奇而义晦，读了要费力去想象，很吃力！想见作者查证爬梳之麻烦！这真像鸠摩罗什所云的"嚼饭哺人"，吃力不讨好了！不知有何办法解决这个问题？也许可以用不同的写法试试？

《都人士》与《君子偕老》中的对服饰仪容的考释、描述是比较能唤起读者的想象的，但对我来说，你对此二诗之综合的诠释还缺乏令人信服的力量，你引据的都是古人的意见，不知现代的解诗家有何说法？

还有个直觉的想法，姑妄言之。我想你对古代之事似乎多见其文明，不大看其野蛮，有的地方好像把野蛮也当文明来欣赏。（例如"诸娣从之……韩侯顾之……"）恐怕我这话言重了，姑供参照。

总起来说，作为一个虽无知却不是无兴趣的读者的印象，我不能不认为这"五证"不算已经成功的文字。学术性肯定是有的，因其不但利用了旧说，更提供了新证。所以不妨抛出去，"一石激起'几重浪'"，看看能引来什么反响。但是还可以重写成一部主要让《诗》与史的爱好者受益的"科普"读物，那才功德无量。此事大有可为，你何必灰心。

勉强乱说这些。《末班车》《槛外人语》皆已购。祝健。

严格
5.16.

二十八

赵丽雅同志：

于"故乡黯黯锁玄云"（鲁句）之际，读来书如又作一次晤谈，顿有斗室生春之感！禁不住走出去漫步了一回，也如朱买臣贱时那样"行吟"不绝。但也不敢大声，免得路人惊诧，以为是"失心疯"。这种心理至今不变，又何能责怪朱妻？少年时正流行《马前泼水》改良平剧，我未看演，不知有无"行吟"场面，但从唱片中听熟了一段重要唱腔，是以泼水于地表示覆水难收之意的高潮场面。可惜早忘了个精光！

您想少议论而多考据，我颇以为然。您所见书多，又不惮于广搜博采，多方印证，这优势是大可发扬的。以论代史是干巴的，以史带论是有味的。六经皆史，况名物考据乎。《红楼》中名物考证已有人做了不少，您有无兴趣呢？当然，为《金》考证也有价值，不过老实告诉您，我深厌此书，对您对之感兴趣且甚浓，真不解！薄《儒林》而厚《金瓶》，更不可解！希望把这兴趣分一点给《儒林》。我感到，这书虽射的是清初时世的，但书中人与气氛却全然是明味，读时总觉好像进入了明季（大乱之前）的金陵似的。最后那四个有"六朝烟水气"的卖菜佣一类山人物也是古意盎然。此书最后有一种绝妙的"历史黄昏"的气氛。正可为您那说法印证：自明以后，士大夫的气节廉耻都坏了。即使为写明史文章，您也绝对应该读一读此书，君其有动于衷耶？

因为无论如何要交一篇稿，连日在读《瓦剧之舞台设计史》，其中颇有可用之材，也触发不少想头。我当用力写出，但一定不是"力作"，但求能为对瓦乐有兴趣者提供若干有助听乐的资料而已。您也写过介绍此人的文字（似未发表？），想必也会有兴趣一阅的。

日前听沈谧讲，您回了她信，送她一张黄山之游的小影，她喜欢得了不得。问她您信中大意，谁想这孩子竟全篇背了出来，原来她翻来覆去看了多遍了！可巧老师命题"一张照片的回忆"，她便以此照片与信为由，写了作文，得了高分。可惜我还未见您此信与作文，过几天一定去要了看。像她这天分，本该写出很有意思的文字，可恨如今小学中流行恶劣的教学法，逼使儿童模仿别人的"范作"，不懂得写自己的感受。结果是八股化与假而空。我叫沈把作文抄一份寄您，她为难道："那里头有些是我自己编的！"不过，这倒有可能发展儿童写小说的能力也未可知。

连日我一面看《瓦剧……》，一面又被《梁启超年谱长编》迷住，此书很有看头，抄一点供您一览：

"有明中叶以后，直臣之死谏净，党人之议朝政，最为盛事。逮于国初，余风未沬，矫其弊者极力划削，渐次销除。间有二三骨鲠强项之臣，必再三磨折，其今夕前席，明夕下狱，今日西市，明日南面者，踵趾相接，务摧抑其可杀不可辱之气，束缚之，驰骤之，鞭笞之，执乾纲独断之说，俾一切士夫习为奴隶而后心安。其文字之祸，诽谤之禁，穷古所未有。由是葸愞成风，以明哲保身为要，以无事自扰为戒，父兄之教子弟，师长之训后进，兢兢然申明此意，浸淫于民心者至深。故上至士夫、长吏、官幕、军人，乃至吏胥、走卒、市侩、方技、盗贼、偷窃，其才调意识见于汉唐历史、宋明小说者，今乃荡然乌有。总而言之，胥天下皆懵懵无知、碌碌无能之辈而已。"（黄公度致梁氏书，《梁谱长编》P301）

何其深切、痛快！……

好，且暂搁笔，买菜时好带去投邮，信到时恐已在节假中矣，故寄尊寓。

品正书稿事究如何？恳告知，他又来信问起了。

祝新年好，不遭劫财。

严

30日下午

二十九

可听曲目（之一）

1. 肖邦：#c小调幻想即兴曲（钢琴独奏）

Fantaisie-Impromtu（Op.66）

[旋律、和声之美无可名状，格调高绝，可比藐姑射仙子（？）。其罗曼蒂克味之浓可联想"未完成"，但又不相似。假如听了这样好听的音乐仍不为所动，那就怪了！]

2. 肖邦：g小调叙事曲（钢琴独奏）

Ballade（Op.23）

（似不必多去联想密茨凯维支的诗之类，当纯音乐的"音诗"而不当标题乐音诗听更无挂碍。此曲与前一曲皆只宜于钢琴，不可译为别的器乐。可知更不可译为音乐以外的语言了。）

3. 李斯特：♭D 大调音乐会练习曲（三首之三）

Konzert-EtüdeIII　　　　　　　　　　　（钢琴独奏）

4. 前人：安慰之三

Consolation III

（李作多浮华，此二曲甚美而不俗，耐玩，不听殊可惜。）

5. 德沃夏克：F 大调弦乐四重奏（"美国"，又名"黑人"）

String Quartet in F major（Op.96）（"新世界"是 Op.95）

（前已谈及，可先听第二章"慢板"——似黑人哀歌。熟悉后全部四个乐章都会使您入迷，最好的实是第一章。）

6. 前人：弦乐小夜曲（E 大调）

Serenade in E for Strings（Op.22）

（甜美真挚，悦耳舒心，前三章是听不厌的。）

7. 前人：D 大调交响曲（注意是 D 大调——D Major，而非另二首 d 小调——d Minor）（作品 60）

8. 前人：G 大调交响曲（作品 88）

（前一首可先听第二章"柔板"，其魅力可与"新世界"的"广板"比美，后一首的前三章都好听，是波希米亚田园诗。）

9. 前人：在自然中—狂欢节—奥赛罗三连序曲

Amid Nature—Carnaval—Othello（Op.91—93）

（其美，其人生反思似的哲理味，其生活气息之浓烈，无法言传,却又很好听,实是一部交响曲。)

10. 前人:小提琴小奏鸣曲

Violin Sonatina(Op.100)

(朴素真挚之极,次章被克莱斯勒改为"印第安人哀歌",可能会首先吸引您的注意。)

11. 圣-桑:引子,回旋,随想曲(小提琴与乐队)

Saint-Saëns: Introduction and Rondo Capriccioso

(旋律惊人地美艳,然言之有物,不俗,琢磨精致,耐听。)

12. 莫扎特:第二十一钢琴协奏曲(C大调)

Piano Concerto No.21 in C Major

(可先听慢乐章,它那崇高的美是不可抗拒的。傅聪说它是古希腊悲剧似的。)

13. 莫扎特:长笛·竖琴协奏曲

Concerto for Flute Harp and Orch

(太好听了,无话可说!此曲只应天上有!)

14. 德流士:弗洛里达组曲[1](管弦乐)

Delius: Florida Suite

(李欧梵在《狐狸洞……》[2]中把德流士贬得没道理。其实他的音乐很有境界,很有个性。此作中第一首"卡仑达舞曲"

---

1 即戴留斯《佛罗里达组曲》。
2 即《狐狸洞话语》。

和另外的几首，有一种无限惆怅的感情色彩，是别人的作品中未曾有过的，大有"良辰美景奈何天"的味道。岂可不听！

15. 贝多芬：小提琴奏鸣曲——"春天"（F大调）

Spring Sonata（in F major）

（德文：Fruhlingssonate）

（这是他十首小提琴奏鸣曲之一，也是最欢快的一首。听时不能只注意小提琴，要同钢琴部分一起听，听其对话与复调效果，钢琴不是伴奏身份，二者是平等竞争的对手。这比小提琴独奏曲更有意思。）

（已示笔名：晏燕、于飞、宋远、大东、许盈盈、桃夭、行露、扬之水、英婴、雯子、杨柳、任之栖、白玛、穆马、胡仙。）

丰年

11.14.

三十

斯特恩提琴小品集

1. 野蜂飞舞（里姆士基·柯沙可夫[1]）

有趣，有技巧，韵味无多。

2. 只有一颗寂寞的心（老柴）

---

[1] 现通译为里姆斯基–柯萨科夫。

原系歌曲,情调甜俗,非其上乘之作。

3. 贝丝,如今你是我的女人了!(格式温[1])

取自歌剧《波吉与贝丝》,是一部用美国黑人音乐写黑人悲欢的戏。此为剧中歌调,写得动情,拉得也动情。

4. 爱之忧伤(克莱斯勒)

有沙龙气,作者乃小提琴家中之泰山北斗。

5. 第五号匈牙利舞曲(勃拉姆斯)

本来也无甚深度,加以过度流行,已不耐听。

6. 夜曲(鲍罗廷[2])

原为弦乐四重奏,你已听过,改为独奏,效果大减色。

7. 降E大调浪漫曲(鲁宾斯坦)

原为钢琴小品,典型的浪漫派风味,甜美,温情,惜格调不高。

8. 降E大调夜曲(肖邦)

原为钢琴曲,极流行,虽非其夜曲中最好的,却也不是凡品。

9. 月光(德彪西)

原为钢琴,此曲神品无疑,值得反复倾听。

10. 牙买加伦巴舞(本杰明)

11. 绿袖子(古英民谣)

---

1 现通译为格什温。
2 现通译为鲍罗丁。

此调绝美,且有深情、古味!

12. 载歌之翼(门德尔松)

原为艺术歌曲,海涅作词,有一种端丽之美,耐听。

13. 金发的珍妮(福斯特)

原为歌曲,曲中深情,可以催泪!而演奏之感人也是少见的。

14. ?(萨地[1])

作者法人,新潮派。

15. 小夜曲(舒柏特[2])

此曲原为歌曲,但听人唱不如听无词之曲。

16. 亚麻色头发的女郎[3](德彪西)

原为钢琴,可能是作者最好懂的一曲,实则曲中深味真能注意咀嚼者恐怕不多吧!

17. 练声曲(拉黑曼尼诺夫[4])

18. 幽默曲(德沃夏克)

这一曲也是爱听者极多,而能认真听,听出其中情味者寡矣!

19. 圣母颂(舒柏特)

---

1 现通译为萨蒂。
2 现通译为舒伯特。后同。
3 现通译为《亚麻色头发的少女》。
4 现通译为拉赫玛尼诺夫。

原为艺术歌曲。可注意其反复时如何利用双音强化了情绪。

20. ? （柯普兰[1]）

原为一部芭蕾中的舞曲。美国乡村风味。

---

[1] 现通译为科普兰。

徐家桢[1]

2006年2月10日（22:44:32）

徐先生您好。这是辛丰年先生给您的信：

徐家桢先生：

来信与书、唱片已于2月8日收到。十分高兴，多谢多谢！

《大地之歌》以前听过，但未听过这一版本。《庄严弥撒》从未听过。因对声乐的兴趣不大，尤其不喜欢宗教音乐。但很爱《弥赛亚》中的《哈里路亚》。我将细听这两片。

今年假如再有机会面谈，那将是暮年的快事、幸事！届时

---

[1] 徐家桢，1942年生于上海，语言学家、散文作家，曾任教于澳大利亚南澳州阿得莱德大学亚洲研究中心。徐家桢与辛丰年先生的通信始于2006年1月徐家桢给严晓星的电子邮件，由于先生不用电脑，严晓星成为两人之间电邮往来的中间人。以下几封电邮由严晓星整理。

请提前告知,一边我争取去沪一行,促膝倾谈。有两本小书送您,(《爱俪园梦影录》与张謇的《东游日记》)也就可以面交了。

其他话题,下次再谈。

严格

2.9.

2006年3月11日(21:48:54)

徐先生您好。以下是辛丰年先生的信。原本还有托您打听一位美国研究中国音乐的学者的内容,正好我已经想办法联系上了。征得他的同意后删去了这部分内容。严晓星上

徐先生:

1.《庄严弥撒》听不懂!

2.《大地之歌》声音相当好,《第5交》中之《小柔板》音质亦好,但以上一曲仍然引不起兴趣。

3. 德沃夏克弦乐四重奏我有全套,《屯卡三重奏》《f小调钢琴三重奏》也都有。

4. 请教:英诗(或民谣)中有没有《Over the hills》这一首?

2006年3月27日（03:29:48）

徐先生：连接两信，迟复为歉！

1. 贝多芬之作我听不懂的是：声乐作品，晚期钢琴奏鸣曲，晚期弦乐四重奏，钢琴变奏曲（如《32变奏曲》），此外几乎都有兴趣。

特别爱听的有：2、3、4、6、8、9交响曲，3首莱奥诺拉序曲，弗德里奥序，哀格蒙特序，第4钢协。"月光"，热情，华尔斯坦，暴风雨。全部小提奏，但"克罗采"除外。小提、大提、钢三重协不喜听。

2. 布拉姆斯：只喜第2交，《单簧管5重奏》，《悲剧序曲》。

3. 《天方夜谈》早已由爱而厌，而怕听。

4. 西贝柳斯的交响曲喜欢，提协不喜。

5. 德沃夏克弦4重我全有，最喜的除"美国"外还有最后一首，极富感情。弦5重奏、钢5重奏印象不深。

6. 布鲁黑提协、《g小调》曾非常爱听，后即厌之，苏格兰幻也不感兴趣。

7. 门德尔松我听之不厌的是仲夏梦序、芬格尔、平静之海、春之歌（有一种改为管弦乐的，速度加快，天真烂漫，绝妙！），苏格兰交比意大利交好多了，后者却更出名，令人不解。门氏的其他作品如弦乐交响曲、钢协、风琴曲、四重奏宗教声乐曲，我都不喜。

8. 我特别要听的还有圣-桑《引子回旋随想曲》（艾尔曼拉的和海菲兹不大全），马斯南《太伊斯的沉思》，艾尔曼拉的最好。

9. 埃尔加有一首《引子与快板》（弦乐四重奏加弦乐队）很值得听，特告。《隐谜》则听不懂。

10. 你怀念的那一曲，可能是《波斯市场》（In a Persian Market），作者英人 A.W.Ketelbey（1875—1959），他编的畅销曲还有《修道院花园》。

11. 对名曲的爱与不喜，原因何在，难言之矣！

2007年4月14日（18:24:06）
徐家祯先生：下面是辛先生给您的信。严晓星上

徐先生：电子信悉，知明年有可能来此促膝长谈，极欣慰！但不知我这老朽那时是何光景耳！

贝多芬奏鸣曲三种版本的片子，对照而听，应该是最能提高"听功"的；但对听者的认真与素养也是极严重的考验。自愧还经不起这种考试，所以还说不出什么。至于你推荐的德沃夏克弦乐四重奏第14，作品105，我也极喜听。它不同

于"美国四重奏"。我觉得它很像是一双老恋人在歌舞中回忆往昔。

我这一年多难得听乐,绝大部分时光耗在读书上,主要是温故知新。新一点的书中有二种值得一看:1.《上学记》(何兆武);2.《读史阅世六十年》(何炳棣)。

祝好!

严格
4.20.

又及:近日来信悉。柯冈的LP我听过,但只有小品。他拉的拉赫玛尼诺夫《沉思》绝动人,还有《牧神午后前奏曲》改编的独奏曲,则似多此一举。奥伊斯拉黑(老)的"贝协"、"柴协",听过苏联LP,音质差,听不出深层之美。"柴协"我觉艾尔曼的最动人。马斯南《沉思》也是他的最耐读,胜克莱斯勒。

4.4.

郑文川[1]

一

郑文川同志：

小朱同志带来的信、物收到，谢谢！

所问几条，答以另纸。

小铮铮已上了大学教育的轨道，这是令人高兴的！希望在外语方面有明显进展。

毛毛也有好消息：最近可收到两笔卖稿费，据云皆以外币计算。

我们一切如旧，不好不坏。其实，当今之世，没有坏消息也便是好消息。

---

[1] 郑文川，国家一级演奏员，曾任南通市歌舞团钢琴与电子管风琴演奏员，后任江苏省戏剧学校钢琴教研室主任。曾获江苏省艺术学校优秀教育工作者、南京市优秀老师。

《闲话》再版，虽已有合同，至今仍不见出来，《钢琴300年》也早已定议，也还未寄合同来，前些时忽有文汇出版社的人来访，提出要将《读书》上我文出文集，我说要先征求《读书》那边意见，随即收到《读书》来信，也提出要出集，他们的信寄出在《文汇》之前，当然就先尽他们了。此事尚未定局，如能借此机会，将旧文中不要处修订一番，我是乐意的。如其不成，也听其自然。我不求人。

毛毛对名利也颇淡，他的写稿，主要恐怕是为了弄点钱好买书与电脑软件。

近日借看了周广仁的钢琴讲座录像，不知你看过否？180分钟×6，我才看了其中的头尾二盘，印象是，关于基本功、识谱与如何练一首新曲等题，讲得实际，有启发。涉及乐史的一题，讲稿不大解。还有几首名曲介绍，我也认为选得不好。整个的印象是还可精简，去掉可有可无的话，多插形象与实例。此讲座对象是中师的学生，对儿童可能不大适合。

请沈谧妈妈带去《音乐爱好者》一本，电子琴资料，以后带去，祝合家好！

二

章松林、郑文川两同志，并铮铮：

你们好！年卡收到，谢谢！此处买不到雅气的，谨以此信代之，祝新年新春全家幸福，百事如意！

我们终于面临拆迁之苦，何处安身尚在未定之中，过渡可能难免。我但愿换个人家脱的壳，一劳永逸。

毛毛为海外出版家编与译了小书二册，都已出，保值的稿酬也到了手，可惜只有一本赠书在此，不能送你们了。印刷甚佳，海内的书不能比。他留校已基本内定，明年叫他先开一门公共英语，有可能另加一课电脑，小锐近曾出差，住在他处，深夜有人找毛毛去，次日一问，是某教务主任请他去解决电脑问题，真有趣。

袁丹溜冰骨折，施湘去照顾，已是一月前事，至今不归，前日金蕾蕾来问毛毛的电话，才知施也跌坏了！具体情况她也不明，毛毛也无信。

一年来流年不利，晦气连连，却也不无意外之"荣"，如市电视台一男一女登门要"采访"，当然婉拒，倒也认识了这两位不讨厌的年轻人。

日前又忽有文汇报一女士找上门来，要我把《读书》等刊上文字交其出集，还令人难信地说领导上叮嘱"赔本也出"。我答以要先向《读书》打招呼，不巧北京来信提同一要求，其日期在先，自当尽他们了。但至今仍未定案，不成也随它去。毛毛的导师之一，陈君也通过毛毛找我为海外写本小册，谈乐的，这些送上门的事，可名利双收，只怕在搬场的干扰下要成为空欢喜！

最近听沈谧弹莫扎特奏鸣曲（$^\flat$B）中慢乐章，极有味道，喜极欲泣！这样的感受在我也并不常有。我想如进展正常，这小孩大有希望。但她至今听过的经典之作似乎太少了。

可能有一青年带一儿童找你学琴，请为介绍适当的老师，已告其你们是不可能收徒的。

祝好！

严格
12.23.

三

郑、章两位并铮铮：

由小余带给我的板鸭收到，听讲你们忽遭无电之苦，不胜同情之至！但愿早迁新居就好。

我们经历了种种烦恼之事，前日终于搬到"新"居。其实是十年前造的。居住面积52平方，两室朝南，一小室在北，厨房、卫生间很小。前面有个约20平方米的院子，可以大堆其弃之可惜的旧物，四周树很多，门前无来往车辆，故此不吵，尘土少，小菜场，百货店，吃食摊，都在几百米半径之内，上南通港比原处近了一大截。总之是方便的。

搬迁的前、中、后，种种伤脑筋的事，令人心身憔悴，简直耗掉半条命！毛毛因已开始为研究生上英语课，无法回来。其实即便能参加，他也很可能帮不了忙。他的好主意仅仅是把好多东西丢掉不要！

幸好，钢琴毫无损伤，书也没少。

等稍安定即着手写本小书，完成后打算去宁一行，看望你们和品正同志。

暂谈这些，祝全家平安！

严格

3.29.

地址：

226006

虹桥新村

154幢

103号

（青年西路税务大楼南第三排）

四

章松林、郑文川、铮铮合阅：

来信与赠物都收到。衷心感谢！

松林同志闻已入院治疗，想已刀到病除，从此恢复他原先健壮的体魄了。念念！

铮铮的发展有初出茅庐一鸣惊人之势，前程如锦，不可限量！祝他稳步前进，进入更成熟境界！

文川同志很该多写点谈钢琴教学的文字，这在当前学的人越多，师资水平越往下降的形势下，尤为迫切需要。好在已有

《钢琴艺术》这种发表的地方。(不过那上面有些东西我觉得没什么可取,对周广仁的颂扬过大。)

你们想必乐闻小锐婚事花絮。两三年来,不少人关心他,为之介绍对象,总是不成,几月前无意中认识了现在的终身伴侣,一谈即拢,双方情投意合,小锐"不爱股票爱美人",无心股市,一门心思办喜事了。虽错过了前一段疯长的时机,却也可能因此逃过了近日大滑坡之灾。

有关女方及婚礼情况,何、沈二位会告诉你们的。我本反对"形新实旧"的婚事礼节,反对浪费、庸俗的排场,终于只得妥协,顺其自然。这也证明社会习惯势力之难以抗拒,我的骨气也不硬,当然我也是不忍破坏小锐的好事!详情容待他日面谈。

我今年健康已不如前,主要是手颤更严重,往往写字都写不下去,眼也更坏了,看书约一刻钟即视而不清,不得不休息半晌再看。还有一些老年常见病。这次屋内装修,大乱一场,比"文革"抄家更苦,折腾一个多月才完,深深体验了"稳定"之重要!所幸现在我的生活秩序已渐"复旧",身体也还可以,请放心!

毛毛也平安,今年他在暑假中苦干一场,据云已译、著书稿共五本,有一本不久可能出版。但他的浓厚兴趣仍是电脑。前些时发表于《音乐爱好者》上谈电脑与音乐的文章,据李章说,颇有人爱读云。

好了，有话容后再谈。我现在忙于读书，几乎难得听唱片，虽已积累了近 200 片，其中也有一些很值得多听细玩之片，无奈时光不我待！

虽手抖，也无空练，对钢琴仍不忍丢开。可恨有些音成了"长鸣音"（制音失灵），有的又因小槌不能及时缩回，致成闷音。请介绍一位可信的调音师，等他有机会来此时为我修一下为感——王锡林我曾找过他调音，付酬不收，后来几次电话请他修，始终不来，我也不愿再找他。其人乃一市侩，虽小有才，而无自知之明。

祝全家新年幸福安乐！

严格、毛毛、小锐

12.20.

五

郑文川同志：

您们全家好！茶叶收到，十分感谢！

我是久盼能有机会去一趟南京，目的之一就是看看你们，谈谈各种有意思的话题，无奈总是不成，根本原因是事多闲少，分不开身，还有一点，我确实衰老了。往年不难独来独往，如今眼目昏花，步履不稳，上船，坐车，问路，都不能自己解决，没人做伴，简直无法远行。放假后本有一个好机会，韩姝家人要带她去宁，邀我同行，本已决心去，以偿夙愿，可惜正好毛毛将从挪返国，必须等他，否则他又可能接着去日，要同他说、听他讲的话极多，于是只好且待下次机会了。

韩姝去是我介绍她家带她去请你给诊断、指点一下学琴上的问题。此孩你不会不记得。过去，她学了点电子琴又丢了。去年，忽然自发地爱上了钢琴，是真有兴趣而非常的有趣，我因其起步已晚，建议只是作为业余爱好，根据你的推荐，找了刘国基老师，从去秋到现在，已练了599中19条，一点点哈农，小曲有：1.克列门第小奏鸣曲Op.36之2的快板，2. Op.36之3的快板，3.《洋娃娃之梦》，4.《纺织歌》，5."小巴哈"中1、2、3、4、8，6."中巴哈"之《♭a小调前奏曲》，7.丁善德《郊外去》。最近刘又叫她弹车尔尼《左手练习曲》第1条、《849》第7条。

看来，刘似乎是采取"师范生速成法"教她，并以早日参加考级来刺激家长，现在她家长决心按老师的意思考4级。

韩姝作为业余琴童，我发现其优点是乐感不错，给她听《动物狂欢节》、《彼得与狼》、莫扎特钢琴协奏曲，她极感兴趣。弹她感兴趣的小曲，也不是无动于衷。毛病是练琴不看谱，靠记，虽然识谱能力相当好。至于手上的毛病更多，家长不懂，无法督练，当然纠正不了。

请你在她去时挤时间听一听，指出问题，让家长领会了回家进一步督练。以后有空，也盼于信中把发现的情况告我。她去宁约在7月上旬。我嘱其先同你电话联系，以免干扰你的工作休息。

毛毛4月初去奥斯陆访问讲学，项目是文学研究中的电脑应用。那边颇有意聘他任教，可惜由于办手续等问题，暂难解决，9月又得去日，那是已经谈好的，故此只好先回国，约于7月上旬可到家。此次他在奥斯陆时间短促而一切皆甚顺畅愉快，宾主相处，十分融洽，他住在挪威汉学家何莫铘家，此人乃院士，参与诺贝尔奖评议云。何家又是音乐之家，毛毛在彼大大享受了一番听各种室内乐现场演奏的乐趣。那里一切都可喜，高雅，严肃，亲切，娱乐场所很少，音乐活动却多极。生活用品，饮食比美国还贵，不知何故。（两块豆腐30 Kr，一碗面80 Kr，两条黄瓜30 Kr，10 Kr=12元人民币，只猪肉比中国稍贵，最便宜者为蹄膀。）

我情况无大变化，只是眼更花手更颤。走路也龙钟了。目前正埋头赶译一本《莫扎特家书札记》。

章松林同志的胆病想已痊愈？铮铮的情况如何？你又收了什么可造就的学生？

附上毛毛发表于《读书》上的一文，给铮铮看看，可能会感兴趣。

祝全家愉快！

严格

下编

和而不同

字迹虽隐，心迹昭然

——关于曾国藩三封家书的杂感

《读书》去年九月号的"新书录"报道《曾国藩全集》出版，文中有句话："……有时或令人觉其恂恂有儒者之风……虽然这绝非作者的全面。"

小学生时代常常看到，有的人家并不喜欢读书，却少不了有一部《曾文正公家书》。上四马路"文化街"去，这书更是随手可得，从扫叶山房石印本到什么一折八扣的铅印本。文正公的大人物形象便在心中印下了。

这形象的起变化，当然同历史知识的增长有关，但还有一个缘故，是知道了有些我不能不痛恨的人，对曾氏是奉之若神明的。其中便有那个自封中山信徒，对异己者不论是"密裁"还是公开屠戮都心不动手不软的"委座"。

一个人总是从正、反、侧等多方面长知识，长见识。后来又读过一些资料，曾氏这个"矛盾人物"的形象又多面化了。

这个恂恂儒者，精义理善词章，又是以书生而"操杀人之业"的实干家，对于牵制历史车轮的运转，他起了并非不足道的作用。满汉统治者尊崇他是毫不足怪的。可怪者辛亥革命以后他那影响并没有消失，俨然还是许多人心龛中的圣哲！

几年前看到一则有关曾氏的掌故，颇有些悚然，但随即便又深愧自己头脑简单大惊小怪了。

那是从民国时人黄濬（秋岳）的《花随人圣庵摭忆》中发现的。记的是一八六四年天京陷落前夕曾氏三通家信之事，都是写给乃弟国荃的。曾老九是攻打天京的清军的主角。《花随》作者说：

"以行世本校之，有一通未辑入，余二通皆经删改。"

这不予辑入和删改，正是大有文章！

其中四月二十日夜的那封写道："……余意欲奏请李少荃（按即李鸿章）前来金陵会剿。"——但他又觉得这样办有利有弊。利在李部洋炮多，可以早日把天京攻下，省却乃弟的心血，而弊在李"气焰颇大"，怕曾国荃受气，且李部淮军"骚扰骄傲"，"恐欺侮湘勇，克城时恐抢夺不堪"。因此又"不愿请来与弟共事……特此飞商……若情愿一人苦挣苦支，不愿外人来搅乱局面，则飞速复函。余不得弟复信，断不轻奏先报"。

行世的《家书》整篇删而不录的就是这封。这缘故无须猜详，信中气味同"尽忠谋国"的公开形象未免不大吻合！

第二封信,五月十六日的,堪称"要害",不能不多抄原文:

> 夜来又细思,少荃会剿金陵好处甚多。其不好处不过分占美名而已。后之论者曰……少荃克苏州,季高(按即左宗棠)克杭州,金陵一城沅与荃(按即曾国荃)各克其半而已。此亦非甚坏之名也……如弟必不求助于人,迁移日久,肝愈燥,脾愈弱,必成内伤(按:曾国荃当时"心血亏损",病得不轻),兄弟二人皆将后悔,不如及今决计,不着痕迹……

接下去便出现了令人不寒而栗的三个字。请看:

> 少荃将到之时,余亦必将赶到金陵会剿,看热闹也。(着重号自然是笔者加的。)

《花随》中说明:"案此信删一百零九字。尤妙者'看热闹'三字节去。"

另一本笔记,瞿兑之的《人物风俗制度丛谈》中有与此相同的记述。

五月十七日的第三封信,仍是商量此事,后来删去二十二字。

尽管曾氏苦心劝说，后来会剿之事并未实现。李军没来，攻克金陵的"美名"便归曾国荃独享了。

且听《花随》作者对这件公案作何议论。虽然逻辑颇奇，却又反照出景仰曾氏者的心态，也值得一抄：

"文正欲令李文忠援其弟而又虑分功生隙。其心事曲折，此三书和盘托出。吾人与其嘲为天人交战，勿宁佩其谋国之至忠。""文正欲借助淮军正以其有大炮之故。诸帅忌嫉，湘淮相轻……而文忠已逆知忠襄（按即曾国荃）不欲他人攘其功，卒托词炮不宜于夏，谢不往，非只为忠襄，乃为文正也。"

在顶礼膜拜者心中，偶像虽伪亦善。反正，"经"与"权"都掌握在圣贤们手里。

虽为贤者辩，他却又并不为尊者讳，而且情不自禁地说出了"尤妙者……"这种皮里阳秋的话。但我们完全信得过他，无中生有，厚诬他心目中的"中兴名臣"，那是决不会的。这三通信的原迹，据云是从曾老九后人手中流散出去，为罗叔章其人所得了。至于校阅过《花随》书稿的瞿兑之（即瞿蜕园），他岳母是曾氏的女儿。他的记述也不大可能失实吧。

凡夫读史，无非为了解惑求真知。妄测那删削"看热闹"三字的背后，恐怕并非由于对那些活该诛灭的"发逆"忽然生了恻隐之情（虽然"亚圣"也说过"不忍之心人皆有之"）；合理的推论是写信者后来想起，在屠城的"热闹"场面中，肝脑涂地的也有那些追随他血战多年的湘勇。比如攻城头奖获得者（虽然后来也有争议），伤重毙命的李臣典就是一个。将这些人也列在被"看热闹"的对象中，确乎不妥！

不删是不行的。而这正是写信者亲手删的。《花随》对此也有具体交代，是目睹原信真迹的袁海观（树勋）说的："诸书删改皆文正自为之。"此人曾在曾氏金陵总督衙门里"常见其将家书底稿躬自删改发抄，已有必传之意"。

想抹掉字迹反而露出心迹，这类例子恐怕历史上是并不难找的。窃国大盗袁世凯用心写了关于戊戌政变的日记。其中并无向荣禄告密之事。写《张謇传》的刘厚生指出这是后来追记且经过秘书张一麐加工的。（《张謇传》七十九页）刘氏论道：假如老袁对此闭口不谈，人们也无从指实，一编造这日记，那便等于自供了。

爱·克兰克肖在《赫鲁晓夫回忆录续集》前言中说得警拔："回忆录的主要价值不在于提供了事实，而在于它常常无意暴露的思想状况。"其实，"思想状况"岂不正是极其重要的事实，而且是假不了的事实？

三封信，尤其那三个字的删改，只看通行本《家书》的人是不知道的。当年上了《褒忠录》进了"昭忠祠"的幽魂们更是想不到的。然而字迹虽隐而心迹昭然，这三个字应该用强光灯来烛照一番，也不妨说是人物肖像的"颊上三毫"——只是人物自己是不想让它添上去罢了。

索性联想开去：涂改李秀成自白，奏报天京缴获不实，以及后来办理天津教案，明知会"内疚神明，外惭清议"，然而他这个曾对洋人强加于中国的条约"阅之不觉呜咽"的人，到底还是杀了无辜之民以谢洋人……这种种也就都合乎此人与历史的逻辑了。

然而那三字中透出的精神状态，比血洗天京的行为本身更加令人难以忘却。古来以残虐娱心快意的事例，似乎出之暴君之类的居多。以儒言儒服而又忽地露此种相，联想加尔文的火焚异端，马丁路德诅咒起义农民该死，似乎庶几近之了！

那精神状态，怕也是有渊源的。残虐心理固然是"狗抓地毯"，看戏心理又何尝没有传统。清人笔记中记着某"怪人"为了修养"不动心"的本事，有意常到杀人场仔细观看。其实道学家"以理杀人"也就是"不动心"的，更何况曾氏这种为了捍卫名教自觉地操戈卫道之士。不过杀人场边看了血肉狼藉的情景而大感愤懑，几天吃不下饭的人也是有的。在曾氏手下经办过洋务的容闳恰恰是一个。

三通信中"和盘托出"的诚与伪，也大可深味。如其随手给他贴上一个伪道学君子的标签，又嫌简单化了。诚伪相杂而又诚伪相济，难分难辨，恐怕不少历史中的矛盾人物有这复杂相。虽说是替天行道，有时也不能不"天人交战"的。

《花随》中所记曾氏轶闻还有好几则，同正史野史中别的史料串起来思索，有助于从正、反、侧诸方面去审视人物与历史，以获得较为立体的印象。于是也更加觉得，只有多读多想，才可能免于简单化。

　　然而又不期而然想起知堂的一篇文字：《读思痛记》。文中说什么"洪杨之事今世艳称，不知其惨痛如此"。(《知堂书话》七三七页）博览群书的知堂，即便未曾注意到《花随》中的记述，清人野史中关于官军"如剃如篦"的德政的话，"曾剃头"的雅号，似乎是不该忘记的。而且知堂早在一九二七年也曾并不含糊地指出，吴稚晖毫无心肝地嘲笑："清党"中被害者是"千年老尾露出"。(《谈龙集》二八三页）那么这又似乎告诉人们，知人论世的全或偏，又殊不一定决定于所知信息的多或少了。

　　我想，以往那些家藏一部曾氏家书的人，自然是拿它当作自己和子弟们修身齐家的教本看的了。如今，设想将此类被着意删改的部分（未必仅仅《花随》中提供的这些）和传世通行的本子，以及文集中那些以正心诚意谆谆教人的话合而观之，那一定是真正有益的。这样才比较的"全"，不但文字"全"了，更要紧的是我们看到的人物比较全，也比较真了。

（《花随人圣庵摭忆》，上海古籍书店一九八三年据一九四三年印本影印出版）

了解战争　思索历史

"海湾"烽火连天之际,我找出几年前买到的《现代战争指南》重读一遍。

军事学术同我不搭界,也从不想研究战争问题。只是性好读史。一部二十四史,前人说是"相斫书"。撇开了二次大战及其前因后果,又从何了解现代史。所以也常涉猎介绍军事知识的读物。偶然见到这本《指南》,一读便放不下来。今天"带着新问题"重读,又读出新的意思。我当它一本好科普读物来读。

《指南》作者美国人詹姆斯·邓尼根,是此道专家。他写的这本书,既有学术性,也适合普通人阅读,因而一度在美国成了畅销书。

书中大量的统计表格,提供有关战争问题的数据。一部分文字也便是这些表格的说明。我们不妨先不去碰这些专业性的资料,免得冲淡了阅读兴趣。

我觉得有吸引力的不仅是它展开的一幅战争知识全景图，而且是作者那出色的文字叙述。具体、实在，毫无某些教科书、专业著作那种抽象沉闷之感，而且，促动思考的警拔之语是很不少的。

最值得注意的，这个拥有美国国防部、西点军校、陆军军事学院等单位顾问头衔的专家，似乎并不怎么想炫耀武力、推销战争，反而在许多章节中有意道破真相。

第一章《怎样成为一名能运筹帷幄的将军》，一上来便是这样一番话："对我们大多数人来说，战争……充满着神秘色彩。报刊、电视和广播则帮助编造这些神话，让这些神话长期流传下去。而且就连一些行家对战争的过程也往往缺乏了解。""事实上，战争从来就是得不偿失……只有那些未直接参与战争而幸存下来的人们才热衷于回忆战争。"所以他郑重宣布："本书旨在澄清某些误解，戳穿一些骗人的鬼话。"

这已是带着感情在发话了。是战争指南，还是对玩火者泼冷水？就凭这开头的文字，也不能不叫人愿一观其究竟。

这种兵凶战危的思路是贯穿于五百页厚的全书的。全书二十九章，有许多章节只是那小标题便已引人入胜："做好精心准备：为什么士兵会去打仗"，"战争的基本法则：墨菲法则"，"胜利属于谁"，"消耗"，"战争的代价"……这几章都是读了既长见识又促思考。

作者让事实说话，运用他精选的史实与具体细节来告诉人们,战争舞台上是如何地充满了麻烦、艰苦和残酷。

第三章是《坦克兵:决定性的兵种》。看了这十七页中扼要的叙述,我好像对这种战史中已熟见的"战争之神"终于有了些较为真切的了解。

作者告诉我们:"坦克不能作远距离运动,否则大部分会因机件损坏而无法行动。""一个拥有三百辆坦克的师,行进一百公里(三小时的行军),会有一百辆以上发生故障。一个师每行进一个小时,将损失百分之二到百分之二十的车辆。""坦克的非战斗损失大于战斗损失。"

我又才知道,这种钢铁恐龙原来是"爱闹毛病的怪物,每天至少需要八个小时进行维修"。而且,这庞然大物如果撞击障碍物时角度不正确,履带就脱落,而这对于经验不多的驾驶员来说是普遍存在的问题。但要重新装上它便需要几个小时。"无论在何种地形上,行进一千到三千公里,就得重换履带。"

作者的话总是要言不烦又带点幽默味。例如,与汽车相比,坦克更需要经常检修。然而"在最需要这样做的时刻,又往往最难做到这一点"!

坦克手的工作与生活情况,更令人恻然:"由于炮塔的旋转,主炮的后坐力,和重五十多磅的炮弹的不停颠簸,那些粗心大意疲惫不堪或者训练较差的乘员,时常会发生皮开肉绽、折骨断筋的事故。""由于要在狭窄的空间中取弹装填,装填手经常会碰伤。"尤其令人心惊的是:"一个称职的车长应该把头部和肩部露在炮塔外面,直至受伤为止。"(!)"一旦车长受伤,每个人都会心慌意乱,直到受伤者安静下来,或者尸体被投入车的底部,或被抛出坦克为止。"

读到这些地方,忽然联想到司汤达和梅里美作品中的战场。这都显得冷静、客观。然而,总比浮而不实的描述好吧?

《易遭伤亡的步兵》这一章,我觉得比那些谈核武器、空间战的部分更值得好好读读。战场上的步兵生活,从《西线无战事》到《日日夜夜》,我们读得还少吗?然而那是"艺术的真实"。看看本书作者如何在拍摄这部"现代军事科学科教片"中,把特写镜头对准这自来便是主要角色的步兵,是很有意思的。因为,在核武器、电子战以至太空战的条件、背景下,连"机器人兵种"也将或已成事实的时候,步兵如何活动,实在是一个应多加了解与思索的题目!

《指南》中使我感到不可思议的信息颇多,但可以相信,它们并非"猎奇文摘"中的"珍闻"。

读《世界上的武器》一章,知道了"目前武器的构思、设计、制造和使用,往往以愿望代替过去的经验……武器的发展变得如此之快,以至于现在有许多武器生产之后还未在实践中使用便被替换了。"(有些导弹便是如此)

有这样的怪事:在不到五十年的时间里,人们造出了一百七十多艘无畏战舰。但其中有一半以上从未与另外的战舰交过战，原因之一就是它们太宝贵了，人们不愿在作战中拿它去冒险。其中有五十五艘沉入了海底，但百分之十七是出于意外事故。像这样在一种武器系统上花钱如此之多，收获如此之少，以往是从来没有的。然而现代电子器材的使用更是一个开支巨大收益极小的典型事例。

关于这种价格越来越贵性能越来越不可靠的现象，《指南》中有个对电子元件价格和平均无故障时间之间的关系的小统计，明快地说明了问题：一个价一千美元以下的部件，平均工作一千五百小时出一次故障。价一千元的，二百五十小时。价一万元的是一百二十小时。十万元的是十二小时。百万元的则使用不久就可能出故障。"这就是航天飞机携带五部完全相同的飞行控制计算机的原因！"

在《消耗》一章中，作者直言不讳，说出了他的战争观："毋庸置疑，通向胜利或失败的道路都是尸体铺成的。"再联系上文所述，那么，白骨铺成的路又是铺着黄金砖的了！

《指南》这书当然有它的局限，即便我们这种普通读者也不会不觉察的。但作者的视野、思路并不是简单化的，所以他提供的资料，能让你对战争中人与物的关系、与现代武器发展俱来的利弊、各种错综复杂的相生相克，等等，进行思索，而且引向战争以外的问题，所以大有助于我读史了。自然也包括读那篇"写"而未久的"海湾"战史。《指南》中已提到两伊之战。书里说是"正在研制"的隐形飞机，如今也已投入了战场。等到这场现代武器、作战方式"大试验"结束，新版《指南》的内容恐将大大改写了。

战争史虽有新篇，变化中总必有守恒的因素，这也是不奇怪的。不然的话，两千多年前的《孙子兵法》怎的成了美国兵营中的畅销书？《指南》中虽然没有引用孙武子，然而开宗明义第一章便大讲战争的得不偿失，令人立刻联想到，"十三篇"不也是劈头便讲"兵者国之大事也。死生之地，存亡之道，不可不察也"？

我总认为，作为一个现代人，如你对苍生的死活不抱漠然之心，那么，又如何能不读点史？此书正是辅导读史的好参考。有谁只因时光过剩，找些军事知识读物来遣此无聊之生，那么《指南》也可以让他较为严肃地看待战争这种万物之灵发明的东西！

（《现代战争指南》，詹姆斯·邓尼根著，军事科学出版社一九八六年版，3.50元）

想重读而不可得的书

虽然有那么多的新书来不及看,却又常常想念一些已经阔别几十年的书,这也有点像很想重听老唱片。

几年前,刚买了《三个火枪手》的新译本,一发现《侠隐记》又出现了,毫不犹疑地买将回来,重温一遍,真有如见故人之乐。中学生时代就迷上了它。"三部曲"只有两部,三缺一,一直是个遗憾。后来从两大箱《说部丛书》中发现了《波拉治子爵》,虽不如前两部有魅力,却也大为惊喜。

一向觉得,大仲马这部小说同伍光建的译笔在风味上很合适。三个火枪手与其跟班的不同面目和声口,在我心目中已同伍译的语言不可分了。

后来又发现,他这译笔也适合译夏·勃朗特。年轻时看得津津有味的《孤女飘零记》《洛雪小姐游学记》,也都是老商务印书馆出的他的译本。其后又读了《世界文库》上李霁野的《简爱自传》,也读过茅盾对伍、李两译的品评文章。我虽不免先入为主，对李译也很有好感。联想在《中国新文学大系·小说二集·导言》中，鲁迅对李氏文笔的形容"真如数着每一片叶脉"，更觉得那是于迻译《简爱》很相宜的了。从此就处处留心李译的书。商务版"世界文学名著"中有他译的《被侮辱与被损害的》，读了也很感动。李氏译文很能表达那种真挚恳切之情。

十里洋场化为"孤岛天堂"的时候，有一天曾在四马路上找一家文通书局，走进光线暗淡顾客也寥寥的店堂，不为别的，只为买一本《狭路冤家》。既是慕名想一读《简爱》作者的小妹写的这部奇书，也是由于它是伍光建译的。这书厚厚的，比原著厚了一倍还不止。《狭路冤家》这书名完全是中国味，且有通俗文学味（也可说有清末民初译名之遗风吧？），但肯定比《魂归离恨天》来得雅。当时这部费雯丽主演的片子正在上映。

读了《狭路冤家》，觉得译文的调子似乎和《孤女飘零记》又有所不同，畅达地传达了爱密丽小说中的激情。我对伍译是更喜欢了。《威克斐牧师传》《艰难时世》《克阑弗》等等，都成了我爱读的书。

书名之怪与"狭路"相似的还有一部《活冤孽》，也是商务版，译者署名俞忽。今之读者怎会想到，它就是雨果的《巴黎圣母院》！译文中大用方言词汇，例如"哈大麦糊"。但又和张谷若译哈代作品，用侉腔译乡下人说话不一样。这种译法颇能增加原著中奇情怪态的色彩。昔日读此书最受吸引的是怪人登楼鸣钟那一大段文字。既富诗情，又有乐感，雨果像在赋诗，译文也酣畅极了。

人间每有不期而遇的巧事。1950年代初，偶游厦大，见到徐霞村教授。他的文章早就读过。可巧谈到了《活冤孽》。请教他：俞忽是何许人？他一笑答道：就是我！

"文革"前从旧书店又淘到这部书，原先买的已丢失了。而后买的一部很快也进了废品站。不久前才听到俞忽已成古人的消息，心想如能第三回买到此书，首先要重读为快的，是那驼子骑在大钟上荡秋千的一段"诗"。

虱多不痒？

记不清从什么时候开始，书、报上的错字和其他质量问题逐渐成了灾。近来似乎已不大看到有谁提起，自己读书看报，发现了问题也无动于衷了，除非错得太厉害太离奇。难道真是"虱多不痒"？

徐志摩的文章我嗜读，不但因为文章好，也因为对"五四"以来的文学史有兴趣。虽然已经有了《徐志摩散文全篇》（浙江文艺版）和若干单行本子，一见书店中出现《徐志摩全集》（广西民族出版社一九九一年出版），而且书架上仅此一套，便什么也不考虑，赶快买下，捧回快读。目前虽还没有通读全部五卷，也浏览了一大半了。作者的文笔给我以不常有的享受，然而这种享受却又因触目惊心的错字而大打折扣，一望可知的，可以从语词习惯用法判断的，还无所谓；不可通，但又疑莫能决的地方，特别是诗、译文与口语词汇之类，需要有"善本"对勘才弄得清，然而又不可得！

《文汇读书周报》的篇幅宝贵，多举我已发现的错字例也徒乱人意，且举些比较古怪的。我数了一下，从第一卷上《序言》第七页至二十三页中，有七次用了"崇拜""崇尚""推崇"这种词儿，那"崇"都以"作祟"的"祟"字取代了。想起来不可解的是，一个使用频率较高的铅字，何以会一再误为较生僻的字？

同是在这篇序文中，十七页与二十页上，共有五个"末"字统统成了"未"。

有一处差错，比这种错字的例子更值得一说。《全集》第五卷从三八九页起，是《志摩日记》之二中的《西湖记》。这是读起来很有意思的"文史资料"。其中记了他们在湖上骂了一通康有为之后偏又碰见那位康圣人，还有和汪精卫同游之事。可惜这里把年代搞错了，标为"一九一八年九月七日—十月二十八日"。其实，那年的八月十四日，徐氏已由沪去美留学，何能又身在杭州？翻到《全集》最后，《新编徐志摩年谱》中，这段西湖之游也明明记在一九二三年项下。前后矛盾，自然是后者对。

这一组日记中我更感兴趣的是十月十一日那天的内容与文章。所记乃他同胡适之、朱经农步行往哈同路民厚里访郭沫若的亲见亲闻。其间，"沫若自应门，手抱襁褓儿……厨下木屐声卓卓可闻，大约即其日妇。"他们进门时看到田汉，转眼又带着孩子不见了。坐定寒暄后，成仿吾从楼上下来。接下去是尴尬的场面："殊不话谈。适之虽勉寻话端，发（按陈从周《徐志摩年谱》中此字作"以"）济枯窘，而主客间似有冰结，移时不浃……适之亦甚讶此会之窘。"其文其事，都可以收进"今世说"吧！（一九八三年江苏人民版《郭沫若年谱》中一九二三年十月十一日这一条中不提此事，其后的几天中郭对徐回访赠书，宴请徐、胡，他们又回请郭、田等情节，自然也都不提了。）

梁实秋也特地将这个文学史镜头剪接进他的《谈徐志摩》。但不知何故，时间也错成了一九一八年。他这个徐的知交理应发觉那时间与地点是对不拢的。一件并不难查对清楚的事，竟在今昔两地的出版物中一再延误！

我是读了序言便放下第一卷去看后几卷了，因为他那"跑野马"的散文比第一卷中的诗更叫人着迷。因此虽然发现了许多令人不舒服的差错，完全没想到还有"高潮"在后面。等到我返回去读他的诗，从《海韵》《我不知道风是在那一个方向吹》等诗中追寻昔日的初读印象，更注意《集外诗集》中我陌生的作品时，四七一页上的四行字简直叫人不信自己的眼睛了！这一页下有小注云：写作时间、发表时间、报刊不详。在一九六九年台湾传记文学出版社版《徐志摩全集》第一辑里有一段说明："徐志摩作品墨碛（笔者：又一个错字！）之四（以'黄狗'笔名所写之旧体诗）"。

这首令人愕然的"七律"（原文如此！）抄如下：

山围故国周遭在,潮打空城寂寞回。淮水东边旧时月,夜深还过女墙来。

再多说,就成蛇足了!

跟踪读书的苦乐

《文汇读书周报》第三七五号上的《在无知后面的喧宾夺主》，读后感到有点震动。就在此前不久，我正欣欣然看文中所议的那本《哲学的故事》。自己并不想研究什么形而上学，只不过想增加点知识。而且我对科普读物一向有嗜好。我觉得读这种书，如果写得高明，不但可以费力不多便长了知识，同时还欣赏了作者的文笔。化艰深为明白，而且谈得有情趣，这要有大手笔才行。这种"嚼饭哺人"者的启蒙苦心，更使人感动而且感激。所以极盼还有法布耳、伊林、房龙那样的作者，多写些各种各样的科普读物出来，以惠我辈凡人。《哲学的故事》正是一部"哲普"，而且有个青年已经读过，叫好，向我推荐了，我如何不喜！书中开头的导论和中间谈伏尔泰的一章，一读便觉得很有味道。于是不等读完全书便也在通信中向远方的友人推荐了。《无知》一文使我恍然于自己的无知，既自惭，也深愧推荐的冒失。赶快再去信，趁此也托友人代觅

《无知》文中说的另一种译本，即杨荫鸿、杨荫渭合译，由书目文献出版社修订重印本。不多久，一本好不容易从出版社仓底挖出来的《西方哲学史话》便寄到了。

首先是王大庆教授的一篇《重印序，一个老读者的话》把人吸引住了。三十年代，他在上海四马路开明书店的店堂里发现此书，他"不能买，又想看，就只能学汉朝王充的样，站在书店里看，一次看一点，把假日都投进去，看了几个月，居然看完了"这部厚厚五百页的书。他后来把全部精力交给了西方哲学史的研究，此书是第一个因素。

真是一篇有味之文，可以激发读书欲，也叫我更想细读他介绍的这部好书。同时，自己也一下子回到了几十年前的开明书店。当时也曾是那里的常顾之客，那高到快到天花板的书架，可以爬上去翻书的木梯，并不大的店堂里有种宁静安详的气氛，至今都不能忘。假如我早去两年，书架前必有站在那里读书的王君吧？当年一来年少无知，二来更感兴趣的是文艺和"形而下"的知识，所以没注意这本书，交臂失之了！

现在，两种译本都摆在面前，对照着看了几章，仅从中译文字所得印象来说，杨译诚如书前出版说明所云"文字上有些陈旧"而又"不失为一个好译本"。这是书目文献出版社比较了旧时三种中译，对照原文得出的看法。尤其因为这次重印时出版社做了许多修订工作，校正了个别词句的译文，统一了译名术语，增加了约五百条注。

新的译本《哲学的故事》，译笔确是流畅，读起来舒服。然而想到鲁迅先生对"顺而不信"的译文的批评，便觉得《无知》文末对翻译哲学著作要"多存一点敬畏之心"的忠告，也是对一切译本的读者的有益的提醒了。于是突然又产生了求原著而读之的愿望。这样一部好书，从那赢得广大读者的效果，可以想见原著科普艺术魅力之大了。要弄清原意，感受"原味"，再好的译本也难以满足。

然而要继续这种跟踪，又可惜身居寂寞小城，不能如愿，至于作者的另一部倾注了三十二年的心血才完成的《世界文明史》，此生恐怕更是休想一见了！

假话与真情

——读《周佛海日记》

排一排中华历史上离奇古怪的现象，抗战时沦陷区的敌伪统治要算一个。敌伪之间，加上对于敌伪来说"敌乎友乎"说不清的"顽"方，三角之间，又勾搭又摩擦，演成了种种光怪陆离之相。每一涉猎这段乱世风光的史料，觉得比读前朝往史更令人惊，令人愤；而又往往可以从它同历史中上下文的微妙相似之中，见其中华特色。

未曾目睹怪现状，而想了解其复杂相的，不可不读周佛海的日记。

此公，"一大"代表名册上有名，抗战初的"低调俱乐部"中重要角色，可谓一个善变的人物了。先是脱党而去，当了蒋党骨干，然后又投向同蒋唱对台戏的汪派怀抱，下水做了汉奸。鬼子一投降，《往矣集》的作者蓦地又成了曲线救国的"好汉"，甘为那些一时还来不及"还都""劫收"的鼠窃狗偷们站岗放哨,当起了保镖。凡是一九四五年八月间在沪、宁地区目睹煌煌告示上署着这个白骨精的新头衔"国民党军事委员会上海行动总队总司令"的人,不会不为历史老人的恶作剧而愤笑皆非吧!

这本历史闹剧又来了个抢景换场:此獠被逮下狱,判处极刑,随即却又恩减为"无期"了。蒋帮坏事做尽,像此类丑恶手脚,正给历史天平上加了个不轻的砝码。

如此叫人眼花缭乱的舞台场景,卖力献演的这个角色,他那日记里写些什么人话鬼话,可让我们从正反两面一窥历史之真相?

日记有两部。一部从一九三七年七月记到一九四五年六月;一部是《狱中日记》,从一九四七年一月到九月。两部日记合而观之,可从其自我对质中看到此人的面目与肺肝,那种自打嘴巴的戏剧效果是不可多得的。

《狱中日记》二十一页上,他写给特务头子毛人凤的信里说:"外间传余财产甚多,实则所有无几。"在别处,他也自诩"清贫"。

翻翻前一部日记,一九四四年末,赫然有账焉:"以若干化名在中国实业银行存一千万元,另有金城、浙江兴业银行各一千万。"(按,此处的"元",指汪伪发行的"中储"券。"中储"银行也是在周佛海一手控制之下的,这笔钱,以当时物价计,相当于七百五十根金条或大米一万担。)

可发一噱的是，他竟把一九四一年二月二十五日那天亲笔所记的也忘了：

"与淑慧料理家务，略清存款。为数虽不多，一生温饱或可勉强维持。以赤贫之书生而有今日之蓄积，比上不足，比下有余。"

《狱中日记》大谈自己对渝方派往沦陷区的人是如何的冒着风险加以保护、营救。而在前一部日记中，一九四一年二月二十二日却有另一种自供：

"……击毙农行（按即中国农业银行）行员六人……盖沪同志接余电即反攻也。阅电颇为悲痛……其责应由渝方负之也。"（按，此前发生了伪方银行职员遭渝方狙击殒命之事。）

"颇为悲痛"之后，四月十六日又是这样一条：

"……当令沪同志本晚于渝系银行职员中杀三人以报复。"

《狱中日记》有不少处用了忧国忧民的腔调谈时局，发议论，俨然是个"言论正生"。这正好可以对照另一部日记一九四一年一月二十五日所记：

"赴中行分行（按即'中储'分行）……二十年前流浪于黄浦滩头，今日能作黄浦滩上一大厦之主人，人生如此，亦足自豪。"

这才露其真情，而且古已有之，毫不新鲜。

自暴真情而令人有滑稽感的是一九四七年四月十二日的日记。那日有金陵女大的几个学生参观监狱。有人告周："她们

都在看你。"于是这个大受优待的"钦犯"发一通感慨:

"渺然一身竟能令人注意如此,亦足自豪。"

有趣!前一部日记中的"自豪"是在华屋之中;今又"自豪",已身处狴犴!

读至此,人们不会不想起一句古话。此话他也想到了,却又来了个滑头的自我解嘲:

"……余虽不能谓流芳,然亦决不能谓遗臭。""此不仅余之良心如此,想即沦陷区数亿人民见余行动,自由区(按指蒋管区)知余行径者亦不作如是观。"

日记中还有自怨自艾,自悔押错了宝。这些很值得注意,因为这倒是令人觉得坦白多于伪饰了。一九四〇年十二月五日记着:

"二年来……世界情形与两年前有巨大变动,惟观察日本疲惫情形,又似重庆见解为正当而吾人为错误矣。"

自许为"识时务者"的这个投机商,才下水两年,便在风云突变的形势面前张皇失措了。

又过了二十天,这个前"低调俱乐部"的成员竟又唱起了同过去适得其反的低调。"美国如此积极,日本如此荏弱,均出意外。认识不足,观察不足,吾人自不能辞其咎也。""瞻念前途,荆棘遍地,而日本之无办法实出意料之外,今后不仅为我国忧,且亦为日本担心。"

这前一部日记,也许并不想被人看到,看他在一次失火时从保险箱里抢出它便逃可知。肯自承失算，并不足奇。然而这是不是在见风转舵之前心理上先作个铺垫？就在珍珠港一役之后才十个月，他悄悄地派程克祥赴渝去办"自首"了！

在后来受审之日所作《简单的自白》中，他辩道："如果说当时我是无路可走不得不如此，那我就要提请注意。我呈请自首效命中央的时候正是敌寇在太平洋很猖狂，德寇在欧洲占优势……的时期。"

而其实就在一九四〇年十一月的日记中，狡兔之心，和盘托出："最好汪蒋之间能有默契及了解，一参加日德意阵线，一参加英美阵线。将来无论谁胜谁负，中国均有办法。"

好个"均有办法"！是中国人民均有办法还是他们这两帮招牌不同的货色均有办法？令人深长思之的是，这本如意算盘好像也并非中国史上的新名堂。次年六月二十九日，他更把这种打算挑明了："……英美俄及日德意两阵线已分明，重庆已加入前者，如前者胜，中国之福；如其败，中国之祸。今南京加入后者，则双方皆有关系，所谓脚踏两条船。无论胜败谁属，中国不致吃亏。双方当局均应有此谅解，不可因此真演成国内之争也。"

真正是左右逢源！

一九四七年七月十四日狱中所记，也并非不值一抄吧："墙外常有汽车经过，其喇叭声极似余向日所乘者……无论如何达观如何麻木，心非铁石，岂无'沉舟侧畔千帆过，病树前头万木春'之感耶！每闻此声，恍如由外回家，将抵门前，车夫鸣喇叭时之情形。回首前情，何禁黯然！"

《狱中日记》同另一部日记不大一样，有传递信息制造舆论的意图，自说自话，其实他心目中有听众，包括"委座"，欲使闻之。但这部情伪相杂的日记也许比另一部更有价值。此中记录了形势、处境发生沧桑大变时一个内心并不简单的小有才的弄潮儿的反应。像以上所抄的这段，可信其为一个黄粱梦觉者的一种"由衷的遗憾"吧？

髡刑古今

——温故知新一得

江绍原的名著《发须爪——关于它们的风俗》这本书,老早以前只是闲闲阅过便收起,几乎无甚感受。现今买得上海文艺出版社的影印本,读到书中的一处,却是不但有顿悟,而且,不打诳语,简直毛骨悚然了。

此书从八十页起是古时髡刑的考查论析。著者引《周官》中所列古刑,除了搏(即磔)、墨、劓、宫、刖这几等,后面便是髡刑了。这种刑看上去似乎并不给受者造成痛苦,何以要列为刑之一种,而且不算是最轻的?这样说是因为,此刑之下还有一种"仅去须鬓"的"耐"刑。这里有一件古事,人所熟知。西汉出了个孝女叫淳于缇萦,上书救父,感动了汉文帝,下诏要大臣议新律,除肉刑。当时,张苍的主张是:凡原来应处以髡刑者,可改为"完"刑。"完"即是那"耐"刑,仅去鬓与须,而完其发,所以谓之"完"。于此可证髡刑不算是最轻的。

髡刑的分量，还有一条旁证。司马迁写给任安的那封信中，认为髡虽比伤残肢体来得轻，却比"笞"要重。文中从轻到重，排的档次是："……其次关木索，被箠楚受辱，其次剔毛发，婴金铁受辱。"

江绍原分析道，刑之为用，无非是一使罪人肉体痛苦，二使其精神痛苦。他设想："原始时代的刑罚以残酷的肉刑居多，而髡耐之刑的出现必在社会稍有进步之后，创始者的用意是将肉体的痛苦减至最低限度，而以精神痛苦代之。但要知道，精神的痛苦有时竟较肉体的更难熬。"

以上这些，就是使我恍然而又悚然的"旧学新知"。十年大乱中有种人所共知的时髦惩罚，"剃阴阳头"，或剃光头。此刑之普及，有大量回忆文字为证，不烦征引，不佞虽幸免于身受，但又不幸而亲见几位友人惨遭此厄。有的女性是被剃了光头的，连"完其发"也不可得了。那种情景，读此书又恍然如在目前。更使我恍然顿悟的是它并非新创，而是来头极古的"国粹"。也正因此，虽事隔三十年，仍为之悚然。

精神痛苦作用的推测，从前读了当然无动于衷，大乱中的体验却证明其千真万确。当日在"学习班"中天天看到被实行了"群众专政"而受此刑者，不但体会到其痛苦，感同身受，更折磨人的还有那不知何时会落到自己头上的"达摩克里斯之剑"，这种精神威胁、神经攻势使待罪之人时时如在梦魇之中。

再往下研究，江绍原发现，髡刑还有更深层的也是更原始更可怖的奥妙。它其实不止是精神上的虐政。在我们可敬的老祖宗心目中，须发乃人之精华，几乎同血与精这一红一白两种汁液占了同等重要的地位。髡刑的主要的真正目的，在于伤人之魂，等于换个法子取其命；同用别种办法使其流尽鼻血、精液而亡几乎差不多。

温几千年前之故，而知几千年后之新，真乃令人惊喜、惊痛交加的意外收获！不仅此也，它还为我琢磨的"读史求真诀"新增了一个极有分量的例证。那就是"以后史证前史"之法。寡人有疾，好读史，然又疑古甚于信古。史中所载，我都以《理水》中鸟头先生的眼光视之。不过，每当我从较后的历史记载中发现古已有之的事，便对那原来有疑的古事深信其必有了。而且，史事愈近，我觉其对古事的反证也愈有力。例如，从希特勒之焚书，可信始皇之焚书，虽然两人不完全相似。我的逻辑也许嫌幼稚：理当更文明一些的后人居然也忍心害理干得出的，古人干过，不必再疑其为虚妄了。从亲见亲闻的当代髡刑，我不但毫不怀疑古有此刑，并对其中施与受双方的心理（自觉与否且置不论）似乎也有了较深切的感受。

查一九二七年此书初版的序中，作者恳切希望读者将有关见闻寄给他，以便增广内容。又查这位同周氏兄弟都是知交的学人，幸存到了一九八三年才归道山。推想起来，他对当代髡刑不可能一无所知与想法的吧？一九八七年底影印出版的本书中，竟对此点无所增补，岂不是太可惜了么!

我又想,"髡耐之刑的出现必在社会稍有进步之后"这一推论,他大概也会觉得是多余的吧?

藤花馆中一过客

"文革"余震不息的一九七六年夏秋之交,我虽得庆更生却又无家可归,孑然一身暂寄友人家中。他也是临时借了本地图书馆的三间败屋住着。我就挤进去做了一名"三房客"。小屋紧靠着馆中一幢小楼,原是张季直家里人昔年起居之处。这座虽已古旧而秀雅可赏的精舍,颇能助我想象民初年代的光景。我正好在这往昔的气氛中翻阅、摘抄一部馆藏的手稿,季自求日记,从中感受着那时的北京,那时的鲁迅。虽然也像鲁迅日记一样的简略,毕竟是能够唤起实感、联想的。

是听了章品镇君的指点才去寻访这份资料的。捧着这十九册用毛笔抄的稿本,喜不自胜。从一九一一年三月十八日到一九三九年二月十八日这二十八年中,所记有不少是令人感兴趣的事。如"见袁世凯""陪黄兴游三海""赴冯国璋之宴""唐绍仪到宁""老袁贿选""北伐军人宁";还有什么"观我国新造飞机""隆裕之死"和"珍妃移葬"之类。历史镜头有大有小，却是可贵的亲见亲闻。他还记下了四访张季直的情形。张孝若遭害毙命，当时寓居同一地的作者也在日记中记而评说之。当作一部掌故笔记看看是有价值有意思的，只可惜也像古来的此类资料，往往缺少细节，骨多肉少。

不过这些史料只是披阅这部日记所得的副产品，我一心追踪的是他同鲁迅的往还。当时虽已开始体验到"偶像之黄昏"，但鲁迅反而更其显得巍然了。对已见到的传记，不能满足，总想在心里头放映一部更具体、真实的"鲁迅传"。日记中四十四条他同鲁交往的记录，不止是可为鲁迅日记补遗、作注，同时也由于作者是我们乡邦的人物而更感亲切了。

此公履历也有意思：进过南洋水师学堂、江南将备学堂，毕业以后当了教官。光复之后在北京政府干参谋工作。一九一五年的"入蜀日记"中记了他随参谋次长陈宦入川经过（近代史研究所《近代史资料》一九六三年第四辑中收此资料）。

周作人同他在水师学堂有同学之谊，所以这四十四条中第一条（一九一二年九月二十九日）是"得起孟书云，豫才君处已于家书中介绍……"。

十月四日的日记可说是一张他眼中的鲁迅小像："访周豫才君于山会邑馆，遇之。其人静穆，与起孟如一人。斗室中一榻一案一椅。书架上列古书数种，有足自乐者。"

两天之后，"豫才君来访"了。从此季自求成了藤花馆中常客。这倒不奇怪,因为他确是怀着敬慕之忱去的:"……豫才终日伏案探讨经史,其造诣未可限量,自顾感愧之至。"可注意的是鲁迅回访,前后有十次之多。钱稻孙回忆过,那时候"鲁迅没事不出来找人,都是人家去找他"(钱氏于一九六一年五月与"鲁迅博物馆"人员谈话),其时鲁迅日记上经常出现的人名也不过是许寿裳、许季上、许铭伯、齐寿山和钱氏这屈指可数的几个。这鲁、季之间的四十多次互访之外还有招饮广和居、同游琉璃厂等事。相识未几,鲁便赠以《域外小说集》,后来又赠《炭画》《百喻经》等。季氏那面回赠的《隋龙山公墓志》《大秦景教流行中国碑》,自然也投正在广搜金石拓本的鲁迅之所好了。至于鲁迅向他借看《南通方言疏证》,且在某次访季自求于南通州会馆之时"持麻糕一包而归",则更令与季氏同乡的我为之大乐,有一种特别亲切的滋味了。然而在这一条下似须加一点不算多余的小注:麻糕是一种崇川特产的茶食。不过如今虽然装进了华美的盒子,可作礼品,而风味已非复当年,不堪鲁迅翁一尝了。

  从以上这种种可以想见,在那气闷的年代,除夜以独坐抄碑卒岁的鲁迅,对这位小京官是并不当俗客看的。对照一下看:鲁迅日记中或记某几人来访"未见",某人馈食物"却之",甚且有某人"送食物三事,令仆送还之"……更滑稽的,有个教育部办事员来,"对坐良久,甚苦"!

  原来并不相识而"欢若平生"的朋友,在鲁迅前期的交往中似乎少有其例。

对照两人日记,常常是季所记较详,正可补鲁记之略了。例如一九一四年一月二十五日这一条,鲁迅只有寥寥几句,而季所记却保留下一段文物鉴别的谈话:"午前十时许往访周豫才,过一地摊,见画一轴,写释迦像甚奇,异于常画……其制古拙……疑是明人手笔……及见豫才,因具道之。豫才言此当是喇嘛庙中物,断非明代之物,盖明以前佛像无作青面狰狞状者。余深叹服,遂不作购置之想。"

季自求还携友同来。这人是刘历青,也是知堂的"水师"同学。而一见之下也是"倾谈恨相见晚也"。此君善画。于是"豫才又强历青作画一幅"。这回倒是鲁记得详细些了:"历青为作山水一幅,是蜀中山,缭以烟云,历二时许始成,题云:十年不见起孟,作画一张寄之。"

这"强令"又不禁叫人想到鲁迅日记中"捕"陈师曾写对联的那个"捕"字,以及后来"刘历青来,捉令作画"的那个"捉"字,真是有性格,也有味道的!

此详彼略互为补充的还可举一事。某日日记中,鲁迅只说"访季自求,以《文史通义》赠之"。在季自求的日记上是"……余不学,闻见囿陋,章氏书未之前见……向者偶与豫才君道及,豫才许为觅购,今特践诺也"。

二人缔交是知堂的介绍,一见如故之中也看出了鲁迅对他老弟的感情吧?但直到知堂从家乡来京后,季自求才又提到:"访豫才、起孟。前日路遇豫才,知起孟来京。不见已十余年,相见甚慰。起孟举止一如往昔而神气渐有老意,畅谈至十一时许乃别。"

也有些事情季未记而在鲁迅日记中有,约有九条,记了季赠龟鼠蒲桃镜与鲁赠《会稽郡故书杂集》等等。

交往的记录,在季自求日记上是到一九一七年十一月十一日为止。但从鲁迅所记来看,季最后一次出现是一九一八年十一月二十三日的来访。

我们知道,从一九一七年起,"从前那么隐默"(知堂语)的鲁迅,由于老朋友金心异(指钱玄同,鲁迅语)的"劝驾",用《狂人日记》放了"攻击吃人的礼教的第一炮",从此"一发而不可收"地写起了文章。

一九二五年他在《看镜有感》中说的那面满刻蒲桃、跳跃的龟鼠号称"海马蒲桃镜"而实是龟鼠蒲桃镜,据《全集》编者注云,即一九一五年三月一日日记中的那面铜镜,季自求从地摊上买来送他的。但鲁文中说:"大概是民国初年初到北京时候买在那里的,'情随事迁',全然忘却,宛如见了隔世的东西了!"

鲁迅最后的九年都在上海。当年藤花馆、补树书屋中的来客在哪里?他在南福里中做他的海上寓公,隔壁弄堂就是郭沫若等人住过的那个民厚里。不过他早已离开军界,且于一九二二年去了南方。曾做过江西督军蔡成勋的高参,国民党政府的盐务、缉私官吏，然后又入了金融界。从原先写得认真后来变得潦草的日记上看其在上海的生活，经常是到他经营的一爿古玩店里去查看生意如何。钱新之这个亦官亦商的闻人的名字也频频出现于日记中。后来他做了邮政储金汇业局的秘书，也就是钱新之介绍去的。

同居上海，双方日记上再不见彼此的名字。但一九三六年十月十九日那天的季自求日记，我在读时和抄录时杂感交集，真觉得"人事之迁变，不亦异哉"（鲁迅一九一二年十月六日日记中语）了！

"故人周豫才于新文学负大名，世所称鲁迅者也。廿年前在旧都过从极密，后遂疏阔。以患肺病，本日殁于施高塔路寓次，年才五十有六。可惜，可惜！"

过了八年，从海外回到上海的季自求也死去了。此公晚年所取的别号"俟翁"，很容易叫人想到鲁迅在北京的时期那个有含意的笔名"俟堂"。只不知季自求是不是回想到了当年藤花馆中的旧友，也不知道他晚年心里头所俟者为何了。

细节传真

——读史笔记

"细节"在绘画中可以起传神的微妙作用。顾恺之作人物画,"颊上添三毫","神明殊胜",大概可以算得一个最好的例子。

读史,尤其读人物传记,我也对史中"细节"的魅力大感兴趣。于是专门立了一个笔记本子,读史见到精彩的"细节",便如获至宝录而存之,现在从本子上选抄几则,供有读史癖的朋友们共赏。

《东坡志林》中有一则关于汉高祖刘邦的轶事。说他微贱时常常带着宾客到大嫂家去吃饭。"嫂厌叔与客来,阳为羹尽轑釜。客以故去。已而视其釜中有羹,由是怨嫂。"后来他成了大事,封了一大批王侯将相,可他大哥的儿子连个侯也没捞到,太上皇讲了话,才勉强封了个羹颉侯。

这段文字中,要紧部分寥寥二十八字,却可编一出绝好的舞台小品。人情世事，活现其中。读过《史记·高祖本纪》的，会联想到另一件事。少时无赖的这个刘老三，怨他老子偏心，总嫌他不如老二行，能发财。贵为天子之后，借着大宴群臣为太公奉酒的机会，要太公说清楚："孰与仲多（如今到底哪个挣得多）？"群臣知趣，山呼万岁，才帮太公下了台。

初见此文，最真最活，叫人心头为之一震的却是"𫓧釜"那个"细节"。用今语翻译，便是刮锅底。

刘大嫂这一手并不足奇，后人今人也做得出。我欣赏的是那位选取此一"细节"者的高明手眼。

读史感到莫大遗憾的是，它是"无声电影"。不但描述声音都只能靠文字符号，就连描述声音的文字似乎也很有限。历史书基本上是诉之于视觉思维的。

因此我读史特别留心捕捉史中之声。历史"细节"中，"史声"是尤其珍贵的。

清朝人《青珊集》中有一处记顺治崩后，所焚诸宝器，火焰俱五色，有声如爆豆。人言，每焚一珠，即有一声，盖不知数万声矣！

此一"细节"令我悚然如闻其声。同时也唤醒了许多史景，并且化为"有声片"了。史中那几场出名的大火，如咸阳一炬之类，必然同样是"有声有色"的，而且那声音是惊天动地的吧？祖龙焚书，也应该有声。当时之书，不是竹简便是木简。干柴烈火，拉杂摧烧，也会有声如"爆豆"，而且劈咧啪啦的噪声决不会小。但把联想的"麦克风"拉到现代史，"文革""破四旧"中焚书的"魔火场"，大概就没有那么热闹了。

上述的"史中声"是噪声。史中谐音是它本来有的史中乐。因本人迷于乐，对此更加注意搜罗。但那已超出了"细节"的范围，这里只抄一则比较细小的例子。

《文心雕龙·声律》篇中写着："古之佩玉，左宫右徵，以节其步，声不失序。"这大概是根据《礼记》的。后一书中有："古之君子必佩玉，右徵角，左宫角。"

心中有此"细节"，有些史景便有了"配乐"，响出了一片协和悦耳的乐声。"左宫右徵"，用今天的音律来翻，便是左边的佩玉发出"1"的音，右边的是"5"音，双音之间的音程为纯五度。它们相继而鸣，虽不成旋律，也悦耳动听；如同时发音，更有十分和谐的效果。

借助"左宫右徵"，我仿佛听出了某些史景中的配乐。

《史记·孔子世家》中有"子见南子"一节："夫人在绤帷中。孔子入门，北面稽首。夫人自帷中再拜，环佩玉声璆然。"

"璆然"是"环佩相击声"，原先我只将其想象为一阵叮叮咣咣的杂声。现在"听"清了，那是宫、徵、角、羽协调而成的好听的音乐。何其美也！

"环佩空归月夜魂"，是老杜咏那位据说是为民族和解献身的王昭君的名句。现在,它有了音声,新的音声。"左宫右徵"的和声把"月夜魂"配上了乐,可是,又何其凄凉也!

同音声一样,可以长留于人生记忆之中,虽淡而不澌灭,同时又能帮助你勾起有关的回忆的,是气味。二者有同样微妙的心理效应,也许气味更为恍兮惚兮。

有关气味的史中"细节",我的笔记上也采集了一些。

地质学家贾兰坡忆丁文江一文中,谈到丁在君嗜雪茄。那时候,在北平地质研究所他的办公处,"楼道里只要闻到了雪茄的气味,即可知其到来"。

韩素音自传中记她在二战时伦敦工作的情况。"我把法国香水的香味带到解剖室,又把防腐剂的气味带到宴会上。"

这两个"细节"虽不能唤起我同样的感触,然而借助于自身的类似的经验,便觉得那人物顿时添了生气,而情景也有了气氛。

再举它一例,一个有滑稽感的"细节"。此例见于一部《斯迪威传》。"威尔基每次同蒋介石会晤之后,蒋立命大开窗户,以放掉他身上的骚气。"

如收入"新世说",似可题:《开牖放洋臭》。

另有两例,也都可收入"新世说"。

一则是康熙的事情。来华传教的意大利教士德礼格和马国贤写了一封信给罗马教宗："……西洋人受大皇帝之恩深重，无以图报，今特求教化王选极有学问之几人来中国，以效犬马，稍报万一为妙。"

今天还可看到此信原本，信中的"犬马"被康熙亲笔改成了"力"字。

从这一字之改，我感觉到了玄烨这个皇帝的细心，而且并不妄自尊大。

至今还有一大批人崇仰得不得了的曾国藩，他那治家之严是没话说的。他为女儿、媳妇都规定了每日功课：

早饭后：做小菜、点心、酒、酱。

巳午刻：纺纱或织麻。

中饭后：做针黹之类。

酉刻（过三更后）：做男鞋女鞋或缝衣。

……吾亲自验功。食事则每日验一次。每月须做成男鞋一双。女鞋不验。（《曾宝荪回忆录》）

真是传真也传神的史料！初次读到"女鞋不验"这地方，为之一怔。虽然对"文正公"有不少我自己的臆想，可是绝没想到他会如此细心地加上这一笔。妙不可言，这正是"颊上添三毫"！

常常感到，一个人回顾一生，有些大事成了雾里看花，许多细节反而鲜活如昨。读史，"细节"常使人靠拢、逼近乃至不觉便进入了史境。人物、场景都被特写灯照亮了。

张宗子为《史阙》所作序中说："得一语焉，则全传为之生动；得一事焉，则全史为之活现……盖传神正在阿堵耳。"可惜他那部因为正史不完备，于是"为之上下古今搜集异书，期于正史之外拾遗补缺"的书，我们看不到！

编得枯燥干巴的史，所阙的往往就是重要的具体"细节"。欧阳修《与杜诉书》中说什么"修文字简短，止记大节，期能久远"，"然能有意于传久，则须纪大而略小"。对这样的史，我不感兴趣。

但我不但不感兴趣而且感到作呕的，是时下流行的"野史"中一望而知其为伪的"细节"。编造者至少是太懒得用气力，其实，"细节"虽易造假，而最难乱真。若想以编造或抄陈词滥调的"细节"来冒充信史是徒劳的。

欧阳修主张"抓大放小"。"细节"虽小，我却发现，它有时竟是通连着大事，而且同天下兴亡、亿万苍生命运攸关的。

危言耸听吗？请看我本子上抄的这一条：

中共"七大"前夕，刘少奇在六届七中全会上对于党章报告起草情况作了说明。关于党章上"党员有在一定的会议上批评党的任何工作人员的权利"这一条，"少奇同志说他动摇了几回，'任何'两字写了又圈掉，圈了又写上，但仍倾向于给

党员这个权利。这样会出一些乱子,但没有这一条,乱子会更多。"(见《胡乔木回忆毛泽东》第三七二页)

"任何"二字写了圈,圈了又写,这个"细节",使经历过动乱的人受到了一次电击般的震动。这真正是一个有万钧之重的历史"细节",回忆录中留下这"细节",太令人感谢了!

重读《卡沙诺伐》

——兼忆盗版西书

一本五十年前读过，几十年来时常想起的书，忽然又捧在手中，那滋味是很不寻常的。翻开这本借来的《卡沙诺伐回忆录》(*The Memoirs of Jacques Casanova*)的时候，却又一下子带出了一大堆当年出入旧书店的回忆，新鲜得好像又嗅到了旧书所特有的那种虽不香却叫书迷的鼻子有亲切感的气味。

友人珍藏的此书是一本老派头的洋书，还是一九二七年出版的。印刷、装帧、装订都叫人展读时觉得愉悦舒畅。而半个世纪之前我自己买读的那本，却不好同它比，那是当年黄浦滩上忽然涌出来的一种廉价盗印版。不过，自己在当时和后来，都对这种"盗亦有道"的书心怀感激之情。

那时节的"孤岛"上，卖旧书的店、摊到处有，西书极多。但要想淘到一部你极想一读的文学名著，倒也可遇而不可求。

不知道是不是受了上海龙门书局影印西文原版教科书大受欢迎的启发，市面上出现了一大批影印的西文文艺书。据说那是用的一种化学制版法，和一般的照相影印大不相同。把一册原版书拆散了，用药水浸泡之后，涂上一层转写油墨。将这样泡制过的书页压印在石印用的石板上，便成了可以印刷的一块版子。当年有的人把这办法传成了"只消有两本原版书，药水涂上去，便成了一套版子"，听起来真觉得稀奇！

因成本不大，价钱也就相当便宜。对于渴想看原著，而又怯于上什么"别发""伊文思"等洋书店，怕像从前郭沫若那样受"西崽"的白眼的书生来说，这种货色正合适。

大概是技术未精或是偷工减料的缘故，这类老一代的盗版书自然比不上现今的影印书那么清晰。眼睛凑近了看，毛分分的字迹便露出了原形。但书的外观并不恶。半硬半软的书皮，还加上了设计雅致的护封。书脊上的书名是烫银的。排在书架上，一眼看去，喝！《傲慢与偏见》《简爱》《三个火枪手》《基度山恩仇记》……都是皇皇名著，那诱惑力之大，可想而知。

其中有些书，现今的书店里和广告书目上已经多年看不见了。《卡沙诺伐》即是其中之一。这也是引得自己更想再读此书的一个原因。

除了《卡沙诺伐》，还买了本《本文奴托·切里尼自传》。这除了对文艺复兴与美术感兴趣，还另有个缘故。当时正听了柏辽兹的《罗马狂欢节序曲》，有感受，便想从那本自传中求得些印证。柏辽兹这篇音乐，正是他写的歌剧《本文奴托·切里尼》中的幕间曲。

此外又大为惊喜地买下了理查·白登英译的《一千零一夜》。这是因为读了知堂翁的文章而不胜其向往的好书。可惜的是，白登的未删全译本据说共十卷，影印本只取其中之二。（假如是全套，怕也就少有人能买了。）

影印书倒也不是只选已成经典的作品。像《随风而去》这样的新作，当时头轮影院中正大放其《乱世佳人》，而傅东华译的《飘》也成了好销的书。那么你不必花太多的钞票，也可以挟一部两三寸厚（因为是用报纸印的）的影印本回去，品尝一番米切尔的原汤风味了。不过我既没去看电影，也未买原著。我兴奋地捧了回去的是差不多同样厚的一部《战争与和平》，迦纳特夫人的英译。买到这部书，我对影印书出版家是更为感谢了。像托翁的这本书，急切之间是难以在旧书摊上找到的。

还买了本新书叫《失去的地平线》。作者是英国的希尔顿。根据它拍的电影，华名《桃源艳迹》。此书格调不高，大不如他的另一本《再见了，契普斯先生》有味。那篇小说也拍了电影，中文片名不伦不类：《万世师表》！

前一书中有趣的是写香格里拉有个容颜不老的女子，能据记忆弹奏她听到肖邦弹过的曲子，是《肖邦全集》中没有的作品。这自然是小说家言了。香格里拉这词儿，恐怕是他造的，其时大为风行。当多列特航空队利用中国机场奇袭东京之后，罗斯福答记者问时，笑云：那是从香格里拉起飞的！（也可能指后来改名"戴维营"的那个地方。）

影印版的西书好像也不限于文学书籍。蔼理斯的名著，也曾在书店里见到。还有由于想买又买不起，深深遗憾而至今不能忘的，是一些印得精工的博物性读物，例如《少年图解小百科》那种书。一翻便怦然心动，放不下来，但又不敢多翻。并非害怕老板发话，倒是怕自己会其心大动，不顾一切，倾囊而购之。

《卡沙诺伐回忆录》这部西方登徒子的自述，少年时最感兴趣的是其中那一章《逃出铅皮屋》，觉得比《基度山恩仇记》中越狱的故事真切可信，也更有味。那是一七五五年间的事。此公因为以魔法自炫，触犯了宗教裁判所，成了威尼斯"公爷府"监牢里的囚徒。他施展了种种妙计，不久竟能破墙而出，登上了有铅皮覆盖的大屋顶。在短促的一夜间，历经重重艰险，而终于远走高飞，还其自由。情节惊险得出人意表，然而简洁朴素的叙事，有一种动力，让你像听古典风格的音乐那样，被吸引着向前，不由得不相信他。（莫扎特传记里有他们交往的事，那时此公已落魄为波希米亚贵族华尔斯坦伯爵的图书室管理人了！）

读到最惊险处，不管是从前和此回重温，自己都禁不住为古人担忧，捏着一把汗。何况那背景是既真实而又浪漫：月夜的"公爷府"，美术史上必提的建筑，也是今日游人必看的胜景；下临有刚朵拉小艇来来去去的大运河；他身后拖着个怕得要死的越狱同谋犯，匍匐蛇行于陡峭而且被雾气弄得滑溜的铅皮屋顶上，一失足要成千古恨的；好容易才下到府邸中，门户重重，无路可出。虽精疲力竭，并不灰心丧气，在难友的牢骚诅咒声中，难为他竟倒头一觉睡了几个钟头！喜剧的结束是，他俩打扮得奇形怪状，乘着天亮后大门打开之机，昂然直出，然后拔腿飞逃而去……

这一段奇事在当时便成了欧洲的一大新闻，后来教皇接见他时还要他亲口讲了一遍。

此书之出名是否主要因为它是一个活唐璜的现身说法？如果谁只抱着那种好奇心来读它，怕是多少会扫兴的吧。书中虽然有一篇接一篇的罗曼斯，并无什么涉及肉的描写，而且也没多少灵的腻语。（有那么一处，说不定是有些同胞会感兴趣的。他有个时候受到一个女骗子的挑逗。正苦恼间，来了个恶棍，运来一张安乐椅，奇货可居地向他推销。原来是我们聪明的前人早已发明了的东西，唐人传奇中隋炀帝用过的"御女车"之类。）

这种英译的一卷本，比之于原作的十二卷或另一种六卷的译本，应是浓缩了的"菁华录""拔萃曲"，却也如此"平淡"，那么是否译者是卫道士，把它改造成了"洁本"？

但我宁愿相信，它之所以成为"克腊昔克"（经典），恐怕还是因为其中有人，其中有史。

卡沙诺伐是把异性当成一种书来读的。而为此他又周游名城大都，行了恐不止万里路。他又是有多重身份的人：贵族、外交官、彩票经营家、博徒、魔法师等等。所到之处，王公大人、名流学士，无不乐与之游，比中国旧时的清客、山人神气得多。卢梭、伏尔泰、路易十五、蓬巴杜夫人，号称开明君主的腓德烈大王和风流女帝叶卡特林娜等人，他都有接触，这便为后人留下了许多可以助史感的绝好资料。

从前是那一章"狱中记"最吸引我，此回再读，更觉津津有味的是他同史中人物的对话了。可惜这种一卷本中只有关于腓德烈、叶卡特林娜与伏尔泰的三篇，最有意思的要算最后那一篇。我想，凡喜欢读莫洛亚的《伏尔泰传》的，不可不一读此篇。这一个浪子同一位哲人的对谈问难，是报道得颇有现场感的。宾主（他在伏尔泰那里作客）二人一上来是纵谈诗学，谈塔索、阿里奥斯托的十四行名篇。从中似乎显示出，这位登徒子所好的绝不仅仅是色，他也是文学的爱好者。当他被幽囚于铅皮屋中时，读书不仅可以解忧，书本居然也成了他私通信息和夹带越狱工具的手段。他同伏尔泰谈诗谈得十分相投，但话题一转到反迷信与反专制，便没了共同语言。他直告伏尔泰，迷信不可反，专制也自有其存在的合理性。伏尔泰含讥带笑地问道，那么当你身为狱囚的时候，也作如是观？又何以要逃走？客人的答复是：当局有把我抓起来的道理，我也有我逃生的权利云云。

很可惜，这部其中有史的奇书，虽然是庞然巨著十二卷，却只记到一七七四年便搁笔了。而他是直到一七九八年才去世的。

六十年前的惜别

——忆先师王蘧常先生

一九三八年春夏之交的一天,十五岁的我,走过上海赫德路一条弄堂口,无意之间抬头一看,弄口上方标着"春平坊",不觉为之一怔:这不就是王老师的弄堂吗!要不要进去拜见已分别了四五年的先生呢?踌躇了一下,终于还是走了,这就失掉了一个见面的机会,此后也再没这种机会。

那年因家乡沦陷,举家逃难到了上海。我已失学,但每天都出去,到四马路上的大小书店去揩油白看,到申报图书馆、青年会图书馆等处去借书看,也逛旧书摊。我住在三马路,离赫德路非常远,该处附近也并无书店或图书馆,那天何以会经过那里,已记不得了。

我们家原先是在上海住过几年的。一九三一年,经过熟人介绍,请了王先生来家教我哥哥和我念书。每日上半天课,课程是:一、念《论语》《孟子》;二、对对子;三、作文(文言文）；四、习字。

先生教我们读《论语》《孟子》，讲解不多，主要是要会读能背，对对子显然也是为训练作文。对对子的作业本子是从烟纸店（即小杂货店）里买来的"拍纸簿"（白报纸订成小本子），先生在本子上出题，学生下课后完成，次日交卷。多数是四个字的成语，对得合乎要求的，他用朱笔加圈。对得太不像样，他会给"红勒帛"（画红杠子）。有一回他出了一条"七子八婿"，那是唐人郭子仪的出典，我哥哥对上"三姑六婆"。先生称赞，好像是画了三个圈。其实是我们从《词源》（老商务版）上乱查，碰巧发现的。这是个逼出来的办法，我们读的古书太少，凭空想不出。此法我们常用。但此后再没得过三圈。后来向先生透露了真情，先生为之莞尔，并不生气。为了启发我们提高兴趣，先生讲过朱洪武叫永乐帝和建文帝对对子的故事。朱元璋出的"风吹马尾千条线"，他儿子对了"日照龙鳞万点金"，孙子对了个"雨打羊毛一团糟"。

写大楷这一课也是课外作业，第二天交卷。与众不同之处是他并不指定什么碑帖，而是亲自写一张字叫我们临写，每周一换。写的正是他那后来出了名的北碑带章草味的字体。可惜我们没有预见，没把它们保存下来，不然的话，今天可能也成为珍贵的手迹吧。听他自己说过，他收了个比我们稍大的少年门生，那位少年苦苦要求跟他学习，他便答应了。但那学生练的却是颜体字。可见他并不强求学生学自己的字。

作文写些什么，几乎全不记得了。但有两篇却还有些印象。一次是先生出了个记游公园的文题。可能因曾在《申报》《新闻报》上看到过有些文章里写游人在公园里行为不轨有伤风化吧，我在作文时莫名其妙地乱扯了几句，文中用了"桑间濮上"的成语，还自鸣得意。没想到平素未见疾言厉色的先生一看作业，便把脸涨红了，连说了好几声："怎么可以这样！……"虽然没大发雷霆，我已感到自己犯了错误。

先生当年才三十出头，对我们总是和颜悦色，令人感到既庄重而又不难接近，有时还有亲切之感。每次正课已完，还不到放学时间，常常同我们闲话一番，那正是我们最爱听的，因为闲话中常常有促进求知欲的内容，虽然有些是当时的我不懂的事情。

有件事是永难忘怀的。可能是读到经书中的"君子行不由径"吧，他讲了清朝人是假正经出了丑的故事。此人以行不由径自许，某日行路，四顾无人，跳到一条小路上抄近道，谁知背后跑出个人来拍手大笑，挖苦了他一通。先生讲，《儒林外史》的权勿用就是影射此人。

我们家不许小孩看闲书，连小人书也不准去租来看，所以家里没有几本小说书。下课后，我们便借此机会向父亲要求买《儒林外史》。既然是先生也看也讲的书，父亲非常重视，便叫人上四马路上扫叶山房之类老式书店里去买回来一大堆连史纸石印线装的旧小说。《儒林外史》不消说，《三国》《水浒》

《红楼梦》《说岳》《说唐》《东周列国》《杨家将》都买来了，外加三四流的什么《孟丽君》《粉妆楼》等等。我们之所以能较早地杂览古典白话小说，多亏先生讲了这个故事，虽然他本意并不在此。

还有件事回想起来如在目前，难以忘怀的是，先生不但赐给我们这两个无知小儿一部他同朋友合著的《江南二仲诗》(他的那部分叫《明两庐诗》)，还兴致勃勃地翻开来，指着一首五律一首七律叫我们看，一面便曼声歌吟起来。

五律那首如今只记得一句"微疴时养饥"了。七律倒还能背："花须柳眼画微晴，笛里相忘岁几更。万里梦魂通一息，十年湖海照双清。银波滟滟春无定，玉漏沉沉夜有情。寂寂不闻灵鹊语，冷看星月到天明。"每一忆及，浮现的不止是文字，而且有声，江南一带旧时流行的吟诗调，而且是先生那亲切的嗓音，那是他自己愉悦也令人愉悦的感情流露。当时无知的我，却有幸有所感受，储存到了今天还余韵悠然。

只可惜这种如沐春风的日子并不长久。一九三三年之春，我们要搬回故乡老家去了。先生出了最后一篇的作文题：《淞江惜别》。他要我们每人送他一张半身照片。我们为此特地到南京路王开照相馆去拍了，遵照他的意思，将作文工楷誊在照片背面。一部《孟子》也刚好教完。最后一课是说的亚圣周游列国一事无成，慨叹圣人不出，如苍生何！收场的那句"然而无有乎尔，则亦无有乎尔！"竟使我也受了莫名其妙的感染，其实我是在"最后一课"的气氛中尝到了惜别的惆怅!

附记:

当年走到赫德路春平坊弄口,何以又过门而不入呢?事过境迁,这已经说不清了。可能是有几方面的想法。自从一九三四年父亲去世,先生亲自来江北吊唁之后,我已三年未见过他,不敢冒昧叩门,此其一也。形势的大变,杂览各种报刊书籍的影响,使自己的头脑也开始在变动,尽管是幼稚而蒙昧的,但已对新知有渴求,对新的人生有熹微的憧憬,《论语》《孟子》已丢在脑后了,见了面又能提出什么来请益呢?此其二也。

如今戏想,假如当时我又进了他主持的无锡国专,埋头于国学的话,说不定不至于庸庸碌碌,然而也就非复今日之我了。

史海寻声

一、栎 釜

《史记》有一篇《楚元王世家》，原先读《史记》，总是跳过去不看。后来无意之中翻翻，没想到其中有宝，一个惊人的细节叫我有如触电。

那是刘邦"龙兴"之前的小事一件。《高祖本纪》安不上这个情节，却放在这篇不惹人注目的文字中做了个特写镜头。太史公真正了不起，舍不得浪费一星半点他采访来的好材料！

刘邦弟兄四个，老大叫刘伯，早死。年轻时候，刘邦常常带朋友们上大哥家去吃喝。终于有一天碰了软钉子。大家正等着，忽听得他嫂子在灶上用铲刀把锅子敲刮得一片怪响。众客知趣，散了。后来刘老三发现，锅里其实还有吃的！

逐鹿到手，当了皇帝。阿哥阿弟都封了王，已故的老大的儿子独独靠边。刘太公讲了话，他才勉强赏了侄儿一个侯爵。

《史记》原文百十来个字，再压缩如下：高祖微时，时时与宾客过臣（长）嫂食，嫂厌叔，佯为羹尽，栎釜。宾客以故去。已而视釜中尚有羹。高祖为帝，封昆弟。伯子独不得封，太上皇以为言，乃封其子信为羹颉侯。（颉读jiá，克扣的意思。）

令我有如触电的就是那"栎釜"（刮锅，栎，《汉书》作裸㩧）之声。这刺耳酸牙的噪声，两千多年前叫刘邦记恨在心，后来勉强封侯，还在名称上出嫂子的丑。两千多年之后，仍令读史者感同身受，刹那之间进入史境，沟通了古今的人情人性！

于此更有所悟：读史而抓不住史感，你就只能看看西洋镜，做个旁观者。比起视觉形象来，听官所接收传递的信息往往更能激活联想引发共振。从此我读史更加处处留神，寻觅、捕捉史中之声。史声广泛而复杂，并不只是乐声。

录音技术发明之前的史声基本上都烟消云散了，靠了有心人用文字记录，才间接地保存下点点滴滴，但在追踪史中声的时候，我总觉许多重大史景几乎都是无声电影，难道写正史野史的人们听觉都失灵了不成？然而"谈有易，谈无难"，读书恨少，何敢断言，我只有张开珊瑚网，埋头向史海去捞声而已。

二、金铃与玉铃

《西京杂记》中记着,汉成帝后赵飞燕的妹妹合德住在昭阳殿中,那座宫殿上饰有九条金龙,每一条都衔着九子金铃。

孙机先生有《三子钗与九子铃》一文谈到九子铃,形容说:微风吹来,响起一殿铃声。

我从中享受到了微妙的史感。

李商隐咏史的《齐宫词》里写了另一种铃声,那史境史感却又别是一种滋味:"永寿兵来夜不扃,金莲无复印中庭。梁台歌管三更罢,犹自风摇九子铃。"

诗中所用典故乃是南齐的东昏侯取下了庄严寺里玉琢的九子铃,为他所宠幸的潘妃装潢永寿殿。

永寿殿上的九子玉铃,音响当然不同于昭阳殿的九子金铃。这样一来,又为两种历史伴乐涂上了不同的色彩,爱好听音乐的读史者可以从中玩味管弦乐配器的效果了。前一史景的华美配以金铃(且有八十一颗)的灿烂是合适的;后一史景之凄凉也只好让微弱暗淡的玉铃来点缀吧。

莱斯庇基的《罗马泉》《罗马松》是绝妙的怀古音诗,曲中大用钢片琴、钟琴、钟管琴、三角铁之类美声敲击乐器,效果极斑斓绚丽之致,却又有助于营造感慨苍凉的怀古之情。不过,假如把那些乐器搬来摹写我们的史声,可就用不上,要另想办法了。

《西京杂记》并非汉人之作,《齐宫词》也只是李商隐对几百年前史景的想象。然而诗与文中的声音是作者的心声则是没有疑问的史中之真。

三、豺声未露

秦始皇是什么形象?有个帮他出主意收买权臣瓦解六国的人叫尉缭,对他观察得很透,有这样的介绍:蜂准、长目、鸷鸟膺、豺声,少恩而虎狼心。很难看的一幅速写,但刻画之忠实是可信的。丑恶的外形有助于我们想见其虎狼之心。

我最感兴趣的是那个"豺声"。却又如何印证?没见过这种走兽。我有张 CD,录的是各种禽兽之声,其中没有它。

查查《词源》,才知道有此声的不止一个秦始皇。《左传》上记着,楚王想把商臣立为太子,大臣不赞成,理由中有一条便是商臣蜂目而豺声。东晋有个野心家王敦,赴豪门宴会,明知那主人的规矩是客如不饮,劝酒的侍女就被斩首,他硬是拒饮。神色不变。忍心害理一至于此!也有人评论他"蜂目已露,豺声未振",这却又将蜂目、豺声用做狼子野心的比喻了。

古人对看相是很相信的。人声大概也是相法中要注意的吧?凭外形来定人的善恶忠奸,古已有之,这种心理一直流传到现代。蒋介石要用一个人的时候,总是要召来当面验看一下才放心。康生在"文革"中要迫害谁,竟有这样的理由:此人我一看就知道是个坏人。

一九五三年听到斯大林死了，自己当时曾有天塌下来似的震动。值得一说的是，我之所以深深害了"迷神病"，除了无须多解释的那些主客观情况以外，音乐也起了作用，对于乐迷的我，也许还是不小的作用吧！颂神曲多得很。有三篇《斯大林颂》，词是同样的，而曲分别由普罗科非耶夫、亚历山大洛夫等三人作谱。我都爱唱。普氏那首，起初嫌其拗口，唱多了，被他那展开音乐逻辑的力量所迷，非常来劲，对歌词中"飞翔在高高山上的雄鹰"之神圣的信仰也深入骨髓了。

上世纪五十年代，在外文书店中买到了斯大林讲话的录音唱片。当时还不懂得要收集什么史中之声，纯粹出于崇拜，惊喜地当宝贝买回，虔诚地恭听。他的讲话，在《保卫察列津》《难忘的一九一九》等苏联影片中早已听过多遍，但那是译配的，现在要听到真腔真调的圣谕真迹了！

前已读过伟人的传略，书中颂词的警语说，他思想如水晶之透明，语言逻辑"所向披靡，势如破竹"云云。我原以为会听到一个雄辩家的声音，不是的，唱片中传出的同电影配音所模拟的差不多，而且更加平淡，更少抑扬顿挫。

可惜得很，这张七十八转速的粗纹老式唱片没有保存下来，"文革"初期便同许多音乐片子一起被我自己砸为碎片了。不然的话，它不正是我要搜集的史中声吗！以曾经沧桑之后对此人的看法和感情，我可以将那声音放在某些史景中，对照而听，感受史与人的复杂性，也审视自己曾深深陷人的愚蒙！

四、狼嗥与变调

对于曾入"文革"而至今尚未患老年痴呆病者，林彪的声音一定是永远忘不掉的。因为在"九一三"之前，每逢"罪人"们被驱赶去开大会、听录音之时，也便是新一轮的折磨升级之日。

以往战争年代，在敌后开广场大会，站在土台子上做报告的人，不但要大声，还必须将声调拖长，不如此，台下没法听得清，广场上不聚音，又没有麦克风。

"首长"们一般都用此种拖腔做报告。林彪在天安门上对着麦克风讲话时仍旧不改此腔，但他运用起来又颇有个人特色，那抑扬顿挫是与众不同的。他抛出的那篇致命的"政变经"，虽然并不是大会上讲而是在小范围的场合，但在后来阅读那个材料时我仍然"听"到了他那特有的拖腔，同时似乎也感受到在场者们的惊诧、震动、愤懑——当然也有与此大不相同的反应。

当年听了令"罪人"毛骨悚然的拖腔，"文革"之后再回忆，往往会同狼嗥联想，有时又会想起杰克·伦敦小说中的描写。

三生有幸，我从一本回忆录中发现了同林彪有关的史声。

虽说只是文字记录,并非原声录音,但我觉得它不但绘声而且诛心,因此非常珍贵。我将那史料摘抄如下:

> 这是父亲在养病时给我讲的许多故事中的一个……由于陕北红军的地方部队没有及时赶到,敌人突然占领了瓦窑堡。第二天,父亲随林彪到瓦窑堡的后山去观察地形……在接近敌人的时候,就很小心地弃马步行。但是狡猾的敌人还是远远就发现了他们的行动,噼噼啪啪一排冷枪打过来。父亲大吃一惊。这倒不是因为敌人突然打枪,而是因为他看见林随着枪声扑倒在一块大石头后面,他想,糟了,一定是负了伤。他赶快向林靠拢。还没有爬到林藏身的地方,忽又听见林在大喊,那声音又尖厉又凄凉,完全变了腔,走了调。仔细分辨,才听出林喊的是:"校长要马呀!校长要马呀!"父亲还以为林负伤走不得路才大喊要马,可是,把马牵过来目标更大,更危险。父亲拉着林往回走,几个警卫员也闻声赶来,架着林往回撤。直到林爬上马背的时候,大家才明白他一点儿伤也没有。林狠狠地抽了马一鞭子头也不回地跑走了。……父亲告诉我,这件事给他的印象极深,总觉得一个军事指挥员不应该这样临危失态,在"文革"中被监管期间……这件小小的往事难以解释地常常袭上心头,而每当他想起它的时候,他就会比较清醒,对林存有的那些幻想就会变得非

常淡薄。

（摘自罗点点《非凡的年代》。文中的"校长"指"红军大学"也就是"抗日军政大学"的校长，林当时任此职。"我"是罗点点。"父亲"是罗瑞卿。）

那"慌"腔走调的一声叫喊，是否值得"历史心理学"的研究者来分析？我看，也很值得当演员的人细心揣摩。

"灵魂深处爆发革命"，"文革"中响当当的"革命"警句，创作者就是他，这是可以联想，可以玩味的。

沧桑之后又相逢

几个月前,我这个不可救药的老书虫,曾有浮生中难得的一次大惊喜。我用抖抖的手在一本新买的旧书扉页上记下:重获此书,极喜!

这本书的印刷、装帧,今天的买书人一定是看不上眼的。它是苏联外文出版局印的《日日夜夜》中译本。一九五一年第三版。

屈指一算,我盼望重读此书有三十六年了。而第一次读它则是在一九四六年,即五十七年前。

在那天地玄黄的大时代,众多中国人是用何等样的心情、激情读这部小说,不须我这个平凡的读者来吃力不讨好地多话。我只想提请"太平人"(杜撰的)想一想,中国人是在绵延十多年的苦战、恶斗的大劫难中读这部战争小说的,怎能不惊心动魄,如痴如醉?何况还有其他因素,比如"神话"?

战争的话题太大,凡人不能乱说,只谈谈自己同《日日夜夜》的小缘分。

解放战争前夕买的那本，一开始备战，背包中放不下，只得"精简"掉了。五十年代初进了城，从外文书店里又买了一本——或者说是三本，除了中译本，还有俄文本、英译本。苏联版书籍潮涌而来，便宜。刚从供给制改为拿薪金，又无家庭负担，买得起。

早在沦陷区老家时，就决心自修俄文。因为《罪与罚》《父与子》《战争与和平》……把我迷醉了，渴望读到更多的旧俄文学作品，而有些书尚无译本，还想从原文中亲尝原味。

这在敌伪盘踞的小城中根本无从实现。虽然偶从旧书铺子里淘到一本陈旧破烂的俄文读本，然而连最起码的字母读音也猜不出，从何读起！

新中国成立后，借"一边倒"的东风，终于买到了好几种可用来自学俄语的好书。其中有一本《打赌》，俄汉对照，一句一句地详解，就像在此以前我已经搜集到的，葛传椝详注《再见了契普斯先生》等英语自学资料一样。这类书真是自学者的恩师，我对编著者是永远感恩不尽的。《打赌》是契诃夫的短篇小说，一加上详注，成了几百页的一本书。我如获至宝，除了上班，得空便啃。当然还要看讲文法的书。至于读音，只能靠听教学唱片解决。唱片发音含糊不清，只好存疑，反正并不求"四会"，做个哑巴读者也就心满意足了。

《打赌》是一字一句啃的。捷普洛夫的《心理学》也是如此。虽有赵璧如的译本对照，却没有"恩师"一句一句的指教了。何以找此书？因为想"一石二鸟"，获得心理学知识，而且这本教科书写得不枯燥，举例中引了大量的旧俄文学作品中的心理描写。

读到诗人马尔夏克一篇文章。他谈到老托尔斯泰的《高加索囚人》，叹赏其语言之质朴美妙，有如高加索群山里的石上流泉。这真是太诱人了！心想托翁文字最通俗，它又是写给儿童看的，肯定不难读。因此每去书店便留心。果然找到一本，苏联少儿出版社印的。靠着词典，读完了。从那短句特多的文字中，自觉已尝到了清泉之味，马尔夏克之言我信服了，但我不相信自己，很可能只是心理作用。

终于拿起了《日日夜夜》原著，以英译、中译对参。进行得似乎相当顺利。其实这种"顺利"是靠不大住的。因为，中译本看过好几遍，内容已了然在胸，失掉了求索的动力。至于西蒙诺夫的行文用笔，以我初入门槛的水平，要体会也无此能力。何况我从中译本中所得感受，绝不仅是故事情节。人物，语言，都是既真切也感人甚深的。所以已经使我很满足了。《日日夜夜》还有另两种中译本。我只读了莫斯科版的。译文没有"新文艺腔"，也不欧化，经得起反复阅读。对它，我有信任感。这信任同两位译者之一署名"昌浩"的有关。

昌浩何许人，当时我无所知。一个发愤自修外语的人，最要紧的是要有一本可靠的词典。新中国成立之初我有那么大的劲头啃俄语，买到了词典也是原因之一。那部《俄华词典》也是苏联来的，在《前言》中，出版者郑重表明了"对陈昌浩同志的感谢"。陈昌浩是这《俄华词典》的主编或顾问？记不清了。

既然《日日夜夜》是这样一位能编词典的人参加翻的（他的名字在前），我就相信译文的"信"没问题了。

这个名字的历史分量，是后来才清楚的。简单地说，红军长征中途，一、四方面军会师，危急存亡的关头，同张国焘一起掌握着红四方面军这支劲旅的，便是他。随后又发生了"西路军"失败的事件，负责指挥"西路军"的也是他。

那他怎么又上苏联去译书、编词典了？据《辞海》："……一九三九年去苏联养病，编译《俄华词典》。一九五二年回国……"他死于一九六七年，也便是"文革"第二年。

似乎值得提它一下的是，陈昌浩编译的这部词典，我前后买过三本，内容不变，开本变小。第一本是十六开本，然后是三十二开，最后变成"文革"中时髦的"小毛选"那样的六十四开袖珍本。最小的这本我保存到今年才精简掉。

其实自从"反修"的六十年代起，我就把俄语书束之高阁了。舍不得扔的十来本（大部分是伊林的，如《十万个为什么》《人怎样变成巨人》等等，还有两巨册《苏联电影文学剧本集》，其中有《夏伯阳》《马克辛三部曲》等等），"文革"中充军发配下寒窑，也塞进大木条箱里运走。"文革"后叶落归根，它们又同我和孩子回了老家。有时怀旧，从书架角落中翻出几本，摩挲一番，看它几页，几经折磨，人书俱老。当年用弯头圆珠笔写在页端的生词注解都快褪色了。我辛苦学得的俄语知识也快丢光了。

残存的书中没《日日夜夜》。"破四旧""大抄家"的黑旋风一刮起，我赶紧把一批书送进了废品站。

几十年来常想念的此书，今又喜相逢，何况是沧桑后的相逢！但人苦不知足，欣喜中又有大遗憾。当年买到俄文原著，忽见附录中竟有续篇。那真是个了不得的大发现！

谁不想知道沙布洛夫大尉、护士安孃、普罗琴珂师长……这些英雄好汉的下文？

大长了我啃原文的劲头的就是这前所不知的续篇。虽然没中译对照（英译本中也没有附这续篇），我不但不怕查字典、翻文法书，而且突然冒出个不自量的念头：何不把它试译出来看看？

那个肯定不像样的"译稿"早就失却，续篇的情节也追忆不起来了。聊可为同好者奉告的只有一点点：它只是个中篇，似乎个未完篇。只写了营长和女护士的战后重逢。《日日夜夜》以安孃身负重伤，等待手术生死未卜戛然而止，留下个沉重的悬念。现在她是活下来了。不但见到了胜利，并且同也是幸存者的沙布洛夫重聚，不是沙布洛夫大尉，是沙布洛夫将军了。

详细情节，几乎全从我的心里淡出。然而绝不会忘却的是，全篇中弥漫的不是胜利重逢的欢欣，反而是莫名的凄怆，苍凉月色陪衬下，两人似乎都怕开口，怕回想，相对无言……

对话无声却有情

——读《热河日记》

公元一七八〇年,也便是乾隆四十五年,为了给清帝祝贺七十大寿,朝鲜派出了使节团。其中有位非正式成员。这位名叫朴趾源的观光客归国之后写出了一部《热河日记》。一个异邦人的中国观感,这已经叫我感兴趣了,它却又是作者用中国文言文写下的。文字的直接交流大大加深了阅读的亲切感,令人恨相见之晚。

上海书店将这部好书介绍给中国读者,在"校点说明"中说,作为一个外国人,作者是以局外人冷眼看中国。他观察到的常常是中国人注意不到的,或者是虽然也看到了却不一定敢说的。比如此书中不少处触及了异族统治下汉人士大夫的微妙心态,作者又常常放言议论清朝政事的得失,等等。《热河日记》并不是那种闲散潇洒的观光游记。

有意思的是,此公并不总是个局外人。自古以来朝鲜便同中华在政治尤其文化上发生了密切关系。醉心于中华传统文化的朴趾源，尊王攘夷的情绪强烈得叫人吃惊。当他来到中国的那年代，汉族士人似乎多已满足于"做稳了奴隶"的现状，一部分人甚至甘心当奴才了。作者却念念不忘华夷之辨，"尤其眷眷于朱明"。

朴趾源在朝鲜李氏王朝时代虽是一位才识卓异之士，在朝鲜使团中却只是个随行人员。但这倒又让他得了不少自由活动的方便。此回中国之行，渡过鸭绿江，跋涉辽野，好容易到了燕京，清帝却已到热河避暑去了。使团一行掉转马头又转向塞外，见过弘历，然后回到京师，完成奉使中国的任务。总计往返奔波不止六千里。途中艰苦备尝，可也让作者饱览了北国风光，也观察了乾隆盛世的繁华，他"眼界既高，手腕甚敏，随见随录，其中可喜可惊可怪可感之事描写无遗，又随处驱使自家论理，附以批判的见解"（引自韩国人李佑成为此书所撰《弁言》)，乃汇集成这部蔚为巨观的《热河日记》。

信息的收集不仅靠亲眼目睹，还有另一条渠道，说来也极有趣。一路上朴趾源每见到知书识字的中国人，双方便以笔代舌，对起话来。这种交流，虽不及开口交谈便捷，岂非又别有一种情趣？二百年后的今天，试读此书中这一节：

（到了热河，使团被安顿在太学里，同寓的有不少中原士大夫，都是随驾来此恭贺万寿庆典的。）"同寓一馆，日夕相见，彼此皆为羁旅，互为宾主，凡六日始散。古语有之，'白头如新，倾盖如故。'"（此处不怕唐突本文读者，试加一注。西汉有个文人叫邹衍，遭了冤狱，在牢里上书要求平反，其中警句，就是这"白头如新，倾盖如故"，"倾盖"形容才认识便如同故人一般交谈起来。）

朴趾源和这些汉人一见如故，援笔问答。他先问一个姓汪的：

"吴西林颖芳无恙否？"

汪答："吴西林先生年八十，尚康强，不废著书。"

又问："陆筱饮飞无恙否？"

汪吃了一惊："不识尊兄何以识吴、陆耶？"

朴答："筱饮乾隆丙戌春赴试，在京吾邦之士有遇之于旅邸者，其诗文书画脍炙东韩。"

汪："筱饮奇士，今年回乡，落魄江湖，痛饮大醉，狂欢（笑？）大骂。"

朴："何所愤而骂耶？"汪不答。

读上面所引的这类对话，你会有奇妙复杂的史感。本来是已经半死不活的书面语，当时却有活口语所办不到的用处。今天看历史剧，常常感到那不伦不类的台词刺耳可厌，然而我们和《热河日记》之间有了二百年时光的间离，倒使当年情景显得真切可信了。不是离题闲扯，我很自然地想起了当年郭沫若访苏的一件事，令人失笑。苏方老院士同他对话，不用笔，而口出文言："袁同礼、顾颉刚、马衡诸君无恙乎？"

朴君的文章，不但可读可解，而且可喜。偶尔有些生涩感，又正好避免了明清士人正宗古文的平庸酸腐气。据说他本国有些人嫌他"文体卑下"，甚至斥之为"败坏文风"的罪人。我倒庆幸他并不在乎别人的讥评，自行其是。我想，要是《热河日记》的文字走了唐宋八大家或是桐城派的路子的话，那这本书在文字表达上就干巴巴，索然无味了。

朴趾源博览汉籍，下笔成章。在热河，同寓太学的汉人中有举人王鹄汀和曾任三品官的尹嘉铨。三人凑在一起，痛饮欢谈（当然是用笔）：

"鹄汀频频拔刀割羊大嚼，又数劝余，而余甚嫌其臊，唯啖饼、果。"

"鹄汀曰：'先生不嗜齐鲁大邦邪？'"

"余笑曰：'大邦膻臊。'"

"鹄汀有愧色。余亦觉其触犯，即以笔抹之，因谢曰：'鄙人爱非子贡，情同王肃。'"

这是一段风趣的相谑，有唐文《游仙窟》的味道。双方一来一去，用了两个中国典故。一个是孔子的门人子贡把告庙的祭品活羊从祭品中去掉了，孔子批评他："尔爱其羊，吾爱其礼。"另一个典似乎生疏些。南北朝时，南齐有个王肃逃亡到北方，怕吃羊肉而爱吃鱼。有人问他："羊肉何如鱼羹？"他答："羊比齐鲁大邦，鱼比邾莒小国。"北人笑他"不重齐鲁大邦，而爱邾莒小国"。朴话中有意无意暗讽了满洲鞑子像牛羊般腥臊,是夷狄之君。王某色变,恐怕是又愧又怕。朴也省悟,机警地把那犯忌的话一笔抹掉。

这记录又颇有《世说》风味,更透露了异族统治的森严,汉族士子的内心紧张,史感是复杂的。

《日记》中尊王攘夷的议论不少,爱憎情绪见乎词,那多半是他归国后才写的,但很可能是和中国士大夫交流共鸣中形成、深化的吧?

比如,清帝抬高朱熹,《日记》对此有批判:

"清人入主中国,阴察学术宗主之所在,与夫当时趋向之众寡,于是从众而力主之。升享朱子于十哲之列,而号天下曰:'朱子之道即吾帝室之家学也。'遂使天下洽然悦服者有之,缘饰希世者有之,……彼岂真识朱子之学而得其正也?此其意徒审中国之大势而先据之,钳天下之口而莫敢号我以夷狄也。其所以动尊朱子者非有他也,骑天下士大夫之项,扼其咽而抚其背。天下士大夫率被其愚胁,自泥于中土之仪文节目中而莫之能觉也。或曰,清人既尊尚中土之仪文而又不变满洲之旧俗,何也?曰,此足以见其情也……"

对于清帝的多次南巡和安抚利用蒙、藏统治者,他也有诛心之论:

"康熙六巡淮、浙,所以阴沮豪杰之心也。今皇帝不旋踵而五巡矣!天下之息常在北房……康熙筑行宫于热河,留蒙古之重兵,不烦中国而以胡备胡,如此则兵费省而边防壮。西蕃强悍而（民信）黄教，则皇帝躬自崇奉，迎其法师，盛饰宫室以悦其心……"

最后这一点，更是直指着当年时政在呵斥。就在使团抵达热河之际，西藏的活佛被极为隆重地迎奉到了行宫，乾隆还要求使节前往朝礼。

更可见出朴趾源识见之高的，是他对清帝文化统治手段的抨击：

"非秦之坑杀而乾没于校雠之役，非秦之燔烧而离裂于聚珍之局。呜呼，其愚天下之术可谓巧且深矣！所谓购书之祸甚于焚书者正指此也！"

修"四库"开始于一七七三年，朴趾源游华之后还得再过三年，"四库"才完工。那么修"四库"的全部真相他是不可能得知的，但官方通过大搜民间藏书以查禁有"问题"的文献，这种事显然已经引起了他的注意了。"所谓购书之祸甚于焚书"，不论这是朝鲜人的看法还是汉人的窃窃私议，《日记》将这记录下来，立此存照，今天读了，仍然——甚至更加感到深刻痛快，因其对照出了二百年后竟然还有捧《四库》为"国宝"者的愦愦！

他同中国人交谈、问难，他注视、倾听、思索："天圆？""地动？""凤凰城何不见于正史？"中国儒生初次见到他总要打听："中土失传的《乐经》，真的还保存在朝鲜，禁止外传？"

他知乐爱乐,不但同中国朋友谈中乐律学,还写了"铁弦琴"在他本国流传的情况。那就是利玛窦他们带过来的西洋羽键琴。照他说的那情况,乾隆年间,这乐器在朝鲜已经"诸琴师无不会弹"了。这是令我惊喜的"新知"!同时又不胜感慨,西琴东来,何以一入明、清内府,从此再无声息了呢?

他在本国看过一则记北京天主堂管风琴的文字。一到中国"每思风琴之制,日常憧憧于中也"。从热河返回北京,就去寻访天主堂。可恨他要寻访的管风琴是在"西堂",而此堂已在若干年前毁掉了。他追思友人所谈情况,"怅然为记"。这篇风琴记,又是中西音乐文化交流史的好资料。

在另外一处天主堂里,他细看了壁画,留下妙文一篇,不可不介绍:

"今天主堂中,墙壁藻井之间,所画云气人物,有非心智思虑所可测度,亦非言语文字所可形容。吾目将视之,而有赫赫如电先夺吾目者,吾恶其将洞吾之胸臆也!吾耳将听之,而有仰俯转眄先属吾耳者,吾惭其将贯吾之隐也。吾口将言之,则彼亦将渊默而雷声。逼而视之,笔墨粗疏,但其耳目口鼻之际,毛发腠理之间晕而界之,较其毫发,有若呼吸转动,盖阴阳向背自生显晦耳。……仰视藻井,无数婴儿跳荡彩云间,累累悬空而下,肌肤温然……骤观者莫不惊号错愕,仰首张手以承其坠落也。"

和中国历来不少"但资谈助"的"笔记"固然两样,也与那些高谈性理，卖弄词章之辈绝非同调。他十分关心实学。行踪所到，特别留心那些厚生利民的事物，比较其在两国社会中的同异，时时处处想着如何将异邦的好办法带回去向同胞推广。

"文革"动乱，我被发落到一所农村砖瓦厂做小工。砖瓦之物我有接触。看到朴君谈砖瓦窑的一篇好文字倍感亲切：

"大约（中国）窑制与我东（按指其本国）之窑判异。先言我窑制之误……我窑直是一卧灶，非窑也。（我国）初无造窑之砖，故支木而泥筑，以大松为薪，烧坚其窟，其烧坚之费已多矣。窑长，而不能高，故火不炎上。火不炎上，故火气无力。火气无力，故必爇松取猛。爇松取猛，故火候不齐。火候不齐，故瓦之近火者常患苦羸，远火者苦不熟。……松一剪则非复再蘖之树……百年养之，一朝尽之，（业陶之户）乃复鸟（兽）散，逐松而去……国中之良材日尽，陶户亦日困矣。"

说过本国烧窑的情况，他再返观中土：

"今观此窑，砖筑灰封，初无烧坚之费。任意高大，形如覆钟。穹顶为池，容水数斛，旁穿烟门四、五，火能炎上也。置砖其中，相支为火道，大约其妙在积……砖不平置，皆隅立（按即靠边上放）十余行……再于其上斜架排立，次第架积，以抵窑顶，孔穴自然疏通如麖眼。火气上达，相为咽喉，引焰如吸。万喉递吞，火气常猛，虽蜀秸、黍柄（按中国旧式砖瓦窑，江南江北也多用玉蜀黍秸之类做燃料）能匀燔齐熟，自无挛翻、龟坼之患。今我东陶户不先究窑制，自非（傍）大松林不得设窑。陶非可禁之事，而松是有限之物，则莫如先改窑制以两利之……（按，接着引他本国几位论者的名字）皆说制砖之利而不详窑制，甚可恨也！"

当年我当过勤杂小工的那砖瓦厂，是改进了的"轮窑"。厂外边有几座老式砖瓦窑，生产过程我略有所闻，却愧不能像二百年前的外国友人谈得那么清楚而且有味。可补充的有一点，他文中所说的"置砖其中"的"砖"，应该指的是未烧成砖以前的砖坯。

没有为民求知的热忱，没有耐心仔细地观察了解，这种文章是写不出的。读朴君的文章，我还常常发现这是个有激情也不想加以掩饰的人。

使团一行人过了鸭绿江，又整整走了半个月才到了辽阳，他立马四顾，展望辽东大野，"不觉举手加额曰：'好哭场，可以一哭矣！'"同行人问："遇此天地间大眼界，忽复思哭何也？"

"余曰：'唯唯、否否。千古英雄善泣，美人多泪……人但知七情之中惟哀发哭，不知七情皆可以哭。喜极，则可以哭矣。怒极，则可以哭矣。爱极，则可以哭矣。恶（按，读wù，憎恨）极……欲极……赤子初生，所感何情？儿胞居胎处，蒙冥沌塞，缠纠逼窄。一朝迸出寥廓，展手伸脚，心意空润，如何不发出真声，尽情一泄哉！故当法婴儿，声无假作。……今临辽野，自此至山海关一千二百里，四面都无一点山，乾端坤倪,如胶粘线缝,古雨今云,只是苍苍,(正)可作哭场。'"

"七情皆可哭",确是妙论,可解也可证,并非故作奇谈。"乐极兴悲""悲歌当哭""喜极而悲""初闻涕泗满衣裳""怒极而哭",固是乱世弱民心态,然而哭由怒生,则或将由"一家哭"、"一路哭"中迸发为惊雷的!

朴公到了辽野而欲哭,发奇论,窃以为这不是无端的心血来潮。试想,以他那样的熟知明清史,眷眷不能忘中原旧邦文化,一朝来到百年前的古战场,他这个血性人物怎能不激动得要把一肚子牢骚感慨付之一哭呢!

得见《热河日记》这样的好书,深以为幸。我已"日薄西山"了,但朴君还有一部《燕行录》呢,不禁又生了悬念。

对了,有个极大的遗憾:他未提及《红楼梦》!他游华那年,《红楼梦》一百二十回本还没问世,可是手抄本已经在流传了。

补注一:

清末,流寓中国的朝鲜诗人金沧江(泽荣)与严复谈起朴氏,严复盛赞朴氏之文"中州百年内无此作"。

补注二:

书中提到的尹嘉诠,就是鲁迅《买〈小学大全记〉》中那个倒霉的道学家。

中国诗人心目中的光色影

"诗和画号称姊妹艺术。有人进一步认为它们不但是姊妹,而且是孪生姊妹。"

"自宋以后,大家都把诗和画说成仿佛是异体而同貌。"(以上引自《钱锺书散文》一百九十二页)

同西方近代风景画比较,中国山水画显然不注重光与色。这当然是很粗浅的感受。行家可以驳得我开不得口。外行的我并不敢乱说什么,只不过随手记下杂览中一点偶然的想法。

我看见,有些唐、宋诗人,他们心目中是注视光与色的。而且和画家们对光、色的观察、表现是不大一样的。

"池光不定花光乱,日气初涵露气干。"(李商隐)

这不是和传统山水画中(赵大年、宋代院画小品等等)很不一样吗?而且大可联想到莫纳那些外光派的名作。

本来无意于思考这种话题,这一来发生了好奇,"带着问题"再找例子,于是又碰上了和光有连带关系的"影"。

有所谓"如影随形"。国画中的形似乎一概是失却了影的。有没有例外？寡陋，记性坏，一时举不出——倒想到题外去了：笔记小说中有"鬼无影"之说。

相反，"影"进入了诗中的画面，而且多见。

李白《月下独酌》："举杯邀明月，对影成三人。……影徒随我身……我歌月徘徊，我舞影零乱……"这篇影的绝唱真叫人欢喜赞叹得喜极欲泣了！假如谱成艺术歌曲，舒伯特的《影》不得专美于乐史了。编成人与影的双人舞，又不知会醉倒多少观众！

不过这首诗还是抒情的成分大，从赏画角度看，视觉的享受不大。

想追求视觉享受吗？古诗中例子是现成的。

"五更鼓角声悲壮，三峡星河影动摇。"老杜这一联中，天河倒影之动带出了可见之水与不可见之风，更妙者下联之光影有上联之声对照，诗人的感受与营造是错综的，我们也该综合地去接受信息。

以影对声，又见一例。这是戴叔伦的一首宫词：

"春风鸾镜愁中影，明月羊车梦里声。"

宫体诗不大可能出大境界，但这两句中自有其妙处。"愁中影"本不同于随行之影，反映在镜里，却又虚得妙。声可闻，"梦里声"却虚幻。两相对照，情境恍惚，虽可言传而无法借丹青描画吧！

诗演进为词，词家似有更敏锐的感受。于是从词里面可以见到更多的光、色、影。

李后主的"想得玉楼瑶殿影，空照秦淮！"（《浪淘沙》），可以联想德彪西的钢琴曲《水影》。

他的《捣练子令》："深院静，小庭空，断续寒砧断续风。无奈夜长人不寐，数声和月到帘栊。"有"声光相乱"的效果，超出了视觉。

欧阳修有两句："湖上朱桥响画轮，溶溶春水浸春云。"色彩明丽，声、光交响，更有味是后一句，触发了视、听以外的感觉。

中国诗词中"斜阳"极多，而且色调不一，渲染出不同的情味。相形之下，画师显然见绌。

有一例有点特别。梅尧臣咏草的《苏幕遮》中，"满地斜阳，翠色和烟老。"不同的色、光混合，产生了变化，这在印象派人画笔下，不难处理，但我欣赏词作者捕捉了这样一个复杂的光景。（有趣的对照：范仲淹的另一首《苏幕遮》中，"山映斜阳天接水，芳草无情，更在斜阳外。"也有斜阳、芳草，然而别是一种色调也别是一种滋味在心头了。）

北宋词人张子野，像是一个嗜影、恋影的人。在他的词里，出现的"影"特多。

先举一例："中庭月色正清明，无数杨花过无影。"这里面有一种很特别的注视与感受。

又一例:"那堪更被明月,隔墙送过秋千影。"

此例也许平淡,使他不朽的是那首《天仙子》中的一句"云破月来花弄影"。当然,"破"与"弄"不但使"境界全出"(王静安语),而且突破了静止不动的画境,画笔更难以追踪了。

杂食者零札

蔡元培借题自抒生死观

"谈诗是诗,举动是诗,毕生行径都是诗,诗的意味渗透了,随遇自有乐土。

乘船可死,驱车可死,斗室坐卧也可死,死于飞机偶然耳,不必视为畏途。"

这是蔡元培为诗人徐志摩而作的挽联。

《蔡元培传》作者唐振常评道:"豁达自然,如谈玄理,颇有魏晋风度,且兼用文言白话,琅琅可诵,为联语开拓了新境界。"

我也欣赏这副有新意的挽联,并且感到,从蔡公一生行事来看,此联不仅是为诗人留一传神小像,并可读出他在自抒生死观。

当然,这只是指的下联。他不是诗人。他是仁人、哲人,为了救世不怕下地狱的沉毅的勇士。

张骞苏武与息夫人

张骞第一次出使西域，度过十三年的异邦生活。其中，为匈奴人所俘，当了十年囚犯，但"予妻，有子"。

"苏武留胡节不辱"（老歌《苏武牧羊》头一句），被扣留的时间更长。他也有个"胡妇"做老伴，也生了孩子。

读史浮想，想到了春秋时代的息夫人。唐人杜牧《题桃花夫人庙》就是咏这位可怜的女子的。诗曰："细腰宫里露桃新，脉脉无言度几春。至竟息亡缘底事，可怜金谷坠楼人！"

这个好冶游而又薄幸的诗人，伪善地"可怜"被迫跳楼的绿珠，凶恶地责问息夫人。"缘底事"不过是故作"温柔敦厚"，其实已下了判决：祸水就是你！

更可笑是那个清朝的沈德潜。他在选入《唐诗别裁集》中的这首诗后面加上一个批：

"不言而生子，此何意耶？绿珠之坠楼不可及矣！"

"此何意耶？"逼问得极其残忍而又荒唐无耻，叫息夫人怎么回答？

也就是这个沈德潜，因为对《富春山居图》的真伪问题，和主子的圣鉴有分歧，受到了乾隆责令"自批其颊"的处分。也许只是上谕中的痛斥之词吧，不管怎么说，他只能以"妾妇之道"来接受了。

那么张骞、苏武在那样的处境中有胡妇,而且还"生子",时人或后人有何议论?可惜未见到。也许沾了是男性的光,而况大节不亏,从宽免议了。

"书斋"垮了

由于某些不值得一说的原因,最怕搬家的我最近偏偏碰上了这种倒霉事。怕搬家,很重要的一个原因是怕搬书。书搬起来最麻烦,也最重,每搬一次都是寒斋的天下大乱,也叫人心乱如麻。

年已八十,这回肯定是最后一次搬家。比起"文革"中搬家,这次好像心里更乱。那时没有什么书斋,把几十斤书送进废品站之后,所剩已无多,是扔掉还是带着去劳动改造,都很难决断的。可是如今这次,面对的是二十多年来积聚的几千本书,许多是读了还想再读的,有一些是读过不止一两遍的,还有几乎天天要翻要查的工具书,所有这些同我朝夕相处,坐卧与共(我的"书斋"即是卧室)的书,要统统搬到新居去是办不到的,无处可放。像鲁迅那样租一处房子来放点书吗?租不起。这却如何是好?

没有什么好办法,只有分散处置,取消名实难副的"书斋"了，一部分书叫外地工作的儿子搬去，塞进他那早已塞满了书的车库。一部分书分赠友好。他们是和我有共同语言的爱书人，但并非藏而不看的藏书家。

至于我自留的，仅仅装了几个纸箱。但为了挑选这一小堆书，却也煞费了思量。

暮年散书，岂止是惆怅而已！然而也想得开。留下自己最爱读也值得我用剩下不多的时光、视力和脑力去温读的书（鲁迅、金克木、钱锺书、知堂、张爱玲、李敖），好好消化它们，这比一味沉溺于浮光掠影的杂览是更可取吧。

杂食书虫的残梦

暮年散书,对一个老书虫来讲,下这个决心是痛苦的。我想到,六朝梁元帝在敌人兵临城下的时候,将宫中藏书一把火烧光,大概有类似的内心斗争。

当决心已下动手处理时,到底为我自己留下哪些书,又是一种艰难的抉择。

最后留下的只是百十来本。我将靠这小小一堆书送走自己的残年。但,不会像《莎菲女士日记》绝笔说的:"浪费掉我生命的余剩。"这些不是藏书的精华,我不是什么藏书家。但也不是剩脚货,其中一部分是必须重读的,也有一些说不上有什么价值,但同我的缘分不浅,舍不得分手,姑妄留之,以备重温。

可能有不见面的书友想知道这是些什么书,也未可知。我来开出一部分书目,有些略加说明,主要让大家知道我这条可笑的书虫喜爱杂食而已。

一、《鲁迅全集》。

可怜也可笑，往昔就一直崇拜他，其实是一个愚昧者的崇拜。所以虽曾通读，还不止一遍，其实根本未读通。现在要抓住最后机会，"带着问题"好好再读一遍。也许终于可以免做糊涂鬼。

二、金克木的书：《文化卮言》《旧学新知集》《探古新痕》《难忘的影子》《风烛灰》等。

只怪自己腹笥太俭，找不出最恰当的词儿来形容这位智者在我心目中的形象。我私下里品评他是一位真正的通人。我觉得他那文章纯净透亮，毫无火气，然而绝非冷漠无情。可恨我没有长安居的好福气。否则一定会天天登门，倾听这位高人"说法"。

三、李锐的书：《大跃进亲历记》等。

读史是我的一癖。我寻求真史。从作者书中我读到真史，得到真知，感到真情。我对此老，高山仰止！

四、钱锺书：《管锥编》《谈艺录》等。

他的著作中我自觉能领会的只是一小部分，但我有兴趣求得更多知识。坦白地说，我将这看作是求知的一种捷径，何况，其文可喜，其人可敬，并世又有几人？

五、曹聚仁的书：《我与我的世界》《万里行记》等。

曹氏自说《儒林外史》是他爱读的书，反复读过四十遍。他的书我见到就买，看了便不想释手，《我与我的世界》前后看过大约十来遍了。

书中有人有史，人是我感兴趣的，史更是我想多知道的（从清末民初到二十世纪三十年代），这就是我爱读的原因之一，但如果不是那种有个人特色的文风，也就不耐多读了。没有学究气、语录调、新文艺腔，是其特色。

我甚至觉得他也有一种通人的魅力，而且他的"世界"比别的"通人"似乎要大一些，他知人论世的视角、思路也更"广角"些。他与他的世界之间又保持了"间离"，但又既超然又有介入，因而他的"通"便与纯粹的文士不同了。

六、周作人：《周作人文类编》《知堂回想录》等。

要不要让这样一个道德与文章分裂者的一大堆书在书架上占据宝贵的位置，和我共度残年，当然不是没有内心的争辩的，也可见其学识与文章对我的强大吸力了。既然向往五四，既然崇拜鲁迅，我就甩脱不了与之割不断联系的周作人。

七、李敖：《李敖回忆录》《蒋介石研究》等。

八、张爱玲的小说、散文集。

九、李恩绩的《爱俪园梦影录》。十几年前，在惊喜地读了这本小书之后，我又接连去书店买了七八本，分寄友朋，怂恿他们快读。泡在一个恶浊不堪的伪劣"大观园"里耗掉了青春，然而不沾一点泥污，每经过那高高园墙外的马路，我总想到这个潦倒一生的可怜人！

十、胡适的书：日记、书信、文章等。他的文章一清如水，我很喜欢。可惜他的为人行事不总是如此。为了读史，为了知人论世，不能不读他。

十一、吕思勉的史学著作。

十二、杨步伟:《一个女人的自传》。

十三、《赵元任年谱》。

十四、《闻一多年谱长编》。

十五、《梁启超年谱长编》。

十六、陶菊隐:《北洋军阀统治时期史话》。

十七、黄秋岳:《花随人圣庵摭忆》。

十八、王泗源:《古语文例释》。

十九、张岱:《陶庵梦忆》。初见此书，在上世纪四十年代初，从此，读了无数遍。

二十、丘吉尔:《第二次世界大战回忆录》(中译本)。此书我仔细通读过两遍，做了笔记。留下它是还想再读。

二十一、特克尔的《美国梦寻》《干活》《劫后人语》(原文本和中译本)。

二十二、陀斯妥耶夫斯基的《罪与罚》(迦纳特英译本)

二十三、狄更斯的《远大前程》(原文本)。

二十四、柯南道尔的《福尔摩斯探案全集》(原文本)。

二十五、斯蒂文森的《金银岛》(原文本)。六十多年前读顾均正注释的这本小说，本意在自学英语，借故事情节来吊胃口，减轻怕查生字的惰性，终于爱上了它那讲故事的技巧和作者文风的特殊味道。从那时以来,重看过多少遍也说不清了。

二十六、希尔顿的《再会,契普斯先生!》(英文)。

留下这本小书,主要是为了留下一点往昔自学英语的记忆和对"老师"的感激。它是葛传槼、俞亢咏加了详注的。几十年前见了这类详注的英语(还有俄语、日语的),真像是得了宝贝。加注的英语读物早就出了不少,那是些不负责任的出版商干的。葛传槼的详注才是真正为我们着想的。他还编过一本《全句注音英语会话》,我也买过。所谓全句注音,是不仅注单词而且把语音在句中的变动,句子的语调都尽量标出来。对于基础太差又无录音、广播可利用的学生,虽有此书,仍旧茫然。但我非常感激这位不见面的"嚼饭哺人"的好老师!

应该补上几句。此书不是经不起多听的"流行乐",每读常常想起《浮生六记》。这两本书,一真一虚,都可作"惆怅"一词的解释。

……

留下来的书当然不止上面开的这些,但也无须一一交代了。

看看如今的局面,想起不知天高地厚的青年时代,求知欲爆炸,竟做过"读尽天下好书"的春梦,真是啼笑皆非!

图书在版编目（CIP）数据

书信·随笔 / 辛丰年著；严锋编. — 上海：上海音乐出版社，2023.8
（辛丰年文集：卷七）
ISBN 978-7-5523-2656-7
Ⅰ. 书… Ⅱ. ①辛… ②严… Ⅲ. ①书信集–中国–当代 ②随笔–作品集–中国–当代 Ⅳ.① I267.5 ②I267.1
中国国家版本馆 CIP 数据核字（2023）第 124526 号

书　　名：书信·随笔
著　　者：辛丰年
编　　者：严　锋

版权代理：学人文文化
责任编辑：陈　盼
责任校对：高　静
封面设计：金　泉

出版：上海世纪出版集团　上海市闵行区号景路 159 弄　201101
　　　上海音乐出版社　上海市闵行区号景路 159 弄 A 座 6F　201101
网址：www.ewen.co
　　　www.smph.cn
发行：上海音乐出版社
印订：上海雅昌艺术印刷有限公司
开本：889×1194　1/32　印张：14.875　插页：3　字数：273 千字
2023 年 8 月第 1 版　2023 年 8 月第 1 次印刷
ISBN 978-7-5523-2656-7/J·2459
定价：79.00 元

读者服务热线：(021) 53201888　印装质量热线：(021) 64310542
反盗版热线：(021) 64734302　(021) 53203663
郑重声明：版权所有 翻印必究